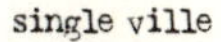
single ville

오직 싱글만을 위한 마을

싱글빌

최윤교 장편소설

다산책방

입주자 모집공고

사랑에 지쳤습니까?
간섭에 질렸습니까?

여기 완벽한 1인용 주택이 있습니다.
힘겹게 몸을 움직일 필요 없는 전자동 음성 인식 시스템
홀로 앓는 서러움을 날려줄 실내온습도 조절기
울창한 숲속, 사색의 산책로까지 완비한

싱글빌 Single Ville로 오십시오.

입주조건은 딱 한 가지.
독신에 싱글!

사랑 없는 쾌적한 삶,
지금 시작하십시오!

차례

프롤로그

싱글빌은 1인 주택 6채와 중앙 쉼터 건물로 이루어져 있었다. 아름다운 자작나무 숲을 병풍처럼 두르고 있어 동화 속 마을의 아늑함을 풍겼다. 모든 건물은 통나무로 지어져 있으며, 통창과 벽난로가 운치를 더했다. 각 건물의 냉난방시스템과 블라인드, 전기시설은 모두 입주자의 모바일과 전자동으로 연동해 실외에서도 관리가 가능했다.

그는 주변을 천천히 둘러보며 중앙 쉼터로 향했다. 입주민 모두 쉼터로 모이라는 안내방송을 10분 전에 들었지만, 그는 서두르지 않았다. 낯선 사람들과 한자리에서 대면하는 게 귀찮고 불편했다. 최대한 늦게 가서 슬그머니 자리를 차지하고 투명인간처럼 있으려는 게 그의 생각이었다. 하지만 쉼터의 문을 열자, 모든 사람들이 뒤를 돌아보았다. 차라리 일찍 나올 걸, 시선을 한몸에 받으며 그는 후회했다. 그러나 모든 후회가 그렇듯 이미 늦은 일이었다.

싱글빌은 대대적인 홍보 같은 것도 없이 비밀리에 독신자 클럽과 하이클래스 모임에서 신청자를 받았다. 그런데도 경쟁률이 무려 1000 대 1이 넘었다. 경제력, 사회적 지위, 품성까지 모두 심사해 독립된 공동체 생활이 가능한 주거인들을 뽑았다는 게 싱글빌의 창립자, 정미인의 설명이었다.

"우리 같은 사람들, 아무리 돈 많고 여유로워도 사회 나가면 독거노인이니 뭐니 하며 조롱당하기 일쑤잖아요. 그런 사람들에게 본때를 보이겠다는 마음으로 만들었습니다. 적당한 친교로 외로움을 몰아내고, 각자 독립된 생활공간에서 마음껏 평화를 누리시길 바랍니다."

쉼터는 캠핑장을 연상시키는 아늑한 분위기였다. 통나무 결이 살아 있는 벽에는 팝아트 복제화가 여러 점 걸려 있었다. 체 게바라와 메릴린 먼로의 초상이 다채로운 형광색으로 반짝였다. 미인이 열변을 토하고 있는 뒤로 커다란 티타월이 걸려

있었다. 유럽 빈티지풍의 리넨 천에는 굵직한 캘리그래피로
다음과 같이 새겨져 있었다.

Come over Here, all you who are weary and burdened, and
I will give you rest. This is Single Ville, aka a land flowing with
milk and honey.

그는 문구를 읽고 코웃음을 쳤다. '수고하고 무거운 짐 진
자들아, 다 여기로 오라, 내가 너희를 쉬게 하리니 이곳은 싱글
빌, 젖과 꿀이 흐르는 약속의 땅이니라.' 마태복음 11장에 나
오는 예수의 말과 유대인들을 출애굽 시키며 여호와가 제시한
젖과 꿀이 흐르는 신세계로의 약속을 교묘히 섞어놓았다. 그
는 정미인을 바라보았다. 격조 높은 재벌 따님의 유머란 이런
건가. 싱글의 삶에 대한 예찬을 마친 미인은 공동체 생활 수칙
에 대한 안내를 시작했다.
　일주일에 한 번, 쉼터에서 진행되는 타운 미팅에는 무조건
참석해야 했다. 그리고 싱글빌을 가꾸는 일련의 활동들, 그러
니까 텃밭 제초나 울타리 페인팅 같은 일에 열외는 없다는 말
에 그는 미소를 거두었다. 좋게 말해 품앗이, 나쁘게 말해 공산
당 아니냐는 말이 절로 치솟았으나 꿀꺽 삼킬 수밖에 없었다.

하루가량 투자해 엿새의 자유를 확실히 보장받을 수 있다면 나쁘지 않은 거래이다 싶기도 했지만, 그는 무엇보다 옆에 앉은 여자 때문에 신경이 쓰였다.

뭔가 불길했다. 불현듯, 이 여자와 어디선가 마주친 게 분명하다는 느낌이 들었다. 만약 그게 사실이면 귀찮아진다. 여자는 미인의 설명 내내 코를 팽팽 풀면서 흐느꼈다. 때와 장소를 못 가리고 감정을 쏟아내는 꼴이라니. 게다가 레이스 달린 카디건에 꽃무늬 치마라니. 구제할 길이 없는 감각이다. 그는 아예 등을 돌리고 앉아 다른 입주자들을 둘러보았다.

화려하고 세련된 차림의 미남과 후줄근한 사십대 중년 남자가 나란히 앉아 있었다. 중년은 며칠 면도를 걸렀는지 턱이 거뭇했다. 하품을 쩍쩍 하며 귀를 후비는 폼이 영 지루한 모양이다. 세련된 미남은 휴대폰을 쥐고 누군가와 계속 메시지를 주고받고 있었다.

그 뒤에 이십대 중반으로 보이는 앳된 청년 하나가 주위를 두리번거리다가 울고 있는 그의 옆자리 여자에게 시선을 고정하더니 고개를 갸웃했다. 그러다 그와 눈이 마주치자 청년은 냉큼 고개를 돌렸다.

"저기요." 여자가 훌쩍이며 입을 열었다. 그가 그녀를 애써

무시하려 한다는 걸 눈치 채지 못했는지 손가락으로 쿡쿡 찔러대기까지 한다. 그는 끝까지 외면하려고 졸고 있는 척 눈을 감았지만, 여자는 기어이 깨우고 말겠다는 집념으로 그의 어깻죽지 부근을 계속해서 찔러댔다.

"저기요, 휴지 있음 좀 주실래요? 제가 이걸 다 써버려서."

하는 수 없이 고개를 돌린 그는 경악했다. 여자의 옆에 젖은 휴지의 산이 솟아 있었다. 이런…… 나라가 망했나, 부모가 죽었나. 이런 수분 배출의 이유는 분명 꽃이 너무 아름답다거나, 싱글빌의 입주가 감격스럽다거나 하는 하찮은 것 때문이겠지, 그는 생각했다.

"없어요." 그는 최대한 냉정을 유지하며 낮은 목소리로 대꾸하고는 고개를 돌렸다. 그에게 말 걸지 말라는 의지를 최대한 실은 채로. 여자는 다시 어깨를 찌르며 반문했다. "네? 뭐라고요?"

짜증이 솟구쳤다. 이런 여자는 꼭 되묻는다. 그것도 상처 입은 얼굴로. 그는 조금 목소리를 높여 좀 더 분명한 목소리로 대꾸했다.

"없다고요. 그리고 그만 좀 하죠. 자리도 자린데."

여자는 그의 반응에 움찔하더니 변명처럼 말을 늘어놓기 시작했다.

"죄송합니다. 제가 금방 뭘 좀 보고 왔는데, 너무 슬퍼서. 아무리 멈추려고 해도 눈물이 자동으로 막 흘러서 어떻게 할 수가 없어요. 죄송해요. 괜히 저 때문에……."

여자는 손바닥으로 연신 눈물을 훔치며 말했다. 어느새 방 안의 모든 사람이 그와 여자를 보고 있었다. 여자는 심지어 자리에서 일어나더니, 고개를 숙여 모두에게 사과했다. 그는 고개를 돌려 상황을 외면하려 했지만, 미인은 그 광경을 놓치지 않고 미소를 지었다.

"자리에서 일어선 김에 3호 입주자부터 자기소개를 할까요?"

이건 또 무슨 나비효과인가. 이 주책없는 여자 때문에 자기소개 따윌 해야 한다니. 마침 중년 남자도 같은 생각을 한 모양이었다. 그가 하고픈 말을 남자가 대신했다.

"초등학교 개학식도 아니고, 낯부끄럽게 그런 걸 꼭 해야 됩니까."

"여기는 싱글빌. 싱글들이 모여 살지만 분명한 공동체입니다. 저는 이상적인 공동체에 대한 일종의 실험을 하고 있습니다. 운영방식이 마음에 안 드신다면 언제든 퇴거하셔도 좋습니다. 대신 입주할 때 내셨던 계약금은 반환하지 않는다는 조건, 알고 계시죠? 5호 입주자, 고성민 씨."

미인의 말투는 부드러웠지만 단호했다. 신문 지상을 오르내리며 이름을 알린 재벌 따님다웠다. 올해로 쉰 살이라고 했으나 깨끗한 피부와 세련된 태도 덕분에 열 살 정도 젊어 보였다. 고성민은 코를 찡긋하더니 팔짱을 꼈다.

눈치를 보던 여자가 쭈뼛거리며 자기소개를 시작했다.

"안녕하세요. 저는 임소영이고, 나이는 서른다섯. 실내 인테리어 일을 하고 있습니다. 3호로 이사했어요. 잘 부탁드립니다."

"말도 안 돼."

어디선가 속삭이듯 낮은 목소리가 튀어나왔다가 금세 사라졌다. 사람들은 고개를 돌려 목소리의 임자를 확인하려 했으나 누구인지는 알 수 없었다.

놀란 건 그도 마찬가지였다. 임소영…… 15년 전 이후로 단 한 번도 입 밖에 낸 적이 없으나, 가슴 한구석에 화인처럼 새겨진 그 이름. 그는 임소영이라는 여자를 다시 한 번 찬찬히 뜯어보았다. 초면에 하는 짓부터 이상하더니, 어울리지도 않는 이름이다. 게다가 3호라니. 2호에 입주한 그의 바로 옆집이었다. 최대한 마주치지 않기 위해 애쓰는 것 외엔 길이 없다.

그와 눈이 마주치자 황망히 시선을 피했던 청년의 이름은 정건우라고 했다. 4호에 입주한 25세의 예비역이었다. 틈나는 대로 봉사활동을 하고 있다고 했다. 가끔 취미로 피팅 모델도 한다고 에둘러 말했지만, 결국 백수라는 얘기다. 저런 친구가 어떻게 여기에 입주할 수 있었을까. 뭔가 수상한 냄새가 난다. 정건우뿐만 아니었다. 그가 보기엔 모두가 그랬다. 고르고 골 라낸 독신자들이 이 모양이라니. 남들의 눈에 비친 자신의 모 습도 설마 이 지경일까 하는 데까지 생각이 미치자 소름이 돋 을 지경이었다.

5호에 입소한 중년 남자 고성민은 개인 사업을 한다는데, 무 슨 일을 하는지는 끝끝내 구체적으로 밝히지 않았다. 정이 많 아 이혼 당했다는 황당한 이유를 대며 능글맞게 웃는 폼이 퇴 근 후에 부하직원을 잡아 앉혀 폭탄주를 들이미는 꼰대의 전 형이다. 말로는 42세라고 하는데, 생긴 걸로 봐서 서너 살은 족 히 더 들어 보였다.

화려하고 세련된 차림의 미남은 제일 끝집인 6호에 사는 이 정혁이었다. 그와 동갑인 32세로, 스타일리스트라고 했다. 잡 지에서 튀어나온 듯한 모습이 괜히 만들어진 게 아니었다. 생 긴 대로 논다고, 저치가 이곳에서 빚어낼 법한 난잡함과 무분 별함을 상상하며 그는 불쾌함을 감출 수가 없었다. 하지만 그

의 생각과는 달리, 정혁은 최대한 싱글빌의 내규에 따를 것이
고, 오래도록 이곳에서 살고 싶다는 말로 소개를 마쳤다.

차례가 되자, 그는 자신을 잡글을 쓰는 작가라고 퉁명스럽
고 짧게 소개했다. 입주민들은 여전히 그를 바라보며 더 많은
정보를 기대하는 눈치였다. 하지만 그는 그대로 입을 닫았다.
자신을 고성민이라고 소개한 남자가 특히나 유심히 관찰하는
게 느껴졌다. 허허실실 웃고만 있던 남자의 눈빛은 일순 날카
롭게 빛났고, 그는 그 따가운 시선에 고성민 쪽으로 시선을 돌
렸다. 하지만 남자는 금세 표정을 바꿔 허허 웃고 있었다. 그는
고개를 갸웃 하고 자리에 앉았다.

모두 인사를 마치자 미인은 만족스럽다는 듯 말했다.
“다시 한 번 모두 환영합니다. 그동안 꿈꿔 오신 싱글 라이
프를 마음껏 누리시길 바랍니다. 그러기 위해 협조해주서야
할 마지막 규칙이 있습니다. 아주 중요한 것이니 다들 집중해
주세요. 고성민 씨!”
얕게 코까지 골며 졸던 성민이 입이 찢어져라 하품을 했다.
“다 듣고 있어요. 자꾸 그렇게 부르시면 정듭니다, 정미인
씨.”
미인은 성민의 수작을 가볍게 무시하고 말을 이어갔다.

"싱글빌 입주자들은 절대 연애 금지입니다. 발각 시 강제 퇴거입니다."

사랑. 모든 갈등의 시발점이자 불화의 근원, 불행의 씨앗이자 무모함의 원천. 그걸 금지하다니, 탁월한 규정이라고 그는 생각했다. 그 말 한 마디로 이제까지의 막무가내 규칙들을 모두 용서하고픈 기분까지 들었다.

연애. 그건 귀찮고 피곤한 일이었다. 내 것이든 남의 것이든 마찬가지다.

그런 감정은 새벽녘 호숫가에 퍼지는 안개처럼 몰래 내려앉아 인간의 시야를 흐린다. 어긋난 자기애의 끝이 바로 사랑이다.

그런 맹목적인 감정하에 나를 타인에게 내맡기고, 그 사람의 감정에 자신의 목숨과 영혼을 바치는 건 어리석을 뿐 아니라 폭력적이다. 너를 사랑하니까 나를 사랑해달라는 외침은 난데없고 소모적인 생떼에 불과하다.

차라리 혼자 사는 것이, 스스로를 통제하에 두는 것이 이타적인 행동이다. 아마도 몇 세기쯤 후에는 독신의 삶을 선택한 이들이 인류에 얼마나 헌신하고 기여했는지를 깨닫고 기리는 날이 올 것이라고, 그는 믿고 또 믿었다.

아름답지 못한 동화작가

장명복은 몇 가닥 안 남은 머리카락을 조심스레 매만지며 식은 커피를 두 잔째 마시고 있었다. 테이블이 다섯 개뿐인 작은 카페는 아기자기한 소품으로 가득했다. 그 화사한 공간에서 딱 하나 어울리지 않는 게 있다면, 그건 바로 장명복 자신이었다.

명복은 커피를 홀짝홀짝 마시며 현아를 기다렸다. 그리고 자신이 대체 뭘 잘못했을까 골똘히 상념에 잠겼다. 무슨 죄를 지었기에 이런 어울리지도 않는 장소에서 새파랗게 어린 삽화작가를 굴욕적으로 기다려야 하는가. 그 질문의 끝에는 딱 한 인물이 자리하고 있다. 대한민국 최고의 동화 작가 성윤. 출간과 동시에 베스트셀러에 오르는 몇 안 되는 작가. 그는 명복의 출판사를 먹여 살리는 물주였다. 대중은 물론 출판사 직원, 함께 작업하는 삽화 작가에게까지 얼굴을 내보인 적이 없는 까다롭고 괴팍한 한국의 안데르센.

두 번째 시킨 커피가 바닥을 보이자 명복은 성윤이고 나발이고 간에 다음 손님, 그러니까 이 공간에 어울리는 다른 사람이 들어오면 자리를 뜨리라 다짐했다. 출입문에 달린 종이 딸랑거렸다. 명복은 재빨리 일어섰다.

"편집장님!"

명복의 두 손을 와락 그러잡은 건 현아였다. 명복은 얼결에 현아와 악수를 나누고 다시 자리에 앉았다.

"정말 죄송해요. 준비하고 나오는 데 시간이 좀 걸렸어요."

과연 준비를 야무지게도 했다고 명복은 생각했다. 메이크업에서 머리 스타일까지 지금까지 보던 현아와 느낌이 달랐다. 현아는 코트를 벗어 안감이 겉으로 나오게 단정히 접어 옆 의자에 걸쳐놓았다. 원피스를 입은 모습이 마치 선보러 나온 참한 아가씨 같았다.

"여기 강 작가네 동네고, 나 출발할 때 통화한 걸로 기억하는데."

"솔직하게 말씀드릴게요. 우울하면 의욕이 부진해지는 거 아시죠. 시계에 초침 분침 돌아가는 거 뻔히 보면서도 일어날 수가 없어서요. 그렇다고 편집장님께 결혼 취소되고 망가진 여자로 보이는 건 죽어도 싫고. 겨우 일어나 있는 힘껏 꾸미고 나온 거니까 한 번만 봐주세요. 네?"

현아는 애교를 떨며 방긋 웃었다.

"웃지 마. 정 떨어져."

"울면 더 싫어하실 거면서."

현아는 다시 한 번 보조개가 옴폭 패도록 미소 지었다. 이렇게 사랑스러운 여자인데, 무슨 문제였을까…… 명복은 쓸데없는 호기심을 누르려는 듯 얼른 화제를 돌려 입을 열었다.

"일할 수 있겠어?"

"그럼요. 저 일 필요해요. 실연의 고통을 잊는 데는 일이 최고라잖아요. 어느 작가님 작품이에요? 원고 다 나왔죠?"

"강 작가 복 받은 줄 알아. 성윤 작가가 특별히 지목했으니까."

성윤이란 두 글자를 듣는 순간, 현아의 얼굴이 굳어졌다.

"안 해요. 다른 작품 주세요."

"무슨 소리야. 성윤이면 맡아놓고 스테디셀러인 거 알잖아. 애어른 나눌 것 없이 탄탄한 독자층을 가진 그런 동화 작가, 성윤 말고 우리나라에 없어. 저번 책도 인세 짭짤하지? 강 작

가도 같이 일해봐서 알겠지만 성윤이 어디 보통 깐깐하냐. 그
동안 작업 중간에 갈아치운 삽화 작가만 한 다스는 될걸. 근데
콕 집어 강 작가랑 다시 하고 싶대. 첨에 성윤 작가 삽화 맡았
을 때 강 작가, 만세 삼창 했다. 나 똑똑히 기억해.”

“그 자식 건 안 한다니까요!”

현아의 거친 대답에 놀란 건 명복만이 아니었다. 커피를 내
리던 카페 주인도 깜짝 놀란 눈으로 건너다보고 있었다.

“작업하면서 고생한 건 알지만 그렇게 질색할 정도야?”

“그 개 같은 작가 아니었음, 그렇게 비참하게 실연당하진 않
았을 거라고요. 다 그 새끼 때문이야!”

현아는 작은 주먹을 꼭 쥐고 테이블을 두드리면서 분을 삭
이지 못했다. 명복은 앞날이 순탄치 않음을 직감했다. 성윤은
한 번 정한 것은 바꾸지 않는다. 새파랗게 어린 삽화 작가 때
문에 성윤에게 들볶일 날들을 생각하니 명복은 얼굴이 새파랗
게 질렸다.

*

모든 게 아름다울 수는 없는 일이다. 현아는 사회에 나온 이

후로 극악무도한 인간도 여럿 만났다. 그래도 버틸 수 있었던
건 그 반대편에서 선함으로 균형을 이루는 사람들 덕분이었
다. 그러나 이 작자를 만난 후로 현아는 세상이 악으로 기울고
있다는 확신이 들었다.

"으아아악! 이 개 같은 작가 새끼!"

웨딩 촬영을 앞둔 그날도 현아는 성마른 음성으로 화장실
에서 소리를 질러댔다. 거울에 코를 박고 붙어 있는 현아의 양
쪽 눈이 시뻘겋게 충혈돼 있었다. 실핏줄이 무참히 터진 흰자
위를 받치고 있는 눈 밑 살이 부르르 떨렸다. 사흘을 꼬박 새
며 작업한 결과, 퉁퉁 부어오른 얼굴의 오른쪽 뺨에 볼록하게
뾰루지가 솟았다. 현아는 흰자위에 그어진 실핏줄이 터져나갈
기세로 뾰루지를 노려보고 있었다.

절반으로 끊은 면봉을 양손에 한 쪽씩 든 채 현아는 망설였
다. 뾰루지에 섣불리 손을 댔다가 대참사가 벌어지면 어떡하
나. 남들은 마사지에 경락에 3개월을 준비해서 찍는다는, 결혼
식 날보다도 더 예뻐야 한다는, 한 번 찍으면 백년 간다는 웨
딩 촬영 아침에 이따위 고민을 하고 있다니. 속이 부글부글 끓
어올랐다. 모든 게 다 성윤, 그 자식 때문이다. 현아는 치를 떨
며 찬물로 세수를 했다. 이 지경까지 오게 만든 얼굴도 모르는
성윤 작가를 저주하는 온갖 단어들이 부서지는 물방울처럼 무

수하게 뇌리를 스쳤다.

　되는 것 없이 자빠지는 나날을 보내던 중이었다. 그땐 이상하게 운이 좋았다. 현아는 성윤의 동화 삽화를 맡고서 기뻐서 어쩔 줄 몰랐다. 얼마나 좋았던지, 질주로 과속 딱지를 두 번이나 떼고도 웃으며 범칙금을 냈다. 경찰에게 "죄송합니다. 행복해서요."라고 했었나. 영화판에서 축출된 뒤, 이불 속에서 굴을 파며 일주일쯤 곰삭아 있을 때, 그녀를 꺼내준 것이 바로 성윤의 동화였다.

　일찍이 한국영화에서 볼 수 없었던 새로운 미장센을 창조하리라는 거대한 포부 따윈 그녀에게 없었다. 그저 말랑말랑한 연애 영화에 어울리는 아기자기한 공간을 꾸미고 싶을 뿐이었다. 그러나 눈에 보이는 아기자기함 뒤에는 보이지 않는 처절함이 있었다. 현아는 과로와 쌍욕의 홍수 속에 정신을 차릴 수가 없었다.

　돌 틈에 끼어 찢기는 수풀처럼 속절없이 마모되어가는 나날의 연속이었다. 코피와 기절을 밥 먹듯 했지만 현아는 버텼다. 그녀의 근성을 마땅히 칭찬하여 타의 모범으로 삼아야 할 팀장은 이렇게 말했다. "넌 꼭 종양 같아. 너만 딱 도려내면 우리 미술팀이 완벽해진다, 이 말이야."

수술은 긴급히 이루어졌고, 현아는 하나의 세계와 이별했다. 아니, 떠밀려 내려갔다.

현아는 그나마 남은 세계에서도 꺼져버리겠다는 심정으로 집에 틀어박혔다. 그때, 집구석에서 뒹굴고 있던 동화책 한 권을 만났다. 그런 물건들이 꼭 있다. 언제나 곁에 있지만 꼭 필요한 때에만 마술처럼 모습을 드러내는 사물. 바로 성윤의 동화였다. 쉽고 간결한 문체로 쓴 외눈박이 괴물의 이야기였다. 누구와도 친구가 되지 못한 괴물이 마을 사람들과 잔치를 벌인 후 다시 외로운 집으로 돌아가는 결말이 특히 마음에 들었다.

그의 세계는 외롭지만 아름다웠고, 어두웠지만 눈부셨다. 누구나 품고 있는 고독과 두려움, 고귀함을 갈망하는 희구를 이 사람은 알고 있구나. '분명해. 나랑 비슷한 사람이야!' 현아는 벌떡 일어나 신발 끈을 묶었다.

좋아. 나도 내 세계를 구현해내겠어.

그 길로 동화 삽화의 길로 들어섰다. 철저히 베일에 싸인 작가라 얼굴을 본 적은 없지만 성윤은 현아의 인생 진로를 완전히 바꿔준 스승이나 마찬가지였다. 바로 그의 책을 맡았을 때의 희열은 말로 표현하기에도 벅찼다. 그런데 자신의 로망이자 스승이며 꿈이었던 사람이 개자식이었다니, 현아는 탄식했다. 차라리 몰랐다면 여전히 그를 동경하며 지냈을 것이다. 짝

사랑하던 생물 선생이 알고 보니 변태였다는 얘기만큼이나 슬픈 일이었다.

　결국 건드리고 말았다. 저도 모르게 손가락에 힘이 들어가 버렸다. 잘 익은 뾰루지. 건드린 이상 짤 수밖에 없다.

　타이밍…… 언제나 미리 기다리고 있다가 사람을 낚아채 주저앉게 만드는 타이밍. 위기를 느꼈을 때는 이미 늦었다. 결국 알아차리지 못했던 자신의 우둔함을 저주하며 앞으로 나아갈 수밖에 없다. 성윤의 삽화를 맡았을 때, 현아는 기쁨에 떨었지만, 작업을 시작하면서 그 길이 개미지옥 같은 늪이라는 사실을 깨달았다. 이미 무릎까지 빠져버린 후라 되돌릴 수가 없었다.

　현아는 새 면봉을 꺼내 반으로 뚝 잘랐다. 천천히 심호흡을 하곤 호흡을 멈췄다. 부들부들 떨리는 손에 맞춰, 저절로 눈이 찡그려졌다. 이깟 뾰루지 때문에 이렇게 긴장하다니. 한심하기 그지없는 상황이다. 현아가 쥔 면봉이 슬그머니 뺨을 밀면서 뾰루지를 향해 다가가는 순간.

　멍, 멍, 멍!

　개 작가의 메신저가 울렸다. 시안에서 통과한 것을 처음부터 싹 다시 그리라고 했을 때부터 현아는 성윤 작가만을 위한

'개소리'를 메신저 음으로 설정했다. 성윤이 오케이 할 때까지 수없이 시안을 그려댔다. 그 과정을 또다시 반복하느니 차라리 제 발로 지옥에 걸어 들어가는 게 나았다.

멍, 멍, 멍!

식탁 위에 놓인 노트북이 여전히 짖어댔다. 대꾸하지 않으면 아마 하루 종일 그러겠지만, 현아는 들여다볼 생각이 없었다. 웨딩 촬영을 앞두고 있는 지금, 더 큰 문제는 뾰루지였다.

현아는 면봉을 다시 그러쥐었다. 언젠가 성윤의 모습을 상상한 적이 있다. 함께 작업하기 전엔 섬세하고 가는 선을 지닌 시인의 이미지였다. 그러나 이젠 확신이 든다. 분명 시커먼 얼굴에 단춧구멍만 한 눈, 툭 튀어나온 이마에 기름지게 벗어진 대머리일 거다. 키는 땅딸막하고 목은 굵고 짧겠지. 현아가 머릿속에 그리는 성윤은 로트와일러였다. 한 번 물면 죽을 때까지 놓지 않는 집요한 개자식.

타인의 삶

"여기 뭐가 있다는 거야? 임소영 씨, 이쪽 맞아요?"

방 씨는 아까부터 잔뜩 찡그린 얼굴로 커다란 핸들 위로 턱을 쭉 내민 채 전방을 살피고 있었다. 도심과 가까운 곳에 이런 데가 있다니. 수십 년 동안 트럭을 몰았지만 생소한 장소였다. 가도 가도 끝날 줄 모르는 자작나무 숲길을 달리는 이사트럭이라니, 상황이 뭔가 이상하지 않은가. 게다가 의뢰인이 말한 '싱글빌'이란 곳은 상호도, 전화번호도 검색되지 않았다. 주소를 찍어보니 말 그대로 숲 한가운데였다.

덜컹거리는 건 트럭뿐이 아니었다. 의뢰인 임소영 씨는 차창에 머리를 박고 사정없이 졸고 있었다.

"임소영 씨, 아가씨! 아줌마! 정신 좀 차려봐요."

여자는 아무리 불러도 고개를 들지 않았다. 차창에 머리를 박을 때마다 여자는 일정한 간격으로 신음 소리를 냈다. 그러면서도 깨어나지 않았다. 의뢰인은 잠결인지 얼굴을 박은 채 괴이한 소리를 냈다. 방 씨의 입장에선 소름이 돋는 일이 아닐 수 없다. 사람 사는 마을이란 게 도저히 있을 법하지 않은 숲길에, 이름을 불러도 못 알아듣고 잠에 빠져 기이한 잠꼬대를 하는 여자라니.

방 씨는 모든 상황이 황당할 뿐이었다. 자작나무 숲속으로 트럭 한 짐을 싣고 가는 이 여자의 정체가 궁금했다. 방 씨는 다시 임소영이라는 여자를 흔들어 깨워 큰소리로 물었다.

"임소영 씨, 제대로 가고 있는 것 맞죠?"

"네? 아…… 아마도요."

간신히 고개를 든 여자는 입가에 흐른 침을 쓰윽 닦으며 해맑게 웃었다. 방 씨는 다시금 소름이 돋았다. 싱글빌이라는 곳이 정신병원은 아닐까, 하는 생각이 들었다.

*

능선은 희었다. 누군가 설탕가루를 곱게 체로 걸러낸 듯, 앙상한 나뭇가지들 위로 살포시 눈이 덮여 있었다. 바람이라도 불면 그대로 바스스 날아가버릴 것 같았다. 소영은 차창에 입김을 불어보았다. 저 먼 아름다움에 닿을 리 없었다. 더운 바람은 유리에 동그랗게 자국을 냈다가 금세 사라졌다.

"소영아, 니 아부지 죽는다!"

30년 넘게 당해놓고도 아직 아버지의 '죽는다'는 말에는 꼼짝 못하는 엄마였다.

"아빠 죽어도 안 죽는 사람인 거 아직도 몰라? 엄마, 나 돈 없어. 석 달 전에 막아준 게 마지막이라고 그랬잖아."

번호를 바꾼 뒤 첫 통화였다. '그래도 엄마한테는'이라는 생각이 얼마나 위험한지 소영은 잘 알았다. 스무 살이 되면서부터 부모와는 오직 '계좌'로만 연결된 처지였다. 사회에 나서자마자 소영은 지독하게 일했다. 부모로부터 멀어지고 싶었지만, '그래도 엄마한테는'의 주문에서 헤어날 길이 없었다. 그 관계를 끊으려고 몇 번이나 마음먹었지만, 그때마다 왠지 모르게 가슴이 쓰라렸다. 아빠는 엄마를 통해 늘 당당히 돈을 요구했다. 그만큼 키워놨으니 부양하는 게 당연하다며. 안 그러면 콱 죽어버리겠다며, 이거 못 막으면 그야말로 죽은 목숨이라며 엄마는 언제나 울면서 전화를 걸어왔다.

"소영아,"

"당장은 힘들어. 한 달 정도 뒤에 드린다고 해봐요."

"참말로 니 아부지 죽는단다. 직장암이란다. 우짜노, 나는 참말 우째야 되노."

그래서 소영은 고속버스에 몸을 실었다. 아빠는 울산에 있는 대학병원에 입원해 있었다. 일단 중간정산 할 돈을 부치고 소영은 전주로 향했다. 당장 돈을 융통할 수 있는 일거리를 찾았다. 낯선 곳에 일을 하러 갈 때마다 언제나 온몸의 신경이 곤두섰다. 소영은 차라리 그렇게 정신을 소진하기로 결정했다. 가족 문제 앞에서 그녀가 할 수 있는 건 언제나 그렇게 자신을 들볶는 것뿐이었다.

아빠는 막일을 했다. 일하는 날보다 쉬는 날이 더 많았다. 아빠는 가난한 집에 태어나 배운 것 없어 할 수 있는 게 없다고 취한 소리를 주워 담았다. 그러면서도 소영을 가르치려고 하지 않았다. 무식은 아빠의 면죄부였고, 어쨌든 딸을 굶기지 않았다는 게 아빠의 훈장이었다. 실상 쌀을 빌리러 다니는 것은 엄마였지만.

늘 벽을 향해 누워 소주 냄새를 풍기던 아빠는 이를 알면서도 모른 척했다고 소영은 지금까지 믿어왔다. 그런 아빠가 죽을병에 걸렸다고 했다. 그리고 엄마는 그런 남편이라도 살리고 싶어했다.

버스는 시원하게 고속도로를 달렸다. 창밖으로 탁 트인 평야가 줄을 잇기 시작했다. 소영은 머리를 기대고 눈을 감았다. 도착하는 순간부터 강행군이 시작될 것이다. 조금이라도 쉬고 싶었다. 주머니에서 휴대폰이 울렸다. 또 엄마일까봐, 가슴이 싸했다. 다행히 모르는 번호였다.

"여보세요."

"임소영 씨 되십니까?"

"네, 그런데요."

"축하합니다. 싱글빌 분양권에 당첨되셨습니다."

"네?"

"지난달에 접수하신 싱글빌이요."

"아, 네."

잊고 있었다. 헤어지기 전, 꼬맹이가 국내 최초 독신들을 위한 주거공간이라며 그곳을 추천했다. 어차피 갖고 있으면 다 뺏길 돈, 깔고 앉아 있어야 된다고 했었던가. 달랑 여섯 명을 뽑는다기에 진짜 될 줄은 몰랐다. 소영의 인생에 행운은 드물었다. 부모 운이나 재물 운, 하다못해 뽑기 운마저. 랜덤으로 돌아가는 횡재는 소영에게 해당되지 않는 단어였다. 그래서 그녀는 웬만한 것은 노력으로 쟁취해왔다. 그런데 당첨이라니. 소영은 얼떨떨한 기분으로 고민에 빠졌다.

그곳을 소개해준 꼬맹이와는 헤어졌고 통장은 빈데다, 서울에서는 멀어지고 있었다. 가지고 싶은 것은 꼭 가질 수 없을 때 온다. 익어가기 직전의 사랑을 포기하고, 계획했던 휴식을 포기한 소영은 마지막에 다가온 이 행운을 어떻게 대해야 할지 몰랐다.

"여보세요, 임소영 씨, 들리시나요?"

허리가 뻐근해지는 게 느껴졌다. 두어 번 헛기침을 하고 소영은 입을 열었다.

"네, 입주는 언제인가요?"

*

현아는 자꾸 실수를 했다. 트럭 기사가 '임소영 씨'를 부를 때마다 현아는 한 박자 늦게 대답을 했다. 한동안 소영이라는 이름으로 살려면 긴장을 하고 있어야 하는데, 난생처음 시도하는 위장이 쉽지가 않았다.

소영에게 전화가 온 건 민아와 한바탕 툭탁거리고 난 뒤였다. 이럴 거면 미국으로 꺼져버리라고 소리치는 현아에게 민아는 히스테리 좀 그만 부리라며 현아의 작업 도구들을 문밖으로 던져버렸다. 어릴 때부터 패자는 늘 현아였다. 여섯 살 터울의 동생인데도 도저히 이길 수가 없었다. 현아가 소리치면 민아는 악을 썼고, 현아가 밀치기라도 하면 민아는 주먹을 쥐고 달려들었다.

5년 전, 부모님의 이혼 후 떨어져 살 땐 그토록 밉던 동생이 그립기도 하고 보고 싶기도 했다. 그런데 결혼식 준비를 돕는답시고 민아가 귀국한 지 이틀 만에 자매애는 사라졌다. 결혼을 앞두고 전세로 살던 방을 빼고 원룸 하나를 얻어 살고 있었기에, 좁은 방에서 둘은 서로에게 더욱 열을 냈다. 파혼으로 끙끙 앓는 언니를 옆에 두고 족발을 뜯어먹으며 '먹고 죽은 귀신이 때깔도 좋다'는 속담을 읊어대는 동생. 독신을 선언했을 때 제일 크게 비웃은 것도 민아였다.

그날도 서랍에서 한때 결혼할 뻔한 인간에게 받은 팔찌가 나와 망연해 있는 자신에게 민아가 시비를 건 것이다, 라고 현아는 주장한다. 아니 5년간 미국에서 영어나 배울 것이지, 욕쟁이 할머니한테 과외라도 받은 것인지 민아는 희한한 단어들로 현아를 모욕했다. 공부 좀 한다고 이혼한 부모님이 각자 재산을 보태 유학까지 보냈는데, 성격은 변하게 없었다. 오히려 더 더러워져 있었다.

단순히 결혼 안 한다고 다 독신이냐, 넌 독립부터 해라. 돈벌이도 시원찮아서 아직까지 아빠한테 용돈 받아 살면서 스스로 한심하지도 않냐, 넌 밥만 축내는 예민한 식충에 불과해! 라는 독설에 현아는 그만 폭발하고 말았다. 그래봤자 민아의 악다구니에 꼬리를 내릴 수밖에 없었지만.

폭풍이 지나간 자리의 뒷수습은 늘 패자의 몫이었다. 현아는 엉망이 된 방을 정리하고 마지막으로 사건의 원흉인 팔찌를 쓰레기통에 버리면서 얄밉긴 하지만 맞는 말이라고 인정할 수밖에 없었다.

현아가 영화판을 전전하면서 겨우 모은 푼돈과 아버지의 도움을 보태 마련했던 전세금은 월세로, 생활비로, 대출금 이자로 서서히 사라져 갔다. 학자금대출은 다 갚지도 못했다. 결혼은 깨졌다. 그림만 그려서는 이 생활을 벗어날 수 없을 거라고 현아는 생각했다. 아무리 해도 수지가 맞지 않았다.

아닌 게 아니라 파혼 후. 현아는 아직 수없이 남은 인생에 대해 진지하게 고민했다. 앞으로의 50년을 계획했던 첫 단추부터 어그러졌으니, 모든 것이 엉망이었다. 재정도, 생활도, 벌이도 다시 생각해야 했다. 이제 와 다시 아빠의 도움을 받을 수는 없다. 민아 뒷바라지만으로도 벅찬 게 사실이었다.

가장 첫 번째로 처리해야 할 문제는 월세 방이었다. 급하게 얻은 터라 터무니없는 가격에 계약을 했다. 남은 결혼자금으로 살 집을 구해야 했다. 잠자리가 불안하면 일상도 불안했다. 현아는 매일 부동산 사이트를 뒤졌지만, 적당한 집은 나오지 않았다. 민아는 그마저도 한심한 눈초리로 보았다.

그때 소영에게 연락이 왔다. 싱글빌이라는 곳에 입주하게 되었다는 것이다. 무슨 수를 쓰든 삶을 끌고 가는 소영이 현아는 늘 부러웠다. 그런데 이번엔 집이라니. 소영은 언제나 현아보다 앞서 가고 있었다. 그런데 싱글빌? 들어본 적도 없고, 검색도 되지 않았다. 진짜로 있는 거냐고 되묻기도 했다.

아무튼 신개념 독신주택이라니 언니에게 딱 어울린다고 축하했는데 소영이 생각지도 못한 이야기를 꺼냈다. 현아에게 자신의 이름으로 살아달라는 부탁을 한 것이다. 전주에서 한옥을 개조해 게스트하우스 만드는 일을 시작하게 되었는데, 날짜를 맞춰 입주하지 않으면 분양이 취소된다는 것이었다.

"회사 쪽에 문의해보니까 첫 6개월은 반드시 당첨자가 거주해야 한다더라고. 서류에 사진 붙어 있는 것도 아니고, 다들 모르는 사람들끼리 만나 사는데다 무엇보다 프라이버시를 존중한다고 해서 너 작업실 겸 들어가 살면 어떨까 생각해본 거야."

현아는 원래 부탁을 거절하지 못하는 성격이었다. 내내 자의 20, 타의 80 정도 비율의 호구로 살아왔다. 하지만 소영을 위해서라면 100퍼센트의 자의로 충분히 조력할 수 있었다. 게다가 돈 한 푼 들이지 않고 집을 구할 기회였다. 소영이 돌아올 때까지 보증금 없이 지금 있는 월세의 반 정도 되는 돈으로 살 수 있었다.

"언니, 나 한번 해볼게. 싱글빌에 들어갈게."

새로운 나로 태어나기란 얼마나 힘든가. 그것은 모험이자 투쟁이다. 현아는 선망해왔던 소영이 되기로 결심했다. 임소영이란 세 글자는 그녀에게 이 시대를 살아가는 멋진 싱글의 대명사였다. 현아는 자신이 누구인지 아무도 모르는 곳에 가서 머리부터 발끝까지 완전히 혁신적으로 변신하겠다고 다짐했다.

"조금만 더 들어가면 보일 거예요."

현아는 소영이라면 했음직한 태도로 최대한 우아하고 당당하게 대답했다. 트럭 기사는 의심의 눈빛을 거두지 않았다. 기사는 아까부터 현아에게 이것저것을 꼬치꼬치 캐물었다. 무슨 일을 하는지, 원래 사는 곳이 어디였는지, 또박또박 신상을 캐는 트럭기사에게 현아는 최선을 다해 소영으로서 대답했다.

　현아는 창문을 내려 공기를 음미했다. 청명했다. 좋아서 소리를 지르고 싶을 정도였다. 그때, 멀리 마을 입구가 보였다. 길 끝에 버티고 선, 키 큰 전나무 사이에 걸쳐진 아치형의 나무간판이었다. 두 나무가 자연스럽게 연결된 모양이 하나의 큰 문처럼 보였다. 나무간판 중앙에는 현아가 새로운 삶을 위해 들어가는 신세계의 이름이 돋을새김으로 선명하게 새겨져 있었다.

싱글빌

SINGLE VILLE

을의 의견

윤성은 볼륨을 올렸다. 푸치니의 〈투란도트〉가 거실을 가
득 메웠다. 이렇게 크게 음악을 들어도 항의하는 사람이 아무
도 없다니, 천국이야. 윤성은 그동안 다른 집 눈치를 보느라 못
해본 것을 해보며 싱글빌 입주 첫 날을 맞이했다. 채광도 좋았
다. 햇살은 부족하지도 않고 그렇다고 과하지도 않게 적당했
다. 그러나 윤성은 홀로 있을 때는 밝은 쪽보다는 적당한 어둠
을 선호했다. 음성 인식 시스템을 이용해 블라인드를 내리자
집 안은 금세 어둑해졌다. 숨기 딱 좋은 집이였다.

윤성은 와인을 땄다. 끔찍한 공동 현관과 숨 막히는 공동 엘
리베이터로부터 탈출한 기념이었다. 무엇보다 음악만 틀면 초

인종을 눌러대던 옆집 남자로부터 벗어날 수 있어서 좋았다. 축하나 파티 같은 단어와는 익숙지 않았지만, 오늘만은 남몰래 수선을 떨 이유가 충분했다.

달콤한 와인과 웅장한 멜로디를 한껏 음미하려는 순간, 윤성은 마음 깊은 곳에서 슬픔 비슷한 감정이 차오르는 걸 느꼈다. 하지만 그게 정확히 어떤 종류의 감정인지 알 수가 없었다. 그는 슬픔과 외로움을 오랫동안 느껴보지 못했다. 아주 오래전, 헛된 사랑 이후로 그는 마음의 벽을 높게 쌓았다. 마침내 혼자가 되었을 때, 슬픔이나 외로움, 사랑이나 기쁨 같은 감정을 구분할 수 없게 되었다. 그저 고요하게 존재하는 것이 그는 편했다.

낮이었지만 최첨단 블라인드는 빛을 완전히 차단했다. 윤성은 어둠 속으로 손을 뻗어 눈물을 찾았다. 깨끗하게 정리된 책상의 매끄러운 감촉이 느껴졌다. 7년 전, 첫 작품 계약금을 받자마자 윤성은 책상을 알아보기 시작했다. 의왕, 사당, 분당까지 수도권 내 위치한 가구거리를 이 잡듯 뒤졌지만 마음에 드는 책상을 고를 수가 없었다. 기어이 홍천의 목공소까지 찾아가 솔리드로 제작할 호두나무를 고르고, 자르고, 말리고, 짜 낸 것이 바로 이 책상이다. 가구를 짠다는 말은 글을 짓는다는 표현만큼이나 근사하다고 윤성은 생각했다.

어깨가 빠지도록 사포질을 한 뒤, 가루를 훅 불어내고 상판을 확인할 때처럼 그는 손바닥으로 책상 위를 세밀하게 더듬었다. 걸리는 건 아무것도 없었다. 눈물, 눈물은 어디로 갔나.

일회용 눈물은 새끼손가락 두 마디 크기의 납작한 플라스틱 케이스에 담겨 있었다. 모든 것이 제자리에 있어야만 하는 결벽증의 그가 유일하게 챙기지 못하는 게 바로 눈물이었다. 코끼리 다리에서 모기자국을 찾듯 늘 더듬으면서도, 이상하게 아무 데나 놓아두게 된다. 윤성은 뿌연 눈을 끔벅거린 후에야 책상에 세워놓은 간이 책꽂이 바닥 밑에 잠복해 있던 눈물을 겨우 찾아냈다.

고개를 젖히고 뻑뻑해진 양쪽 눈에 인공눈물을 2방울씩 떨어뜨렸다. 10년 전 라식 수술로 되찾은 시력이 다시 나빠지고 있었다. 조명을 모두 끈 채 모니터만 밝히고 작업하는 버릇이 치명적이었다. 알지만 고칠 수 없었다. 하이든이 작곡할 때 가발을 쓴 것처럼, 윤성은 동화를 쓸 때 불을 모두 꺼야 했다. 어둠 속에서 오감은 더욱 예민해졌고, 눈을 감지 않아도 새로운 세상을 상상하기 쉬웠다. 시력에 대해선 어느 정도 체념했다. 어차피 인생은 등가교환. 얻는 것이 있으면 잃는 것이 있게 마련이니까.

벨이 울렸다. 장 편집장이었다. 윤성은 음악이 끝날 때까지 일정한 간격을 두고 울리는 세 번의 전화를 가뿐하게 무시했다.

"네, 편집장님."

"바빠?"

"음악 좀 듣느라고요."

"그래. 이사 갔다며?"

"용건요."

"쌀쌀맞기는. 파트너끼리 안부도 묻고 그러는 거다."

"문제 생겼죠? 그럴 때만 전화하잖아요."

"너 유경아 알지. 이 바닥 삽화 일인자. 유경아가 이번 책 해준대."

윤성은 눈썹을 찡그렸다.

"딴소리 하지 마. 3년간 스케줄 빡빡한 거 겨우 뺐어."

"편집장님이야말로 딴소리 하시면 안 되죠."

윤성은 이삿짐 사이에서 서류 박스를 찾아 뜯었다. 제일 위에 놓인 파일에서 꺼낸 것은 계약서였다. 윤성은 차분히 제3조의 두 번째 항목을 읽어 내려가기 시작했다.

"삽화 작가는 전적으로 을의 의견에 따른다. 이를 어길 시, 을은 위약금 없이 계약을 파기할 수 있다."

"야, 성윤 작가. 윤성아!" 명복의 목소리가 다급해졌다.

"계약 해지하겠다는 사람 잡고 선배 손으로 쓴 조항입니다. 더 해요?" 윤성은 자비가 없었다.

"돈을 더 준다고 해도 싫다는데 어뜩하냐. 강현아 작가, 너 때문에 인생 망쳤다고 아주 이를 북북 갈아요. 대체 뭘 어쨌기에 그래? 승질은 나한테만 부리라고 했잖아."

"작품 보냈어요?"

"일단 메일은 보내놨는데 확인도 안 할걸. 이젠 내 전화도 안 받아."

"그럼 기다려요. 연락 올 테니까."

윤성은 전화를 끊고 느긋하게 소파에 기대앉았다. 나이가 들면 걱정이 많아진다더니, 장 편집장이 부쩍 조급해지고 있다고 생각했다. 강현아 작가는 누구보다 자신의 말을 잘 이해했다. 작업을 할 때, 의견을 교환하는 메신저에서 과도한 이모티콘이 거슬리긴 했지만, 강현아 작가와는 말이 통했다. 특히 윤성이 요구하는 바를 정확히 수정하는 데는 천재적이라 할 만했다. 그건 작품에 대한 이해가 없이는 불가능한 일이었다. 안 할 리가 없다고 윤성은 확신했다.

그나저나 인생을 망치다니. 내가? 얼굴도 모르는 여자의 인생을? 아무것도 책임지고 싶지 않아 누구와도 만나지 않고 작업을 진행해 왔는데, 말도 안 되는 누명이었다. 새 책 작업을 시작하면 헛소리 말라고 단단히 일러둬야겠다고 윤성은 생각했다.

짐 정리를 마저 하려는 찰나에 방송이 나왔다.

"싱글빌 입주자 여러분, 환영합니다. 10분 뒤 중앙 쉼터에서 입주자 모임이 있을 예정이오니, 한 사람도 빠지지 말고 참석해주십시오. 벌금은 없습니다. 다만 불참 시 즉각 퇴거이니 유념하세요."

닭장 같은 아파트와 안녕한 줄 알았더니 파시즘을 방불케 하는 안내방송은 여기도 별수 없다고 투덜거리며 윤성은 음악한 곡을 더 틀었다. 그러고는 최대한 느긋하게 나머지 짐을 풀었다.

*

윤성은 싱글빌 입주절차를 일찌감치 끝냈다. 처음 인터넷 독신자 카페에서 싱글빌의 입주 모집 광고를 보고 윤성은 이거구나, 싶었다. 아무리 틀어박혀 있어도 수천의 사람이 사는 아파트에서는 번거로운 일이 많았다. 어딜 가도 이 사람 저 사람과 마주치는 걸 피할 길이 없었다. 그리고 대부분 악연이었다.

싱글빌에 지원을 하고 나오는 길이었다. 윤성은 우뚝 섰다. 1층에서 2층으로 오르는 계단참. 장애물처럼 2층 비상구 앞에 자리 잡은 흰 덩어리 하나 때문에 더 올라갈 수가 없었다. 그는 선글라스를 슬쩍 내렸다. 눈부시게 흰 웨딩드레스를 입고 쭈그려 앉은 여자를 확인한 순간, 윤성은 미간을 사정없이 찌푸렸다.

북적이는 엘리베이터를 피해온 길이었다. 낯선 인간들과 한 공간에서 몸을 부딪히는 건 딱 질색이었다. 몸이 편안하기 위해서 마음의 불편을 참는 걸 당연하게 생각하는 사람들 덕에 상가의 비상계단은 거의 비어 있었다. 대부분 더럽고, 간혹 끔찍했지만 그래도 윤성에겐 '혼자인 것'이 중요했다. 그런데 풍성한 레이스를 늘어뜨린 채, 2층 계단 전체를 점령한 여자가 그의 공간을 침범하고 있었다. 여자는 심지어 코를 잡고 흐느끼고 있었다.

여자는 안절부절못하는 작은 짐승 같았다. 눈물을 흘리며 계속 몸을 들썩거렸다. 하트 모양으로 절개된 가슴선이 훌쩍일 때마다 부풀어 올랐다가 꺼지기를 반복했다. 윤성은 모자를 더욱 깊이 눌러쓰고 돌아섰다. 웨딩드레스를 입고 청승맞

게 울고 있는 여자의 이유 같은 건 궁금하지 않았다. 윤성은 여자에게 말조차 걸고 싶지 않았다.

여자는 5분이 넘도록 코를 잡고 끙끙댔다. 윤성은 답답했다. 차라리 시원하게 울고 말지, 뭐 저리 미련을 떠나 싶어지는 찰나, 편집장에게서 문자가 왔다. 어떻게든 시내에서의 만남은 피하는 편이지만, 일단 잡은 약속은 칼같이 지키는 윤성이었다. 시계를 확인했다. 약속 시간 3분 전. 이제는 지체할 수 없었다. 무슨 수를 쓰든 올라가야 했다.

윤성은 검은색 목도리를 코까지 감아 맸다. 호흡을 뱉자 뜨끈한 숨이 그대로 느껴졌다. 여자를 한번 훑어보았다. 어떤 식으로 여자를 타넘어 계단을 올라가야 할지 머릿속으로 그려보기 위해서였다. 인기척을 느꼈는지 여자는 눈물이 가득 고인 눈으로 윤성을 바라보았지만, 길을 비켜줄 의지가 보이지 않았다. 지체할 시간이 없었다.

윤성은 한 팔을 내밀어 난간을 잡았다. 힘이 바짝 들어간 팔뚝에 핏줄이 솟아나왔다. 윤성의 긴 다리가 허공을 갈랐다. 웅크린 여자의 반짝이는 등을 넘어 3층으로 향하는 첫 계단에 안착했다. 여자의 입이 벌어졌다. 방금 제 머리 위로 날아오른 그의 비행을 목격하고도 믿을 수 없다는 표정이었다. 윤성은 뒤를 돌아보지도 않고, 한 템포 쉬지도 않고 곧장 계단을 올랐다.

웨딩드레스의 여자 같은 건 애초에 없었던 것처럼 아무렇지도 않게 계단을 올라갔다.

"저 인간이 노망이 났나."

윤성은 쓰게 입을 다셨다. 겨우 3층의 카페 뒷문까지 다다랐는데, 마음에 들지 않는 광경이 눈에 들어왔다. 유리문으로 훵하게 벗어진 장명복 편집장의 머리가 보였다. 뒷문을 등지고 앉아 엘리베이터와 연결된 정문만을 주시하는 장명복은 짧은 목을 한껏 빼고 있었다. 윤성이 오면 당장이라도 뛰어나갈 기세였다. 일단 얼굴을 보고 손목을 잡히고 나면 어쩔 수 없으리라 생각한 모양이었다.

문제는 편집장 맞은편에 앉은 남자였다. 분명 기자로 보였다. 그것이 노망의 증거였다. 카메라도, 수첩도 꺼내놓지 않았지만 윤성은 남자를 보자마자 알았다. 저자는 잔뜩 긴장한 표정으로 머릿속에서 질문거리를 정리하고 있는 풋내기 기자일 거였다. 언론에 단 한 번도 얼굴을 드러낸 적 없는 국내 최고의 동화작가 '성윤'의 인터뷰를 따냈다는 자부심에 가슴을 크게 부풀리고 있는 기자. 안됐지만 특종은 없어, 윤성은 길게 생각하지 않고 돌아섰다.

2층 비상구엔 여전히 여자가 있다. 여자는 방금 전, 윤성의 뒷모습을 지켜보던 그 상태로 멈춰버린 것 같았다. 윤성은 여자와 눈이 마주쳤지만 모른 체했다. 그리고 말없이 난간을 잡았다. 힘이 불끈 들어가는 순간, "저기요"하며 여자가 일어섰다. 윤성은 의구심이 깃든 눈으로 여자를 보았다. 난간을 짚은 손에서 힘을 풀고 여자가 비켜서기를 기다렸다. 그런데 여자는 불쑥 가까이 다가오고 있었다.

"잠시만요, 잠깐만 계셔주세요."

여자는 순식간에 코앞까지 다가오더니 윤성의 눈을 빤히 쳐다보았다.

"잠깐이면 돼요."

윤성은 이상한 기분에 사로잡혔다. 눈앞에 있는 커다란 검은 눈동자를 피할 수가 없었다. 그녀의 눈동자는 부풀어 올랐다가 깊은 심연으로 수축했다.

달에 착륙한 우주인이 지구를 볼 때와 같은 진공의 감상이 일어나자 윤성은 당황했다. 익숙지 않은 감정이었다. 이유나 인과를 따지기 불가능한 우주적 신비, 그것이 주는 막연한 공포와 신비감에 윤성은 꽁꽁 묶였다.

가만히 윤성의 눈을 바라보던 여자는 손을 들어 제 눈가에 번진 아이라인을 손끝으로 문질렀다. 그녀가 들여다보고 있는 것은 윤성의 눈이 아니라, 그가 끼고 있는 선글라스였다. 안경알에 비친 자신의 모습을 보고 정돈하는 것이었다. 이 여자도 노망이 났나. 윤성은 신비를 무참히 깨뜨리는 여자의 경우 없는 행동에 할 말을 잃었다.

여자는 윤성의 얼굴 앞에서 흐느끼다가 입을 앙다물었다. 뭔가를 결심한 모양이었다. 손가락으로 토닥토닥, 얼굴을 정리하는 여자의 눈에 눈물이 일렁거렸다. 윤성은 난생처음 당하는 일에 쉽게 발을 떼지 못했다. 여자가 윤성에게 빌린 시간은 기껏해야 몇 분이었지만 그에게는 영겁처럼 느껴졌다.

풍성한 속눈썹을 붙인 여자가 눈을 깜박였다. 그만하면 움직여도 괜찮다는 신호로 받아들인 윤성은 한 걸음 뒤로 물러섰다. 그런데 여자는 한걸음, 앞으로 다가왔다. 그는 한 번 더 뒷걸음쳐 한 계단 위로 올라갔다. 자력에 이끌린 듯 여자도 한 걸음 앞으로 왔다. 여자의 코끝이 윤성의 입술에 닿을 듯 가까워졌다.

산 사람을 거울 취급하지 말라는 말을 외치고 싶었으나 대신 그는 선글라스를 빼 여자에게 건네고 말았다. 옅은 미소로 가볍게 목례를 건넨 여자가 안경을 받아들고 이쪽저쪽 얼굴을 살피는 동안, 윤성은 도망치듯 계단을 뛰어 내려갔다.

"저기요! 이거 가져가셔야죠!"

여자의 외침에 우뚝 선 윤성은 뒤를 돌아보지도 않고 소리 쳤다.

"가져요."

"아니, 그래도!"

여자의 말이 더 길어지기 전에 윤성은 걸음을 재촉했다. 1층 까지 단숨에 내려왔다. 머리 위에서 여자의 목소리가 들려왔 다. 난간에서 고개를 빼고 소리치는 모양이었다.

"이거 비싼 거 같은데!"

여자의 목소리가 계단까지 내려와 윤성의 뒤를 쫓았다. 여자 말이 맞았다. 분명 비싼 선글라스였고, 자신이 피할 이유는 전 혀 없었다. 억울해진 윤성은 다시 받으러 갈까 말까 고민했다.

"고마워요! 이것도…… 그리고 아까 모른 척해준 것도요."

좀전보다 더 큰 소리였다. 여자는 곡해하고 있다. 모른 척한 게 아니라 상관하고 싶지 않은 것이었다. 윤성은 사람 사이에 는 지켜야 할 거리가 있다고 믿었다. 오랫동안 그 거리를 지키 기 위해 노력했고, 그로 인해 이제는 신경을 크게 쓰지 않아도 '감정이 상하지 않을 정도의 거리'를 유지할 수 있었다. 인기 작가라면 누구나 한다는 사인회나 출판기념회는커녕 인터뷰 조차 하지 않는 그를 두고 편집장은 '대중울렁증'이라고 말하곤 했다.

그는 그만큼 거리가 중요한 남자였다. 두 뼘에 안심하는 게 보통 사람이라면, 윤성은 한 팔 간격 정도는 확보해야 예민한 관계들의 신경증에서 벗어날 수 있었다. 그런데 여자는 단숨에 선을 넘은 것이다. 좀처럼 평정심을 잃지 않는 윤성이 뒷걸음친 것도 그 때문이었다. 어쩐지 분한 마음마저 들었다. 착각하지 말고 좋을 대로 자기부정에 매달리라는 말이 목구멍까지 차올랐다.

차가운 겨울바람이 쌩하니 불고 있었다. 윤성은 단단히 옷깃을 여미고 걸음을 재촉했다. 햇살이 찬연히 쏟아졌다. 주머니 안에서 휴대폰이 요동을 쳤다. 편집장이었다. "다 왔다더니, 어디야?" 지금쯤 편집장의 목은 2센티미터쯤 늘어났을 것이다. 망설일 필요가 없다. 그는 단호히 말했다.

"계약 해지야. 서류 준비 해."

피투성이 괴생물체 등장!

통탕통탕 부스스— 통탕통탕 부스스—

하늘과 땅이 울리는 소리에 새들은 놀라 날아오르고 두더지는 땅굴 속으로 쏘옥 숨었습니다.

괴물이 움직이고 있었습니다. 괴물은 어찌나 몸집이 큰지 기린보다 더 높고, 코끼리보다 더 뚱뚱했습니다. 커다란 괴물이 통탕통탕 걸을 때마다 하얀색 가루들이 부스스 부스스 떨어졌습니다.

땅 속에서 고갤 내민 두더지는 떨어지는 하얀 가루를 날름 혀로 맛봤습니다.

"에퉤퉤— 아우 짜! 이건 소금이잖아!"

괴물의 몸은 단단한 찰흙덩이들을 빚어놓은 듯 울퉁불퉁했습니다. 머리부터 발끝까지 온통 새하얘서 햇빛을 받으면 반짝반짝 빛이 났습니다. 그건 바로, 괴물이 소금으로 만들어졌기 때문입니다.

괴물의 아버지는 하늘과 땅의 경계에 사는 무시무시한 거인이었습니다. 그는 세상 모든 사람들의 눈물을 모아, 별이 떨어진 구덩이에 모았습니다.

천 년이 지나고 다시 또 천 년이 흘렀습니다.

눈물에서 시간이 증발하자 흰 소금의 결정이 남았습니다. 결정이 모여 돌멩이가 되고, 돌덩이가 되었다가 마침내 바위가 되었을 때, 거인은 주물럭주물럭 괴물을 빚어내었습니다.

윤성이 눈물로 만들어진 흰색 소금괴물을 생각한 건, 입주자 모임에서였다. 그 여자, 3호의 임소영이 생산한 휴지 더미를 보니 섬뜩함과 순진함이 뒤섞인 기괴한 생명체가 떠올랐다. '괴물' 시리즈 대미를 장식할 마지막 주인공이 탄생한 것이다.

윤성의 동화에서 주인공은 늘 괴물이었다. 어린아이도, 사람도, 여자도, 심지어 애완동물까지도 싫어하는 윤성의 성향이 빚어낸 설정이었지만 의외로 성공했다. 독자들은 괴물에 많은 것을 대입시켜 울고 웃었다. 사랑하지만 징글징글한 아이, 외롭고 슬픈 자기 자신, 결코 닿을 수 없는 이상과 꿈 같은 것들이 윤성의 괴물 속에 투영됐다.

입소문이 퍼지기 시작했다. 윤성의 동화는 일간지나 주간지에 ‘우리 아이 감성을 연주하는 동화 20선’ ‘어른이 눈물짓는 동화 BEST3’ 같은 기사에 단골 출연하더니, 급기야 문화잡지에 ‘우리 모두는 괴물이다 ― 베일에 싸인 작가의 세계’라는 거창한 제목으로 특집기사까지 났다.

출판계에는 작가의 이름도, 성별도, 나이도 모두 비밀에 부친 이유에 대한 갖가지 추측이 나돌았다. 열다섯 살 천재소년이라더라, 사실은 꼽추라더라, 아니다, 스스로를 괴물로 여기는 정신분열증 환자가 병원에서 쓰는 거라더라. 썩 아름다운 소문은 아니었지만 그는 만족했다. 소란스러운 군중, 호기심에 찬 시선, 따뜻한 친절과 위선 같은 건 딱 질색이니까.

눈물소금괴물로 시리즈를 마무리하고 나면 새로운 필명으로 동화를 낼 계획이었다. 인생에 단 한 번 받을 수 있는 공쿠르 상을 두 번이나 받은 작가가 있다. 로맹 가리. 그가 죽고 나서야 에밀 아자르가 그와 같은 사람이었다는 사실이 밝혀졌다. 그가 에밀 아자르라는 필명으로 활동한 것도 다 ‘귀찮았기 때문’일 거라고 윤성은 확신했다.

윤성은 대작가가 『자기 앞의 생』에서 말한 ‘생의 궁둥이를

핥는 짓'이란 남들의 야단법석에 쓸데없는 책임감으로 장단을
맞추는 게 아니겠냐고 멋대로 해석했다.

　윤성은 낮에 내려두었던 블라인드를 열고 잠시 창밖 풍경을
음미했다. 숲속의 달빛은 또렷했다. 자작나무 숲 그림자가 길
게 깔려 있었다. 그는 인공눈물을 눈에 넣은 뒤 의자 등받이에
몸을 한껏 기댄 채 목을 뒤로 꺾었다. 스트레칭 겸 휴식의 시
간이다. 눈을 감고 천천히 눈동자를 굴리던 윤성은 순간 몸이
굳었다.
　통탕통탕― 하는 소리가 어디선가 들려왔다.
　통탕통탕― 먼 숲에서 나는 소리가 아니었다. 뭔지는 몰라
도 아주 가까운 곳에서 들려왔다. 윤성은 귀를 기울였다.
　지척이다. 좁쌀 같은 소름이 척추를 따라 쫙 돋아 내렸다. 소
리가 나는 쪽은 거실 창이었다. 지금 윤성이 등지고 앉아 있는
통창. 고개만 돌리면 직면할 수 있는 그곳에 분명 뭔가가 있었
다. 작품에 너무 몰입했나, 윤성은 가만히 숨을 골랐다. 하지만
불규칙하고 거친 소리는 계속됐고, 윤성은 침을 꿀꺽 삼키며
가만히 고개를 돌렸다.
　"으악! 뭐야!"
　윤성은 의자에서 튕기듯 떨어져 바닥을 굴렀다. 거실 창 너

머로 피투성이의 뭔가가 있었다. 어둠 속에 안광이 섬뜩하게 번뜩였다. 허옇게 내뿜는 입김이 창을 불길하게 뒤덮었다.

머릿속에서 별의별 생각이 폭죽처럼 터졌다. 허둥대는 윤성을 향해 피투성이 생물체가 다시 창을 두드렸다. 윤성이 보기에는 분명 괴물이었다. 괴물 이야기에 너무 몰입하느라 헛것을 보는 거라고 스스로를 다독였지만, 헛것이라기엔 그것의 소리와 움직임이 지나치게 선명했다.

윤성이 다급하게 생각해낸 것은 음성 인식 시스템이었다. 그는 격앙된 목소리로 소리를 질렀다.

"닫아! 블라인드, 닫아!"

윤성의 목소리를 알아들은 자동 시스템이 블라인드를 내리기 시작했다. 기분 탓인지 블라인드의 하강은 유독 슬로모션처럼 느리게 느껴졌다.

"관리실, 연결!"

대한민국 최고 보안업체를 고용했으니 안전은 걱정 말라던 정미인의 얼굴이 떠올랐다. 역시 재벌공산당은 인민의 안위엔 관심이 없는 것인가. '입주자들이여, 봉기하라!'고 외치고픈 마음으로 윤성은 연신 관리실을 외쳤다.

"다시 말씀해주십시오."

다급한 윤성에게 돌아온 건 차디찬 기계음이었다. 입이 바짝바짝 말랐다. 블라인드는 아직 다 내려오지도 않았다.

이렇게 고립되는 건가. 불을 켤 생각도 하지 못하고 윤성은 어둠 속에서 정체 모를 것을 노려봤다. 그사이에도 그것은 퉁탕퉁탕 — 퉁투퉁탕탕 — 투투퉁탕 — 탕— 퉁— 을 거듭하고 있었다. 윤성은 한 발 앞으로 나아갔다. 예상치 못한 급습에 놀란 가슴이 진정되자 짜증이 몰려왔기 때문이다.

강화 유리를 깰 힘이면 벌써 쳐들어오고도 남았을 것이다. 윤성은 천천히, 창을 향해 다가갔다. 짐승이라면 소방서에, 사람이라면 경찰서에 신고할 참이었다. 놈도 이젠 지쳤는지 씩씩대며 입김만 내뿜고 있었다.

윤성은 눈을 끔벅거렸다. 어렴풋한 실루엣이 보였다. 생각보다 체구가 작아 보였다. 윤성은 아예 창에 이마를 바짝 붙였다. 조금만, 조금만 더…… 그때, 그것이 갑자기 뒷걸음쳤다. 도망치는 듯했다. 놈은 빠르게 어둠 속으로 사라졌다.

윤성은 속으로 열을 셌다. 끝났다고 생각한 일이 정말 끝나는 경우는 거의 없다. 엎친 데 덮치고 눈 위에 서리 내린단 말이 괜히 나왔겠는가. 어떤 일이든 안심하기 전에 꼭 열을 세는 것은 윤성의 오랜 버릇이었다.

하나, 둘, 셋…… 여덟, 아홉, 열…… 참았던 숨을 내쉬고, 윤성은 창 옆의 벽을 더듬어 스위치를 찾아 눌렀다. 윤성은 빛이 스며들도록 눈을 감고 눈동자를 굴렸다. 그때였다. 쾅— 하고 더욱 큰 소리가 들린 것은.

윤성은 깜짝 놀라 고개를 돌렸다. 윤성의 눈앞에 피투성이 손을 휘휘 저으며 코가 찌그러지도록 창에 얼굴을 디밀고 있는 3호 여자가 보였다.

3호의 불청객

눈이 내리기 시작했다. 얼굴 전체를 목도리로 칭칭 휘감은 남자의 걸음이 빨라졌다. 눈은 발자국을 남긴다. 지체하면 들키게 된다. 추적을 당하기 전에 일을 끝내야 했다.

남자는 3호에 발을 들였다. 처음부터 들어올 생각은 아니었다. 며칠간 머리를 싸매고 고민을 해도 당최 답이 나오지 않았기 때문이었다. 임소영이라고 주장하는 이 여자는 누구일까. 나이와 직업까지 똑같다. 하지만 그녀는 절대 임소영이 아니었다. 입주자 회의에서 까발렸어야 했는데…… 남자는 이런저런 생각을 하며 걸음을 재촉했다. 싱글빌 산책로를 한 바퀴 돌아 3호실 앞에 섰다. 남자는 답답해서 목도리를 슬쩍 내렸다가 다시 얼굴을 덮었다. 저 집엔 소영이 들어와야 했다. 어디서부터, 무엇이 잘못된 걸까.

그녀와 대면해 이야기해보면 의외로 별일 아닐지도 모른다. 진짜 소영은 전화도 되지 않고, 살던 집에도 몇 주째 기척이 없었다. 어쩌면 이 여자가 소영이 지금 어디에 있는지 알지도 모른다는 기대로 남자는 3호 현관에 다가섰다. 문이 살짝 열려 있었다. 벌어진 문틈으로 보이는 참혹한 광경에 남자의 눈이 커졌다. 벽과 천장에까지 튄 저 붉은 것은…… 분명 피였다.

"우욱!"

남자는 헛구역질을 했다. 당장 뛰쳐나가고 싶었지만 다리가 후들거려 꼼짝할 수 없었다. 단 한 방울의 피에도 패닉을 일으키는 그에게 주치의는 피 공포증이라는 진단을 내렸다. 처음에 남자는 그 소리를 듣고 코웃음쳤다. 하지만 그 병명 외에 남자의 증상을 설명할 수 있는 단어는 없었다. 남자의 무릎이 푹 꺾였다.

남자는 기어서라도 3호를 벗어나고 싶었다. 하지만 남자를 붙잡은 것은 '만약?'으로 시작되는 끔찍한 상상이었다. 만약 저 피의 주인공이 소영이라면…… 만약 그 여자가 기막힌 기술을 가진 살인마이고, 소영의 신분을 탈취해 살아가기 위해 그녀를 해친 거라면? 그래서 소영이 전화를 받지 않은 거라면? …… 남자는 최악의 경우를 상상을 했다. 상상은 곧 공포다. 그러나 그 공포로 인해 남자는 용기를 냈다.

발작적인 기침과 헛구역질을 거듭하며 남자는 3호로 들어섰다. 목도리로 최대한 시야를 가리고 냄새를 막았다. 온통 핏빛으로 물든 주방이 다섯 살, 어린 남자가 보았던 참혹한 사고 현장과 오버랩되었다. 찌그러진 차체에 흩뿌려진 엄마와 아빠의 피…… 선명히 기억나지 않아 더욱 두려운 죽음의 이미지. 다섯 걸음이나 들어간 것도 남자에게는 기적 같은 일이었다.

"내 사랑이 이 정도라고!"

이를 악물고 뱉어낸 남자의 고백이 빈 집을 울렸다. 오금이 저리고 식은땀이 났다. 다시 욕지기가 올라왔다. 남자는 급히 목도리를 풀고 허리를 굽혀 눈앞에 보이는 둥근 통을 붙잡아 얼굴을 처박고 우욱, 헛구역질을 했다.

걸쭉한 침만 몇 번 뱉어내고 남자는 크게 숨을 들이쉬었다. 싸한 냄새가 코를 찔렀다. 통을 유심히 살펴보던 남자는 실소를 내뱉었다. 빨간색 페인트가 담긴 통이었다. 남자는 다리가 풀려 주저앉았다.

남자는 정신이 번쩍 들었다. 허탈했다. 속이 울렁거리지도

않고 두통도 사라졌다. 남자는 몸을 일으켜 집 안을 둘러보고

수색을 시작했다. 어디서든 소영의 흔적을 찾아야 했다.

왜…… 왜 이러세요?

"사람이 어쩜 그래요!"

현아는 복어마냥 볼을 부풀리며 툴툴거렸다. 찬바람 맞은 두 뺨이 빨갛게 달아올랐다.

"그건 내가 묻고 싶은 말인데."

윤성이 되받았다. 하늘을 우러러 한 점 부끄럼 없는 표정이었다. 신경질적으로 스틱버터의 종이를 벗겨낸 윤성은 거칠게 현아의 손을 잡아챘다.

"아! 살살 좀 해요."

현아가 가늘게 비명을 질렀지만 소용없었다. 윤성은 현아의 손에 버터를 벅벅 바르기 시작했다.

"줘요, 내가 할 수 있어요."

"가만있어요."

"이렇게 막 대할 거면 됐어요. 그냥 내가 한다구요!"

현아는 윤성의 손에 쥔 버터를 손에 잡았다. 왼쪽 검지 손톱이 너덜너덜했고 피와 페인트가 범벅이 돼 있었다. 손뿐 아니라 온몸이 붉게 물들어 있었다. 언뜻 보면 차 사고를 당하거나 무차별 폭행을 당한 사람처럼 보였다.

적어도 현아에게는 특별할 것 없는 저녁이었다. 입주민 회의를 가기 전 읽었던 개 작가의 동화 때문에 눈물 콧물을 쏟아낸 직후이긴 했지만, 어쨌든 분출하고 나니 후련한 기분이 들었다. 마을 사람들과 대면할 때 강력한 첫인상을 주기 위해 블랙 드레스에 검은색 아이라이너까지 준비해둔 그녀였다. 하지만 메일함에 들어 있는 개 작가의 동화를 읽지 않을 수가 없었다. 그게 화근이었다.

동화는 아름다웠다. 미치도록, 머릿속이 흔들리도록 슬펐다. 삽화를 끝까지 안 맡겠다고 버티는 그녀에게 편집장이 선택을 강요하는 함정을 판 것이었다. 그 덕에 입주자들과의 만남에서 눈물이나 짜는 칠푼이로 등장해버렸다. 여기까지는 그나마 괜찮았다. 계획했던 쿨한 도시여자로서의 인사는 실패했지만, 임소영으로서 소개도 마쳤고 쌓아났던 짐을 다 정리해 가뿐했다.

저녁밥을 먹으려다 문득, 희디흰 주방 벽이 유독 밋밋하게 보였던 게 사건의 시초였다. 소영이 맡겨놓은 짐 중에 하필 빨간색 페인트가 있었다. 현아는 페인트 통을 열어 주방을 칠했다. 칠을 하다 보니 액자를 걸었으면 하는 벽이 보였다. 그녀는 충동에 사로잡혀 붓을 내리고 망치를 들었다. 서툴게 망치질을 하다가 창으로 날아든 나방에 혼비백산하며 제 손을 찍는 바람에 손톱은 뒤집히고, 고통에 허우적대다 페인트 통 위로 넘어지고 말았다. 현아의 원맨쇼이자 현란한 슬랩스틱 코미디의 결정판이었다.

짜르르한 아픔으로 머리까지 띵해진 그녀는 종일 정리했던 짐 속에 비상약이 없다는 걸 깨달았다. 소독약과 밴드만 있으면 되는데 이 몰골로 마을 입구를 나서는 순간 좀비로 오인 받을 게 뻔했다. 그래서 옆집을 떠올렸다. 미인의 말대로 적당한 품앗이가 독신의 가장 큰 공포인 고독사로부터 그녀를 구원해 줄 거라 믿으며.

비상약 정도야 금방 빌려올 수 있을 거라 생각했지만 현아는 좀처럼 열리지 않는 문에 당황했다. 윤성이 작업하느라 초인종을 무음 모드로 해놓았기 때문이었다. 현아는 희미하게 새어나오는 모니터 빛을 따라 거실 창으로 접근할 수밖에 없었다. 그 이후의 일들은 착실한 작용과 반작용의 하모니였다. 남자의 공포, 여자의 원망, 블라인드를 향한 분노와 그리고 현아를 발견한 윤성의 반응까지.

"블라인드까지 내리다니 진짜 너무한 거 아니에요?"

현아는 윤성의 손아귀에서 버터를 빼앗으려 기를 쓰며 말했다.

"벨을 눌러도 대답이 없으면 딴 집으로 갔어야죠."

윤성도 지지 않았다. 이미 여자가 들어온 자리마다 벌겋게 물들어 신경이 쓰이지 않을 수 없었다. 여자가 움직일수록 집이 더 엉망이 되고 있었다.

"오기로 들어왔어요. 곤경에 처한 사람을 보고도 매몰차게 블라인드를 내려버리는 심보가 하도 아름다워서!"

"짐승 같은 꼴로 잘도 그런 소릴. 다쳐서 약 꾸러 왔다면서 왜 이렇게 기운이 좋아."

"그러니까 내가 한다구요. 이리 내요."

"가만있는 게 돕는 거라니까!"

윤성과 현아의 손이 스틱버터 위에서 어지럽게 엉켰다. 팔이 교차하더니 어깨가 부딪쳤다. 윤성이 팔을 현아의 뒤로 돌려 그녀의 다른 손을 장악하려 했다. 반사적으로 몸을 돌린 현아의 얼굴이 윤성의 가슴팍에 묻혔다. 온몸의 페인트 냄새와 느끼한 버터냄새의 부조화에 절어 있던 현아의 콧속으로 상쾌한 섬유냄새가 흘러 들어왔다. 라벤더. 아찔해진 현아는 최대한 숨을 들이마셨다. 이 모든 게 악몽이라면 지금이 딱 깨어날 타이밍인데.

문득 정신이 든 현아는 여전히 윤성의 품속이었다. 그사이, 스틱버터는 윤성의 등 뒤에서 다시 현아의 등 뒤로 이동을 계속했다. 윤성의 팔이 현아의 몸을 감쌌다가, 현아의 팔이 윤성의 허리를 감는 형국이었다. 멀리서 보면 다정한 연인이 격정적인 탱고를 추며 포옹을 나누는 모습이라 할 것이다. 그러나 두 사람은 치열했다. 현아는 앞뒤 가리지 않고 덤벼들었고, 윤성은 현아의 다친 손을 피하느라 진이 빠졌다.

"그만 좀 하라고!"

참다 못한 윤성이 현아의 양 팔목을 잡았다. 그리고 이어지는 밭다리. 현아가 바닥에 쓰러졌다. 아니, 윤성이 내동댕이쳐 눕혔다. 현아의 위에서 거친 숨을 몰아쉬며 윤성이 말했다.

"폐를 끼치러 왔으면 최소한의 폐만 끼치고 가. 꼼짝 마! 알아들어? 꼼짝 말라고!"

윤성의 서슬에 현아는 아무 말도 못했다. 자신의 얼굴로 쏟아지는 남자의 뜨거운 콧김과, 아직도 팔목을 잡고 있는 손아

귀 힘에 압도당해서. 윤성은 바닥에 털썩 주저앉아 숨을 골랐
다.

"저…… 저기…….” 현아가 조심스레 윤성을 불렀다.

"왜.” 윤성은 현아를 쳐다보지도 않고 대꾸했다.

"진짜 움직이지 마요?”

"그래. 가만있어. 제발.” 윤성은 어느새 말을 놓고 있었다. 하
지만 윤성도, 현아도 미처 알아차리지 못했다. 그만큼 둘은 지
쳐 있었다.

"근데, 카펫 위라서 좀. 이게 괜찮을까, 싶은데.”

윤성은 현아의 말이 끝나기도 전에 돌아보았다. 사자의 습
격을 받은 가젤보다 더 빠른 속도였다. 이미 붉은 페인트에 물
든 카펫이 보였다. 그가 인도에서 직접 구해온 소중한 카펫이
었다.

윤성이 현아 앞에 무릎을 꿇었다.

"왜…… 왜 이러세요?”

현아가 당황해 물었다. 윤성은 한숨을 푹 내쉬었다.

"다시 한 번 부탁하는데, 내가 뭘 하든 가만있어.”

현아의 대답을 기다리지도 않고 윤성은 한 번에 현아를 들
어올렸다. 놀란 현아가 버둥대자, 목 감아, 라고 담담히 말한
게 전부였다. 현아는 어색하게 팔을 들어 윤성의 목을 감쌌다.

윤성의 얼굴이 눈앞에 있었다. 고개만 까딱하면 볼에 입술이 닿을 만큼 가까웠다.

날렵하게 뻗은 턱 선은 면도 자국, 여드름 자국 하나 없이 깨끗했다. 피부는 창백할 정도로 흰 편이라, 귀 옆에 옅게 남아 있는 흉터가 눈에 띄었다. 굳게 다문 입술이 인중까지 날렵하게 이어졌고, 콧날은 산맥처럼 오뚝했다. 풍성한 속눈썹이 그늘을 드리우고 있는 두 눈은 옆으로 길쭉하게 뻗어 있었다. 눈을 깜박일 땐 왼쪽 눈에 숨어 있던 속 쌍꺼풀이 슬쩍슬쩍 모습을 드러냈다. 입주자 회의 때는 우느라고, 오늘 밤은 정신이 없어 제대로 보지 못한 얼굴이었다.

말은 참 싸가지 없이 하는 아저씨가 얼굴은 되게 쓸쓸하게 생겼네, 현아는 생각했다. 아련한 라벤더 향기 속에서 현아는 문득, 숨을 참았다. 자신의 숨결이 윤성의 뺨에 가 닿을까 염려됐다. 갑자기 자신이 껍질 속에 들어앉은 얌전한 누에고치가 된 느낌이었다.

윤성은 현아를 욕실로 데려가 변기 위에 앉혔다. 흰 욕실에서 빨간 누에고치 하나가 꿈틀거리는 듯했다. 윤성은 스틱 버터를 내밀며 말했다.

"옷 갈아입고 올 테니까 페인트 묻은 부분에 꼼꼼히 발라. 핏자국이고 페인트고 일단 닦아내야지 상처가 어딘지 정확히 알 수 있으니까.”

“네. 근데, 페인트 지우는 데 버터가 좋은 건 어떻게 알았어
요? 그거 우리 쪽 사람 아님 잘 모르는 건데.”

윤성의 머릿속에 한 여자가 떠올랐다. 눈앞의 어설픈 여자
가 아닌 15년 전 윤성이 사랑했던 여자. 차갑고 도도했지만 윤
성에게는 불같이 뜨거웠던 소영.

처음으로 함께 밤을 보낸 날, 소영은 잠든 윤성의 엉덩이에
유성 페인트로 자신의 이름을 적어놓았다. 이를 까맣게 몰랐
던 윤성은 매주 그랬듯 아버지와 함께 공중목욕탕에 갔고, 격
노한 아버지가 ‘엉덩이에 애인 이름 적어놓는 천치’가 내 자식
이라니, 내 저 놈의 엉덩이를 때려 없애 버리겠다며 목욕탕 빗
자루를 들고 쫓아오는 바람에 팬티 바람으로 동네 추격전을
벌이고 말았다. 그날의 팬티가 삼각이 아닌 사각이었다는 데
에 위로를 받기엔 너무나 굴욕인 사건이었다. 왜 그랬냐며 따
져 묻는 윤성에게 소영은 웃으며 말했다.

“10년 뒤에 우리 아기한테 웃으면서 얘기해줄 수 있잖아.”

소영은 깔깔 웃으며 윤성을 달랬다. 피부에 묻은 페인트는
버터를 꼼꼼히 발라 두었다가 부드러운 수건으로 닦아내면 된
다고 가르쳐준 것도 그때였다. 고소하고 달콤한 밤들이었다.

스무 살, 그 시절의 윤성은 사랑이라는 경이로운 기적을 믿었다. 홍해가 갈라져, 이스라엘 민족이 거대한 물기둥의 엄호를 받으며 가나안으로 향했던 것처럼 윤성과 소영, 어린 연인은 둘만의 환상의 세계에서 영원을 향해 기쁘게 전진하고 있었다. 두 사람을 지켜주던 신뢰의 물기둥이 무너져 절망의 소용돌이에 익사하기 전까지, 윤성은 사랑을 믿었다. 10년에서 5년이 더 지난 지금, 윤성과 소영 사이에 엉덩이의 추억을 들려줄 아이는 물론 없다. 아니, 둘 '사이'란 것 자체가 존재하지 않는다.

"그 정도는 상식이지."

덤덤하게 대답하며 윤성은 현아를 보았다. 윤성의 눈엔 그저 추억 속의 진짜 소영과는 근본부터 다른 동명이인일 뿐이었다. 아무리 이름이 같아도 갓 태어나 추위에 떠는 강아지의 눈으로 자신을 올려다보는 이 여자에게서 그녀를 추억하는 게 싫었다. 윤성은 현아를 남겨두고 방으로 들어가 문을 닫았다.

스토커

어둠이 내린 만큼, 눈이 꽤 쌓여 있었다. 현아가 비틀비틀 걸어왔다. 가로등 불빛을 받은 마른 나뭇가지 그림자들이 눈 위에 어지럽게 그려져 있었다. 현아는 손을 뻗었다. 많이 닦아냈지만 손마디 주름마다, 손톱 사이에 여전히 붉은 페인트가 남아 있었다. 검지와 엄지에는 3호 윤성이 감아준 밴드가 있었다. 그는 자초지종을 설명하는 현아를 한껏 한심해하며 혼자 살 자격이 안 된다는 둥, 독신은 민폐가 아니라 독립이라는 말로 빈정댔지만, 현아의 너덜너덜해진 손톱을 소독할 때는 고개를 모로 세우고 신중을 기했다. 버럭 하는 성격과는 달리 의외로 섬세하고 정성스레 붙여주었다. 가늘고 긴 손가락이 눈에 띠었다.

집으로 돌아오는 길이 무척 길게 느껴졌다. 몸싸움에 야단까지 맞느라 심신이 몹시 지쳤기 때문이었다. 뜨거운 물에 샤워하고 곧장 침대에 눕고 싶었다. 현관문 손잡이를 잡았을 때, 겨우 다다랐구나 싶어 슬쩍 다리에 힘이 풀렸다. 그런데 문득, 생경한 느낌이 들었다.

"가만, 내가 문을 닫고 나갔었나?"

현아는 야무지게 꼭 닫힌 문을 보며 기억을 더듬었다. 정확히 기억나지 않았다. 문을 열고 들어가니 모든 것이 그대로, 엉망이었다. 난장으로 번진 페인트, 내동댕이쳐진 망치와 공구상자, 4단짜리 미니 사다리까지. 그런데 이상하게 낯설었다. 입주한 지 며칠 안 돼 느끼는 공간의 생소함이 아니었다. 미묘하게 공기가 변해 있었다. 현아는 거실을 가로질러 방문을 열었다.

모든 것이 제자리였다. 흰색으로 색깔 맞춘 장식장에서 화장대 밑단까지 이어지는 레이스 모양 곡선 컷팅, 침대에 드리워진 캐노피, 리본으로 묶어놓은 연핑크색 커튼까지. 너무 피곤해서 과민했나, 현아는 갈아입을 옷을 챙겨 욕실로 들어갔다.

그러고는 그대로 얼어붙었다. 세면대 위 동그란 거울에 종이가 붙어 있었다.

당신이 정말 임소영이야?

현아는 고개를 홱 돌려 주위를 둘러보았다. 샤워 커튼 뒤도 살폈다. 아무도 없었다. 다시 한 번 글씨를 읽어보았다. 두려움에 몸이 떨려왔다. 현아의 머릿속이 난장판 거실보다 더 복잡해졌다.

독신 사유서

현아는 알아야 했다. 약속 시간이라면 칼같이 지키던 그가 웨딩 촬영에 나타나지 않았을 때, 그게 무엇을 의미하는지를. 그때는 미처 몰랐다. 괴상한 쪽지로 두려움에 떠는 앞날이 기다리고 있다는 것을. 독신이 외로운 일이라는 것을.

그날, 웨딩 촬영을 하던 날, 직원의 입에서 신랑이 전화로 촬영을 취소했다는 말이 나오는 순간까지도 현아의 머릿속은 얼굴의 뾰루지 생각으로 가득 차 있었다.

"다른 분 먼저 하세요."

현아는 밝은 목소리로 헤실거려 보았지만, 방 안에 감도는 어색한 기운은 사라지지 않았다. 직원은 괜스레 파우더 브러

시를 하나 집어 들고 만지작거렸다. 현아는 불안한 눈빛들을 피해 잠시 시선을 돌렸다.

"미안하다, 도저히…… 못하겠다."
그게 전부였다. 태호가 남긴 음성 메시지는 그게 다였다.
현아는 의자에 우두커니 앉아서 같은 내용을 여섯 번째 듣고 있었다. 세상이 까마득해졌다. 구름이 드리운 건 바깥 하늘이 아니라 현아의 영혼이었다. 컴컴한 동굴 속에 홀로 갇힌 듯 꼼짝할 수가 없었다. 눈에 보이지 않는 어마어마한 괴물이 그녀의 귀에 미안하다는 말을 음습하게 속삭이고 있었다.

작업을 마무리하면서 현아는 오직 한 사람, 성윤 작가와만 연락했다. 그럴 수밖에 없었다. 밤낮을 가리지 않고 작가에게 연락이 왔다. 집착도 그런 집착이 없었다. 처음에는 작품에 대한 애정이 많은 사람이라고 이해하려고 애를 썼지만, 그래도 과했다.

전화기를 끄면 메신저로, 그것도 아니면 폭탄메일로, 그것조차 피하면 편집장인 장명복을 직접 집으로 보냈다. 결국 성윤이 말하는 방향대로 작업을 할 수밖에 없었다. 그 요구가 설득력이 있기 때문이었다. 불행히도 그의 실력은 의심할 수가 없었다. 기어이 도출하는 결과물은 훌륭했다. 사람 괴롭히기론

세계 제일이었지만, 동경해온 작품 세계를 작가의 (매우 거친) 입으로 듣는다는 건 팬으로서 포기할 수 없는 기쁨이기도 했다. 작가는 하루 24시간 쉬지 않고 작품 생각만 하는 사람이었고, 작가와 호흡을 맞추려면 현아도 그래야 했다.

24시간 성윤 작가에게 매달려 있는 동안, 태호와의 약속은 번번이 깨졌다. 만나고 싶어도 만날 수가 없었다. 성윤 작가의 연락을 받지 못하거나, 일을 바로바로 마무리해주지 않으면 편집장을 동원해 괴롭혔다. 응답하지 못한 현아에게 남긴 그의 말은 한 마디였다.

못. 하. 겠. 다.

생각해보면, 이별보다 가슴이 아픈 건 모든 이유와 정황이 생략된 통보였다.

현아는 어떤 식으로 반응해야 할지 몰랐다. 아무것도 떠오르지 않았다. 슬픔도 아픔도 없었다. 실감나지 않았다. 아무것도 모르고 농담이나 하고 있었던 자신이 한심했다. 카운트다운 직전 멈춰 버려 머쓱하게 발사대에 서 있던 나로 호 같은, 농담 같은 실패였다.

무슨 일이 일어나고 있는지 짐작한 직원들의 측은한 눈빛이 바늘처럼 온몸을 찔렀다. 매니저는 카운터에서 예약을 확인하는 통화를 하며 시선을 피하고 있었다. 일어나야 한다는 걸 알고 있지만, 현아는 꼼짝도 할 수 없었다. 1초가 1분처럼 흘렀다.

시공간이 굴절되는 느낌에 멀미가 났다. 마른 침을 몇 번이나 삼켰다. 울렁이던 속이 겨우 가라앉자, 어두웠던 시야가 조금씩 밝아졌다. 현아의 곁에는 여전히 직원이 구부정하게 서 있었다. 현아는 젖 먹던 힘을 짜내어 주먹을 쥐고 말했다.

"저, 화장해주세요."

"네?"

직원 깜짝 놀란 눈으로 되물었다. 이 자리에서 콱 혀 깨물고 죽을 테니, 죽은 얼굴에 화장해달라고 한 것도 아닌데, 직원은 실성한 여자를 보는 표정이었다. 현아는 기를 쓰고 웃어 보였다.

"메이크업 해달라구요. 촬영까지 아직 시간 있어요."

직원은 이러지도 저러지도 못했다. 처연한 눈망울로 현아를 내려다보는 그는 이렇게 생각할 게 분명했다. '오, 신이시여! 쇼크로 인지부조화에 빠진 이 가련한 신부를 불쌍히 여기소서.'

"일 때문에 제가 연락이 안 돼서 신랑이 착각했나봐요. 누구한테 폐 끼치는 걸 죽도록 싫어하는 성격이거든요."

화장을 끝낸 현아는 머메이드 스타일의 웨딩드레스를 입었다. 프릴과 리본을 좋아하는 현아가 특별히 그의 취향에 맞춰

고른 심플한 드레스였다. 그는 모든 걸 현아 마음대로 하라고
했지만, 깜짝 선물처럼 그에게 보여주려고 비밀리에 준비했다.
현아의 우아한 목선과 어깨가 드러났다. 작업 때문에 많이 뭉
쳐 있다며 그가 안마해주던 어깨. "살 좀 쪄야겠다. 뼈가 그대
로 잡혀" 하고 걱정스레 말하던 그의 목소리가 떠올랐다.

"신부 단독 컷부터 진행할게요."

매니저가 미리 귀띔이라도 한 건지, 포토그래퍼는 씩씩한
목소리로 현아를 안내했다. 그사이 현아가 그에게 보낸 메시
지는 육십 개가 넘었다. 현아는 가방 속에 전화기를 넣고 조명
아래에 섰다. 이젠 기다리는 수밖에 없다. 믿자, 이렇게 나를
내버려둘 만큼 모진 사람이 아니다. 현아는 희망의 동아줄을
잡았다. 그러나 절망이 입을 벌리고 단박에 집어삼킬 듯이 다
가오는 게 선했다.

탕, 탕. 셔터 소리와 함께 조명이 번쩍였다. 현아는 입 꼬리
를 올렸다. 환한 미소였다. 웃어야 하는 이 상황이 오히려 다행
이었다. 오른쪽으로 갸웃, 왼쪽으로 갸웃! 포토그래퍼의 우렁
찬 지시에 따라 현아는 그야말로 엑설런트하게 임무를 수행했
다. 하지만 머메이드 스타일의 드레스를 벗고 엠파이어 스타
일을 입었다가 공주풍의 벨라인까지 갈아입었는데도 그는 나

타나지 않았다.

50컷, 100컷이 넘어가자 셔터 속도는 점차 느려졌다. 타앙, 타앙, 번쩍, 번쩍. 현아는 꼭 전장의 한가운데에 있는 것 같았다. 참호 속에 웅크리고 있는 무너진 마음이, 조명탄의 섬광에 발각되고 있었다.

포토그래퍼는 카메라를 내리고 방금 찍은 현아의 사진을 지웠다. LCD 화면 속의 신부의 표정이 기묘했다. 치아가 나란히 보이는 입은 여전히 웃고 있지만, 눈은 울고 있었다. 얼굴의 상하 근육이 다르게 움직여 꼭 피에로 같았다.

"조금 쉬었다 하겠습니다."

팡, 하고 조명이 꺼졌다. 가슴께에서 내내 울렁이는 울음을 틀어막고 있던 현아는 치마를 부여잡고 밖으로 뛰쳐나가고야 말았다.

*

파혼은 생각보다 간단했다. 양쪽 부모님 통화 몇 통 하고, 가전제품이랑 한복을 환불하고, 오갔던 돈이 원래 통장으로 되돌아오니 끝이었다. 확실히 가지는 것보단 버리는 게 빨랐다. 왜 그렇게 꼼꼼하게 재고 따지면서 샀을까 모를 일이었다. 모든 게 순식간에 사라지니까 그 시간이, 그 인간이 정말 있었던 건가 싶었다.

파혼을 당하고 소영을 찾아가 하소연을 했을 때, 소영은 그저 싱긋 웃으며 쓰다듬어 주었을 뿐이었다. 아파하는 것도, 극복하는 척 살아가는 것도 지겹다고 말했을 때, 이제 독신으로 살겠다고 말했을 때 소영은 입을 열었다.

"출산율이 어쩌네, 이렇게 가다가는 200년 뒤엔 나라가 망하네. 언제부터 그렇게 애국자였는지, 독신이라는 존재가 세상을 멸망시킬 듯 호들갑을 떨지. 근데 알지도 못하는 이들의 참견쯤 상관없어. 문제는 가족과 친구들마저 몹쓸 병이라도 걸린 양 실없는 걱정을 늘어놓는다는 거야."

부모는 딸이 처녀로 늙어 죽는다며 역정을 앞세운다. 그리고 무턱대고 전화를 걸어, 눈치를 보아 하니 애인이랑 할 건 다 하는 것 같은데 어서 빨리 비윤리적이고도 비정상적인 인생에서 탈출하라며 한참을 설교한다. 부모의 한탄과 질시를 피해 친구들을 만나도 상황은 달라지지 않는다고 했나.

"이런 친구들도 있어. '결혼이 왜 싫어? 꼭 할 필요가 없다는 건 꼭 안 할 필요도 없는 거 아냐? 너 늙어서 후회해. 혼자 아프기라도 하면 어쩌려고 그래!' 자기는 안 늙을 것처럼 가족을 만들라고 종용하는 친구도 있다니까. 이런 애들은 그래도 순진한 편에 속해."

"진짜 웃긴 건 이런 친구들이야. '넌 정말 좋겠다, 신경 쓸 것도 없고, 속 썩이는 남편도 없고. 나 좀 봐, 애 낳고 3년 되니까 완전히 아줌마잖아. 참 내가 말했나? 울 신랑이 글쎄, 이번에 출장 다녀오면서 물방울 사온 거 있지. 작은 거야, 정말 작은 거. 우리 애는 또 어찌나 영특한지, 또래보다 훨씬 사고력이 좋은 거 같아.' 이런다니까. 정말 싱글이 부러워서인지 불쌍해서인지 자신의 행복을 증명하지 못해 안달을 내는 친구들에 둘러싸여 별종 취급당하기 일쑤야."

어쩌면 결혼을 "왜 하지 않아?"라는 질문의 답은 "결혼을 왜 해?"라는 질문의 답에서 찾을 수 있을지도 모른다고 소영은 말했다. 그냥, 다들 하니까, 혼자는 외로우니까, 늙어서 돌봐줄 이가 필요해서, 경제적인 안정을 위해, 아이를 낳고 싶어서 같은 투명한 이유에서부터 부모가 된 자신을 확인하고 싶다거나, 가족이란 공동체 안에서 행복을 찾고 싶어서 같은 철학적인 이유까지. 소영은 독신의 이유를 죄다 결혼을 하는 이유에서 찾았다.

"그냥 결혼하기 싫고, 다들 하는 데 나까지 보탤 거 없고, 둘이라고 외롭지 않은 것은 아니며, 늙어 남의 손 빌리는 건 어차피 같지, 경제적인 안정은 나 혼자도 충분하고. 아이를 낳아 기르는 경험은 결코 감사할 일이 아니거든. 사실 그건 결혼 없이도 가능한 일이야. 부모나 가족이라는 공동체에 기대하는 행복과 희망이 전혀 없으니, 나는 결혼에서 물러날 만하다고 생각해."

그러나 아무리 근거가 있어도 매번 자신을 설명한다는 건 구차하고 좀스러운 일이었다. 자신의 삶의 방식을 왜 꼭 누군가에게 설명해야 하는지, 소영은 늘 그게 불만이랬다. 냉면을 그냥 먹든 끊어 먹든, 그건 단지 '선택'의 문제일 뿐인데, 왜 결혼은 '필수항목'으로 분류되어 불참사유서를 강요하는지.

"그리고 명심해야 해. 외로워, 라고 생각하는 건 그나마 괜찮아. 사랑을 포기한 게 아니라 존재의 방식을 결정한 것이니까. 한 살, 두 살 먹어가면서 과연 독신으로 '늙어가는 것'이 가능한지 회의가 들면 위험신호야. 집이 어질러지면 그것 또한 경고의 표식이고."

소영의 경험담은 절절했다. 이야기하는 동안 소영이 헤어졌다고 하는, '꼬맹이'에게서 끊임없이 전화가 왔지만 소영은 받지 않았다. 현아는 어쩌면 꼬맹이라는 그 사람도 소영의 마음을 이해할 날이 곧 올 것이라고 생각했다.

　세상의 모든 이별은 다르다. 그리고 결과도 이별의 이유만큼 다양하다. 이를테면 파혼을 당한 모든 여자가 독신 선언을 하지는 않을 거였고, 독신 선언을 했다 하더라도 모든 여자가 스토킹을 당하지는 않을 거였다. 현아는 머리를 굴렸다. 어쨌든 이 위협에서 벗어나야 했다. 싱글빌에서 쫓겨나면 더는 갈 곳이 없었다. 그리고 무엇보다 두려웠다.

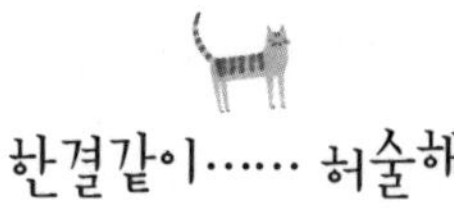

한결같이…… 허술해

이게 꿈은 아닐까. 윤성은 잠깐 스스로를 의심했다. 그러나 코끝에 알싸하게 파와 마늘의 향이 올라오는 걸 보면 분명 오감이 살아 펄떡이는 현실이었다. 윤성은 지금, 파와 마늘을 잘게 다지는 중이었다. 가장 피하고 싶은 상황까지 떠밀려 오게 된 것이었다.

"아저씨 요리 배웠어요? 짱이다!"

현아는 턱을 괴고 윤성 앞에서 연신 감탄을 뱉어내고 있었다. 어쩌다 이 임소영이 내 주방에 있는 것일까, 윤성은 마늘에 화풀이 하듯 칼질을 했다.

3호 여자가 불쑥 찾아온 건 일주일 전쯤부터였다. 여자는 며칠 전엔 실례했다며 뜨거운 냄비째로 일본식 오뎅나베를 들고 와 현관에 쏟아버렸다. 굵직한 우동가락이 지렁이처럼 꿈틀거리고 얇은 가쓰오부시들이 꼼지락거렸다. 딱 보니 인스턴트였다. 여자는 손가락이 아직 완전히 낫지 않아 놓친 거라며 자진해 현관 청소를 했다. 여자가 청소를 하는 동안 윤성은 푹신한 소파에 앉아 따끈한 녹차를 마시며 책을 읽었다. 3호 여자가 무섭다고 현관을 열어두는 바람에 겨울바람이 거실을 가득 채웠다.

"블라인드 내릴 때 알아봤어야 해. 역시, 냉혈한이야."

청소를 하던 현아가 구시렁거렸지만 윤성은 오디오 볼륨을 높였다.

"다했어요!" 윤성은 사감 선생님처럼 청소 검사를 했다. 책에 밑줄 긋던 연필을 들고 있어 더 그렇게 보였다. 그날은 영하 15도를 내려찍는 혹한의 날씨였고, 붓자마자 살얼음으로 변해버리는 물과 씨름한 현아의 손가락은 빨갛게 굽어 있었다.

본인이 친 사고를 수습하는 건 당연히 3호 여자의 몫이라고 생각했지만, 윤성은 눈앞에 얼어붙은 여자를 모른 척할 정도의 무뢰한은 아니었다. 따뜻한 차 한 잔 하고 가라고 한 건 지극히 상식적이고 신사적인 제안이었다. 그리고 윤성은 지금,

그 말을 했던 순간을 이 칼로 다져버리고 싶을 만큼 후회했다.

그날 이후, 여자는 툭하면 찾아왔다. 핑계도 갖가지였다. 형광등 가는 법을 알려 달라, 혹시 세면대 하수도 뚫는 것 갖고 있느냐, 빨아서 널어놓은 양말이 없어졌는데, 혹시 3호 마당으로 날아온 것 아니냐, 저녁거리를 샀는데 양이 너무 많으니 함께 먹자…… 누가 본다면 윤성에게 한눈에 반해 열심히 작업하며 들이대는 모양새였다.

그러나 현아가 윤성을 찾아오는 이유는 다른 데 있었다. 그녀는 자신의 집에서 도망쳐오는 것이었다. 누군가 자신의 방을 지켜보고 있다는 것을 알게 된 이후에 현아는 겁에 질렸다. 처음에는 정미인에게 알릴까, 타운 미팅 때 밝힐까 고민도 했다. 무단침입이 벌어졌다는 건 싱글빌 보안과 관련된 대단한 사건이었다. 그러나 그렇게 되면 범죄의 증거인 종이, '당신이 정말 임소영이야?'를 꺼내야 했다. 그걸 꺼내는 순간 현아는 싱글빌에서 나와야 했다. 그럴 수는 없었다. 싱글빌에서 퇴거하면 갈 곳이 없었다. 현아는 이어지는 다른 사건이 있을 때까지 기다리기로 했다. 그것이 새 사람이 되기 위해 감내해야 할 대가였다. 얻는 것이 있으면 잃는 것도 있게 마련이었다.

하지만 공포는 공포였다. 예민해진 탓도 있겠지만, 현아의

눈에는 집 주위에 찍힌 누군가의 발자국이나, 아주 조금 돌아
간 우편함 같은 게 쏙쏙 들어왔다. 현아는 매일매일 자신의 무
사함을 확인해줄 타인이 필요했다. 그래서 악연이라도 해도
일단 관계를 맺어 놓은 윤성에게 매일 얼굴을 들이밀었던 것
이다.

이를 알 리 없는 윤성은 3호 여자가 귀찮고 거슬렸다. 그런
데 희한하게도 매번 자신의 영역을 침범당했다. 무참히 선을
넘는 여자에 대해 생각하던 그는 드디어 기억해냈다. 타운 미
팅 때 어디선가 마주친 것 같은 불길한 기분이 들었던 이유를.
그녀가 양파 써는 걸 돕는다며 선글라스를 가져온 이후였다.
어디서 많이 본 선글라스라고 생각했더니 웨딩드레스를 입고
질질 짜던 여자에게 던져주고 온 거였다. 그저 해맑은 3호 임
소영이 아직 자신을 기억해내지 못한 건 다행이었지만, 악연
은 악연이었다.

혼자 사는 게 처음이라는 현아는 모든 게 서툴렀다. 일단 식
재료 쇼핑부터 처참했다. 시장에서 한 봉지씩, 게다가 덤까지
얹어주는 과일은 달콤한 유혹이었지만, 곧 썩어갈 음식물 쓰
레기와 날파리를 패키지로 영접하는 거나 다를 바 없다.

단으로 파는 야채나 근 단위로 파는 고기도 냉동실에서 얼음서리 맞기 십상이었다. 카레 같은 즉석식품도 몇 인분인지 꼼꼼히 보고 사지 않으면 카레 한 솥으로 일주일을 연명한 뒤 입을 열 때마다 강황 냄새가 나는 환각에 빠질 가능성이 크다.

현아는 이 모든 시행착오를 무서울 속도로 빠르게 체험했다. 그러니까, 손만 댔다 하면 참사였다. 그러나 자신의 부족함으로 괴로워하기는커녕 해사한 얼굴로 초인종을 누르고는 '하우스 딸기가 있어서 사봤는데 너무 많아요, 같이 먹어요!' 하며 윤성을 찾았다. 현아는 독신으로 사는 모든 요령에 꽝이었지만, 도움을 구하는 일에만은 능숙했다. 심지어 자기 확신도 강했다.

"왜요? 독신이든 아니든, 사람이면 서로 돕고 살아야지."

"아저씨도 무슨 일이든지 나한테 얘기하면 다 도와줄게요!"

윤성은 날 돕는 건 딱 한 가지, 날 혼자 두는 것이라고 말해봤지만 소용없었다. 다른 집 사람까지 초대하자고 들뜬 그녀를 진정시키다보면 어느새 마주 앉아 함께 저녁을 먹고 있었다.

오늘의 메뉴는 회덮밥이었다. 식당을 지나다 맛있어 보여 포장을 했는데, 아저씨 생각이 나서 2인분으로 준비했다고 했다. 오랜 독립으로 웬만한 끼니는 스스로 해결할 줄 아는 윤성이었다. 인스턴트를 찾지 않는 게 그의 규칙이었다. 첫 동화를 쓸 때, 몸으로 경험했다. 불규칙한 생활과 식사는 체중은 늘리고, 근육을 소멸시키면서, 동시에 체력을 바닥냈다. 그후로 윤성은 즉석식품은 되도록 피했고, 피치 못할 때는 꼭 양념이나 야채를 첨가했다. 오늘 저녁을 위해서 윤성은 파를 다져 맑은 미소된장국을 준비하고, 마늘과 사과를 갈아 넣은 초고추장을 만들었다.

"잘 먹겠습니다!"

행복한 표정으로 크게 한 술 뜨는 3호 여자를 보면서 윤성도 한 입 입에 넣었다. 와삭, 새로 넣은 상추가 신선하게 씹혔다.

"3호. 내일부턴 오지 마"

"네?"

"작업 들어가니까 방해 말라고."

"아니 무슨 그런 섭한 소리를 '국물이 뜨거우니 조심해' 같은 톤으로 말해요?"

"나한테 뭐 맡겨 놓은 거 있나?"

"없죠……."

"그럼, 나 좋아하나. 3호?"

"뭐라구요?"

현아는 사레가 들어 얼굴이 시뻘게지도록 기침을 했다. 윤성은 좀 머쓱한 기분이 되어 냅킨 통을 밀어주었다. 손과 입을 닦은 현아는 윤성을 빤히 바라보았다.

"설마, 이제껏 그렇게 착각한 거예요? 아저씨 진짜 웃긴다."

현아는 이번엔 얼굴이 시뻘게지도록 웃음을 터뜨렸다. 무안해진 윤성은 찬물을 들이켰다.

"그럼 왜 이러는 건데? 좀 심하단 생각 안 하나? 내가 독신의 기본은 민폐가 아니라 자립이라고 했을 텐데."

"꼭 혼자 밥 먹고, 혼자 있어야만 자립이에요? 물론 내가 아저씨한테 도움을 많이 받았지만, 아저씨도 나 덕분에 좋은 게 있을 거잖아요."

"없는데?"

단칼에 자르는 윤성을 현아는 원망스레 바라보았다.

"아저씬 혼자 산 지 되게 오래됐다면서요. 이렇게 따뜻한 피를 가진 사람과 마주 앉아 저녁식사는 하는 거, 때때로 그립지 않아요?"

"전혀, 그런 게 귀찮아서 혼자 사는 건데."

현아가 아랫입술을 내밀었다.

"이젠 설거지 할 시간도 아껴 써야 해. 초인종도 무음으로 바꿀 거야. 지난번처럼 남의 집 창문으로 돌진하지 말라고 미리 말해두는 거야."

"어차피 설거진 나 시키잖아요!"

"오늘 마지막 설거지 하고 얼른 가."

윤성이 가차 없이 일어났다. 항상 이런 식이었다. 현아가 종알종알 이야기하면 윤성은 딱 자르고 일어나버린다. 현아가 설거지를 할 동안에도 역시 얄미운 포즈로 음악을 틀어놓고 책을 읽으면서도, 잘 가란 인사도 하지 않았다. 현아는 신발을 챙겨 신으며 여전히 책에 빠져 있는 윤성을 바라보았다. 왠지 모를 부아가 치밀어 올랐다.

"나도 작업 들어가거든요! 동업자가 진짜 개 같아서 안 하려다가 낚인 거지만."

"그래, 잘됐네. 각자 생업에 충실하자고."

윤성은 여전히 고개를 숙이고 있었다. 묵독을 하는 중 한 문장이 걸렸다. 여러 번 되풀이해서 읽어보는 윤성의 머릿속은 사실 삽화작가로 가득했다. 원고를 읽은 강현아 작가는 당연히 삽화를 맡았다. 예상했던 일이었다. 하지만 그녀의 그림이 달라져 있었다. 편집장은 선도 색도 그대로구만 무슨 소리냐고 했지만, 윤성은 그녀의 변화를 강하게 알아챌 수 있었다. 건조했다. 이전의 삽화에서 느껴졌던 물기가 증발한 느낌이었다. 게다가 메신저에서는 어찌나 틱틱거리는지, 한 마디를 하면 열 마디를 보태며 싸우느라 에너지가 소진되었다.

윤성은 물기, 라고 책에 메모를 하고 일어서다 아직 현관에 있는 현아를 보았다. 현아는 코를 찡그린 채 윤성을 바라보고 있었다.

"가라니까."

피곤한 기색을 역력히 드러내며 윤성이 말했다.

"무서워서 그랬어요. 무서워서!"

갑자기 현아가 버럭 소리를 질렀다. 윤성은 손에 들고 있던 연필을 툭, 하고 떨어뜨렸다. 육각형의 긴 연필이 또르르 굴러갔다.

"아, 진짜 눈치 꽝이야. 다 큰 처녀가 좋아하지도 않는 남자 집에 뻔질나게 올 땐 이유가 있을 거 아니에요. 작가라는 사람이 상상력이 그렇게 없어요?"

"지금 내가 그쪽에 대해 어떤 상상도 하지 않은 걸로 소리치는 거야?"

"그래요! 밥정情도 정이라는데, 야박하고 무심하고, 진짜 못됐어!"

윤성은 목을 움찔했다. 남편도, 애인도, 심지어 친구도 아닌데, 뭐가 그렇게 분해서 이 여자가 눈물까지 글썽이는지 대체 이해할 수가 없었다.

"착각은 내가 아니라 그쪽이 한 거네. 밥 몇 번 같이 먹었다고 그쪽 내면의 공포까지 책임지는 사이가 된 거라고 억지 부리는 건가, 지금?"

부르르 떠는 현아와는 달리, 윤성은 처음부터 끝까지 담담했다. 현아는 그게 더 분했다. 함께 식사를 하며 많은 이야기를 나누진 않았지만, 윤성의 손은 그의 말처럼 냉정하지 않다는 걸 확인했기 때문이었다. 현아는 사람이 방심하고 있을 때 나오는 오랜 습관과도 같은 몸짓을 신뢰하는 편이었다. 지금도 윤성은 그녀를 바라보면서 읽던 책을 탁, 접지 않았나. 손에 쥐었던 연필을 놓치지 않았나. 그게 아니었다면 저토록 퉁명스러운 심술쟁이를 찾아오진 않았을 것이다.

"이젠 다시 안 올 테니까, 글인지 똥인지 마음껏 써요!"

쾅, 닫힌 문 저 너머로 소름 돋을 만큼 유치한 현아의 인사에 어안이 벙벙한 윤성은 그저 멍하니 서 있을 수밖에 없었다.

현아는 지그재그로 걸었다. 어른 걸음으로 크게 두 발이면 가로지를 수 있는 좁을 오솔길이지만, 조금이라도 능장을 부리고픈 마음에서였다. 혹시나 해서 뒤를 돌아보았지만, 2호의 문은 굳게 닫혀 있었다.

"누가 날 지켜보는 것 같단 말이에요."

들릴 리가 없지만, 그래도 소리 내어 말해보았다.

"내가 실수하기만을 기다리는 누군가가 날 감시하고 있는 것 같아서 무섭단 말이야."

현아의 목소리가 떨렸다.

부질없는 짓이었다. 현아는 누군가에게 기대기보다는 스스로 일을 처리하겠다고 다짐했다. 하지만 현아의 용기는 5분도 되지 않아 반으로 꺾였다. 현아의 우편함 속에 반갑지 않은 편지가 들어 있었던 것이다.

당신이 정말 임소영이라면 숲으로 와.

갑자기 바람이 선뜩하게 느껴져, 현아는 부르르 몸을 떨었다.

자작나무 숲은 싱글빌 뒤쪽에 펼쳐져 있었다. 6채의 주택과 중앙 쉼터를 아우르는 숲은 가로로 길게 늘어선 모양이었다. 숲에서 시작된 능선이 마을 뒤로 뭉근히 상승하고 있었다. 눈 덮인 숲은 어딘가에 북유럽 신화 속의 용이 웅크리고 있을 듯 이국적이었다. 가로등이 밝게 비추는 싱글빌의 주택가를 지나, 중앙 쉼터 뒤로 난 오솔길을 따라 들어가면 어느새 숲속에 도착할 수 있었다. 키 큰 나무들이 달빛을 가려 숲은 어두컴컴했고, 밤이 모든 소리를 잠재웠는지 쿵쾅거리는 현아의 심장소리가 유난히 크게 들렸다.

숲에는 아무도 없었다. 다행인지 불행인지는 알 수 없었다. 현아는 숲의 끝에서 아름드리나무에 기대며 주머니에 손을 넣었다. 그렇게 한동안 멈춰 있으니 숨소리와 심장소리가 점점 잦아들었다. 밤의 숲속으로 흡수되듯이.

빠직— 나뭇가지가 부러지는 소리가 들렸다. 현아는 재빨리 고개를 돌려 소리가 난 곳을 유심히 보았다. 5초간의 정적이 흐른 뒤, 후후후— 부엉이 우는 소리가 들려왔다. 현아는 몸을 바로 세웠다. 기댔던 자작나무 위쪽 가지에서 눈송이 하나가 톡 떨어졌다. 마치 그게 신호인 듯, 갑자기 사람의 발소리가 들려왔다. 현아는 코트 주머니에 넣어 온 전기 충격기를 꺼내들었다.

'어디지? 오른쪽? 왼쪽? 앞?'

놀랍게도 발소리는 여러 방향에서 동시에 들려왔다. 빠득빠득, 툭툭툭툭. 누군가가 눈을 빠르게 짓이기고 있었다. 발소리는 뛰고 있었다. 어디서 들리는지, 누구인지, 몇 명이지 현아는 감을 잡을 수가 없었다. 어쩌면 자신이 정말 위험한 선택을 해버린 걸지도 모른다는 생각을 했다. 전기 충격기로 몇 명이나 상대할 수 있을지 감이 오지 않았다. 그녀는 침을 삼켰다.

현아는 용기를 냈다. 가만히 들어보니 여러 군데에서 들려오던 발소리들이 한 곳으로 모이고 있는 것 같았다. 어쩌면 그저 기분일지도 모른다. 이제 발소리는 조금 더 격렬해졌다. 부딪치고 넘어지는 소리들이 섞여 들려왔다. 현아는 두 손으로 충격기를 꼭 쥐었다. 손이 벌벌 떨렸지만 그럴수록 더 꽉 잡았다. 소리가 점점 가까워지고 있었다. 도망가버리고 싶은 마음을 떨치려 현아는 급기야 뛰기 시작했다.

"아저씨?"

수풀 뒤에선 남자 둘이 엉켜 있었다. 현아는 단박에 윤성을 알아보았다. 모자를 뒤집어쓰고 검정 목도리를 둘둘 둘러매고 있었지만, 그의 가늘고 긴 눈이 뿜어내는 빛이 한눈에 들어왔다. 반면 그와 엎치락뒤치락 하고 있는 남자는 누구인지 알 수가 없었다. 두 남자는 허연 입김을 뿜어내며 서로를 제압하려고 기를 쓰고 있었는데, 둘 다 큰 키에 마른 체형으로 덩치가 엇비슷하여 쉽게 판가름이 날 것 같지 않았다. 더욱이 둘 다 주먹질이나 격투엔 소질이 없어 보였다. 한 방이면 끝날 싸움이 잡고 누르고 무는 개싸움이 되었다. 현아는 어찌해야 할지 몰랐다. 남자에게 깔려 얼굴이 일그러진 윤성과 눈이 마주쳤다. 윤성의 눈동자가 현아의 손에 있는 충격기로 향하고 있었다.

현아는 알았다. 놈을 공격하라는 강력한 신호였다. 누구든

이 싸움을 끝내야 했다. 그래야 진범을 찾을 수 있을 것이었다. 덜덜 떨리는 몸으로 현아는 짐승처럼 엉켜 붙은 두 남자에게로 다가갔다. 윤성은 현아를 보고 두 팔과 두 다리로 남자를 끌어안았다.

전원을 올리자 전기 충격기에서 지지직, 기분 나쁜 소리가 났다. 아빠가 호신용으로 지니라며 사준 것이었다. 한 번도 사용해보도 않았고, 쓰게 될 일도 없었으면 했는데. 이제 팔만 뻗으면 닿는다. 현아는 눈을 감고 남자의 등을 조준했다.

"으아아악!"

현아의 귀에 비명이 들렸다. 현아는 눈을 떴다. 그런데 어찌된 일인지, 사지를 벌벌 떨며 괴로워하고 있는 건 남자가 아니라 윤성이었다.

"아저씨!" 현아는 주저앉아 윤성의 머리를 받쳤다.

"참…… 한결같이…… 허술해."

윤성의 입에서 침이 흘러나왔다. 현아는 무심결에 맨손으로 윤성의 침을 닦아주었다. 그의 뺨에서 미세한 정전기가 느껴졌다. 당황하고 죄스러워 현아는 끊임없이 윤성의 얼굴을 쓰다듬었다. 조금씩 온기가 돌아왔다. 그 사이 기진맥진해 쓰러져 있던 남자는 엉금엉금 기어 현장을 빠져나가려 하고 있었다. 현아는 남자를 보고 바닥에 쌓인 눈을 던지며 소리쳤다.

"당장 거기서요! 나 진짜 화났어!"

기어가던 남자가 멈췄다. 그리고 서서히 현아를 돌아봤다. 실루엣이 낯익었다.

"나한테 쪽지 남긴 사람 맞죠? 무단침입에 스토킹까지. 당신 누구야! 도둑이야? 강도? 변태? 나 여기 오기 전에 싱글빌 관리팀한테 연락했어요. 지금쯤 거의 도착했을 걸요? 그러니까 쓸데없이 도망가거나 할 생각 말아요."

현아는 남자를 몰아붙이면서 주머니에 손을 넣었다. 스마트폰 화면에 아이콘의 위치를 가늠해 손가락을 대 보았다. 조금만, 조금만 시간을 끌자. 짐작컨대 112를 눌렀다고 생각할 때였다. 남자의 얼굴에 웃음기가 가득했다. 비웃음이었다.

"경비팀이든 관리팀이든, 누구라도 오면 그쪽이 더 곤란하지 않을까요? 가짜 임소영 씨?"

남자와 대치하는 와중에도 쉬지 않고 윤성의 볼을 쓰다듬던 현아의 손이 멈칫했다. 남자는 상황을 즐기기라도 하는 듯 보였다.

"어떻게…… 당신이 뭔데…… 아니에요!"

당황한 현아의 입에서 흘러나온 건 횡설수설이었다.

"나 도둑도, 강도도, 변태도 아니거든요. 4호에 사는 정건우입니다. 입주자 모임에서 봤잖아요. 생각 안나요?"

현아는 기억을 더듬어보았다. 그날 타운 미팅에서 현아를 유심히 바라보던 눈길을 떠오르는 듯도 했다. 혼돈에 빠진 현아에게 건우가 직구를 던졌다.

"이번엔 그쪽이 얘기할 차롄데요. 다른 사람 집에서, 다른 사람 흉내 내면서 사는 이유가 뭐예요? 당신, 진짜 정체가 뭡니까?"

현아는 입술을 잘근 깨물었다. 옴짝달싹할 수가 없었다. 전세는 완전히 역전되었다. 건우는 팔짱까지 끼고 현아를 몰아세우고 있었다. 그때였다. 갑자기 환한 빛이 뒤쪽에서 쏟아졌다. 건우도 현아도 눈이 부셔 고개를 숙였다.

"정건우! 이게 무슨 짓이야!"

카랑카랑한 미인의 목소리가 숲속에 울려 퍼졌다. 건우는 깜짝 놀라며 얼어붙었다. 현아는 뒤를 돌아보았다. 흩날리는 눈송이 사이로 미인과 고성민이 서 있었다. 현아의 품에서 겨우 1센티미터 정도 고개를 들고 미인을 확인한 윤성이 힘겹게 말했다.

"되게…… 늦게 왔네."

가면이 벗겨지는 순간

"엉망이구만."

윤성은 1인 소파에 몸을 깊이 묻은 채 혀를 찼다. 턱까지 담요를 덮고 있었다. 20분 정도 경미한 마비로 몸이 불편했지만, 성민과 현아의 부축을 받아 걸어올 수 있었다. 따뜻한 물을 마셨더니 피가 도는지 손발이 저리면서 몸이 이완됐다. 충격기와 맞닿은 부분이 멍이 들었는지 엉덩이가 욱신거렸다

1호인 미인의 집은 우아하고 고풍스러웠다. 결이 살아 있는 원목 마루에 이태리제 앤티크 소파와 백 년 넘은 오동나무 뒤주가 묘하게 조화를 이루고 있었다. 소파 양쪽 끄트머리에 건우와 현아가 멀찍이 떨어져 앉아 있었다. 현아는 긴장한 듯 허

리를 꼿꼿이 세우고 고개를 숙이고 있는 반면, 건우는 불만 가
득한 얼굴로 소파에 몸을 묻은 채 눈동자만 움직여 미인을 좇
고 있었다. 미인은 화가 풀리질 않는지 건우와 현아 앞을 왔다
갔다 종종걸음 치고 있었다.

윤성은 군청색 도자기 접시에 시침, 분침을 박아 만든 시계
아래에 놓인 1인용 소파에 앉아 세 사람을 관찰하고 있었다.
머리 위로 째깍째깍 시계소리가 들렸다.

"거 할 말 없음 이만 해산하죠."

화장실에서 나온 성민이 바지를 추스르며 말했다. 미인이
진저리를 쳤다. 느물거리는 데다 불결하기까지 한 성민을 받
아줄 마음이 지금은 없었다.

"고성민 씨는 그만 가시라니까요."

"아니, 왜 나만 가라고 하슈? 2호 작가 선생은?"

성민은 바닥에 아무렇게나 엉덩일 깔고 앉았다. 날 쫓아낼
순 없을 거다, 연좌시위라도 하는 듯 야무지게 양반 다리를 꼬
았다. 살찐 허벅지 덕에 양쪽 무릎이 방정맞게 달랑 들렸다. 미
인은 미간을 잔뜩 찌푸렸다.

"최윤성 씨는 두 당사자 이외에 현장에 계셨던 유일한 분이
에요. 사실관계를 확인하기 위해 계신 겁니다." 당신처럼 회원

정보를 보여 달라느니 이상한 소릴 하러 왔다 얼결에 합류한 게 아니라고! 미인은 성민에게 쏘아붙이고 싶은 것을 겨우 참았다.

"더 확인할 게 뭐 있어. 본인도 인정했잖아. 가짜 행세를 하면서 우릴 속였다는 거."

건우가 볼멘소리를 내질렀다. 현아는 가짜라는 단어에 화살이라도 맞은 듯 움찔하더니 고개를 푹 숙이고 말았다.

"그렇다고 해서 니가 한 엄청난 짓이 무마되는 건 아니야."

미인의 나무람에 건우는 오히려 픽 웃었다.

"내가 뭘 했다고? 난 그냥, 진실을 밝히라고 종용한 것뿐이야!"

"정건우!"

미인이 황급히 외쳤다. 평소 건우의 말투가 아니다. 미인이 키운 정건우는 사람을 할퀴는 농담을 즐기는 아이가 아니었다. 지금 건우는 작정하고 미인을 창피주고 있었다.

"의아한 게 있으면 나한테 먼저 물어봤어야지. 함부로 이웃집에 들어가 허락 없이 뒤지는 건 변명의 여지가 없는 짓이야. 게다가 여성을 상대로 위협적인 쪽지까지…… 네가 이런 식으로 행동하다니, 정말 실망이다."

"진짜 임소영이었다면 겁날 게 뭐 있겠어? 나 아니었음 다들 꼼짝없이 거짓말에 놀아났을 거라고."

격앙된 표정으로 건우가 말을 이었다.

"그리고 고모, 헷갈리지 마. 정미인 여사님은 지금 싱글빌 오너로서 저 사기꾼을 어떻게 처분할 건지 생각해야 된다고. 신분 위조로 경찰에 신고할 건지, 피해보상을 청구하는 소를 제기할 건지, 그것부터 결정해. 의협심 넘치는 조카한테 상 주는 건 이따 따로 합시다."

신분 위조라는 공격에, 피해보상이라는 폭격까지 당한 현아는 매캐한 연기에 둘러싸인 듯 정신이 혼미해졌다.

"빈정거리지 마! 세상에, 너 정건우 맞니? 널 이렇게 뻔뻔하고 상스럽게 만든 게 그 누나란 여자지? 남잔, 자길 근사하게 만들어주는 여잘 만나야 한다고 몇 번 말하니."

"고모!"

소파에 박혀 있던 건우가 용수철처럼 일어섰다. 일일 드라마에서 결혼 반대에 직면한 어리석은 남주인공이 보이는 반항적인 눈빛 그대로였다. 미인 역시, 믿었던 아들에게 배신당한 엄마가 보여주는 어이없는 표정 그대로 넋이 나가 있었다.

"엉망이구만."

윤성은 다시 나지막이 내뱉었다. 그러니까, 3호 여자는 임소영이 아니었던 것이다. 의외로 놀랍지 않았다. 오히려 약간의 안도감마저 들었다. 임소영이란 이름이 가지는 뉘앙스와 아예 다른 여자이니까. 윤성은 사람 팔자 이름 따라간다는 옛말을 믿었다. 어릴 때부터 수천, 수만, 수억 번이 넘게 듣는 자신의 이름…… 귀 속을 파고들어, 뇌 속에 와 박히는 단어에 영향을 받지 않는다는 게 더 이상한 일 아닐까.

3호가 임소영이란 이름을 사칭해 입주를 했는데, 이것을 하필 4호의 건우가 눈치 채고 그동안 스토킹을 해 왔던 것이다. 윤성은 사건을 간단히 정리했다. 일단 임소영은 아닌 게 분명했다. 그렇다면 웨딩드레스를 입고 울고 있던, 내숭에 민폐에 힘까지 센 저 여자의 이름은 뭘까, 무슨 이유에서 타인의 신분을 사칭했을까, 윤성이 궁금한 건 그거였다. 무섭다고 소리치며 떨리던 음성이 기억났다. 그 목소리 때문에 따라나섰다가 얼굴이 하얘진 채 숲으로 향하는 현아를 보고 따라붙은 것이었다. 조용히 만나 여자에게 자백을 받아내려던 건우를 괴한으로 오인해 덮쳐버렸다. 게다가 난생처음으로 엉덩이에 전기충격 찜질을 당하기까지 했다.

윤성은 고개를 숙이고 있는 현아를 봤다. 정체가 탄로 난 여자는 죽을죄를 진 대역 죄인처럼 건우와 미인의 말 한 마디 한 마디에 움찔했다. 사기꾼이나 범죄자 타입은 아니었다. 쉽게 믿으면 금방 뒤통수 맞는 게 세상이니, 타인에 대한 판단은 보류할수록 좋다고 생각하는 편이었지만, 이상하게 윤성은 3호를 '안다'는 기분이 들었다.

이 모든 사단의 원인인 현아보다 윤성을 불쾌하게 만든 것은 저쪽, 싱글빌이었다. 정미인이 기본적인 신분확인도 없이 그토록 으스댔다는 것이 윤성의 신경을 짜증스레 건드리는 것이었다. 게다가 입주비리라니. 4호의 정건우는 정미인의 조카. 재벌 3세였다. 공평하고 정대하다는 추첨 이벤트 같은 건 다 짜고 치는 고스톱이었던 것이다. 오너인 고모가 자신의 조카를 입주자로 꽂아 넣다니. 윤성은 비난의 눈빛으로 미인을 쳐다보았다.

미인도 잘 알고 있었다. 하지만 건우가 누구인가. 어떨 땐 친아들, 어느 땐 동지, 가끔은 한몸 같고, 통틀어 그녀 자신의 인생 아닌가. 결혼도, 경영권도 포기한 채 건우에게 포커스를 맞추고 살아온 20년. 하지만 미인은 단 한 번도 희생이라고 생각하지 않았다. 건우가 생의 크고 작은 고비를 넘기며 자라날 때마다 미인은 늘 생각했다.

'이걸로 충분해, 충분히 행복해.'

요즘 세상에 아들이란 낳을 때는 2촌, 대학가면 4촌, 결혼하면 사돈의 팔촌, 애 낳으면 해외동포가 된다고 하지만, 미인은 자신했다. 쿨하게 거리를 유지하며 끝까지 사이좋게 지낼 수 있을 거라고. 그렇지만 어린 왕자의 장미처럼, 시간을 투자한 대상은 소중하고 유일해진다. 건우의 연애 앞에서 미인은 당연히 무너졌다.

다섯 살에 부모를 동시에 잃는 비극을 겪었음에도, 건우는 사랑이 충만한 아이로 자라 주었다. 세상의 모든 우울함을 날려버릴 정도의 햇살 같은 미소를 가진 아이. 하지만 그건 임소영이란 여자를 만나 자신이 가진 사랑을 통째로 쏟아버리기 전까지였다. 건우가 밝게 비춰 준 것은 미인의 삶이었다. 한순간 빛을 빼앗겨 무참히 시들어버리는 꽃처럼, 미인은 서운한 마음에 어쩔 줄 몰랐다.

"속은 게 아니야. 사전에 임소영 씨 만나 이야기했다."
건우의 도끼눈이 더욱 날카로워졌다.
"여기 계신 분들께도 말씀드릴게요."
윤성은 그제야 조금, 이 한심한 자리가 흥미로워졌다. 멍청하게 속은 게 아니라 사기극을 용인한 거라니. 성민도 구미가 당기는지 몸을 앞으로 죽 빼고 미인의 다음 말을 기다리고 있었다.

"임소영 씨께서 먼저 문의해오셨어요. 일 관계로 집을 비우게 되었는데, 그 기간 동안 관리인 겸 해서 지인을 살게 하면 안 되냐고요. 아시다시피 모집 공고와 입주계약에 양도 금지 항목은 있지만, 이렇게 임시로 거주하는 경우는 적용할 만한 약관이 없어서 저도 고민을 좀 했어요."

"그럼 첨부터 그렇게 말하면 되잖소? 누가 뭐란다고."

성민이 코를 큼큼거리며 말했다.

"제가 그러자고 했습니다. 첨부터 집을 비우는 일, 다른 사람 들이는 일. 흠 같았거든요. 삐걱거린다는 인상을 드리기 싫었어요. 한두 달 뒤 진짜 주인이 돌아왔을 때, 자초지종을 이야기하면 재밌는 에피소드 정도로 웃어넘길 수 있을 거라고 생각했어요."

미인이 말했다. 의외로 애교스럽고 유려한 말솜씨였다. 성민은 금세 수긍이 갔다. 하긴, 저 예쁘장한 아가씨가 소영이든 말숙이든 무슨 상관이랴. 술에 취해 한밤중에 고성방가로 이웃을 깨운 것도 아니고, 공동화단에 남몰래 음식물 쓰레기를 내다버린 것도 아니다. 남에게 피해준 것이 하나 없는 그녀는 다리를 달달 떨며 손톱을 뜯고 있었다. 너무 가혹한 게 아닌가 하는 생각이 들 무렵이었다.

"둘 중 하나겠네요."

계속 침묵을 지키고 있던 윤성이 처음으로 입을 열었다.

"입주자들을 조금 우습게 봤거나, 아님……."

미인과 현아가 긴장된 얼굴로 윤성을 주시했다.

"입주자들을 아주, 우습게 봤거나."

윤성은 여전히 차분한 목소리로 미인을 비난했다. 미인은 당황한 듯 아무 말도 못했다. 권력을 가진 이들이 가장 두려워하는 것은 자신을 두려워하지 않는 마음이다. 미인은 한 톨의 두려움 없는 윤성의 눈을 바라보았다. 뒷골이 서늘했다.

싱글빌. 생의 마지막 사업이라고 생각했다. 어려서부터 수완이 좋아 형제들과 시뮬레이션 게임을 하면 승자는 언제나 미인이었다. 계열사 중 건설을 맡아 재계 3순위까지 끌어올렸다. 부드러운 카리스마와 깔끔한 일처리로 명성이 자자했다. 하지만 시집도 안 간 딸에게 경영권이 돌아올 리 만무했다.

집안에서 미인은 후계자인 건우를 잘 키워내는 보모로서 기능할 때 가장 의미 있었다. 처음엔 속상했지만 미인은 욕심을 비워냈다. 할 수 없는 일에 오래도록 목을 매달고 있으면 질식한다.

인생 여든이라고 치면 이제 갓 쉰이 된 미인에게 남은 시간은 30년이었다. 그간 건축 사업에서 익힌 노하우로 싱글들을 위한 마을을 일궈내기에 충분한 시간이다. 미인은 오랜만에 가슴이 두근거렸다. 처음, 오빠의 죽음을 이겨내며 건우를 품에 안았을 때처럼 미인은 앞으로 키워낼 싱글빌을 부지를 파기도 전에 가슴에 품었다.

미인은 모기업의 품을 떠나, 자신의 이름을 걸었다. 누구의 간섭도, 우려도 허용하지 않겠다는 선언이었다. 그녀는 기획과 런칭에 능숙했고, 실무를 담당할 최고의 팀을 꾸렸다. 자신만만했다. 누구도 싱글빌에 관해서 그녀만큼 알지 못했고, 그러니 함부로 말할 자격 또한 아무에게도 없었다.

미인의 얼굴이 딱딱하게 굳었다. 그녀는 타오르는 눈빛으로 윤성을 바라보았다. 그런 분위기를 눈치 챈 건 건우였다. 째각째각. 불안감에 건우는 슬쩍 옷깃을 여몄다. 한 발 앞으로 나선 미인의 귀가 씰룩거렸다. 이를 악문 것이었다.

"미안합니다."

방 안의 모든 사람이 귀를 의심했다. 윤성마저도 의외의 말에 놀란 듯 눈을 깜박였다. 미인은 90도로 허리를 깊이 숙였다.

"제가 잘못 생각했습니다. 잘하고 싶단 생각에 의욕만 앞섰습니다."

미인의 눈이 빛나고 있었다. 진심을 호소하는 불꽃이었다.

"하지만 입주자분들을 얕보거나 무시한 건 절대 아닙니다.

그건 분명히 말씀 드릴 수 있어요. 맹세합니다."

"무슨 맹세까지……."

성민이 작게 중얼거렸지만 아무도 대답하지 않았다.

중년의 여인이 단박에 자신을 꺾었다. 그것도 이 마을의 오너, 남부러울 것 없는 재벌이. 윤성은 선수를 뺏겼다고 생각했다. 역시 대단한 승부사다.

"다음 입주자 모임에서 정식으로 다시 설명 드리겠습니다. 다만…… 한 가지만 부탁드립니다."

미인이 마른 침을 삼켰다. 긴장을 이기려는 듯 작은 등을 더욱 꼿꼿이 폈다.

"이 사실을 처음 듣는 것처럼 해주시겠습니까?"

이곳에 살인 용의자가 있다?

모든 게 그대로였다. 캬 소리가 절로 나오는 매콤하고 시원한 콩나물 국밥도, 왁자지껄한 분위기도, 달랑 3개만 접시에 담아주는 왕 깍두기도.

"어매! 나 몰러? 깍두기가 이게 뭐여!"

성민은 접시로 테이블을 소리 나게 탁탁 두드리며 고함을 질렀다. 여주인이 종종 걸음으로 달려와 소복이 담은 깍두기 접시를 놓았다.

"고 형사가 을마나 오랜만에 왔음 이런 실수를 했겠어. 하도 안 보여서 땅으로 꺼져버렸나 했네."

"나 형사 관뒀어."

"옴마, 왜?"

"하늘로 솟았거든. 고성민이한테 땅은 안 어울리지. 안 그래?"

"뭔 소리여. 암튼 좋은 거제? 내도록 넘한테 퍼주기만 했은께, 인자 좋은 거 누림서 살아야제."

"암만. 걱정 마쇼."

어매는 내 사정 알면 까무러칠 테니. 성민은 뭉근한 미소를 지었다. 새로 온 깍두기를 와삭, 씹는데 박 형사가 뛰어 들어오는 것이 보였다. 성민은 손목시계를 보았다. 3시 23분이었다.

"선배님!"

"이제 23분쯤은 늦어도 된다 이거냐?"

"나오려는데 서장님 호출이 와서."

박 형사의 이마에서 땀방울이 흘러내렸다. 성민은 뚝배기를 들고 끝까지 들이킨 후에 일어섰다.

"커피나 사, 비싼 걸로!"

잔뜩 흐린 날씨였다. 금세라도 눈송이가 뚝뚝 떨어질 것처럼 하늘이 흐렸다. 성민은 식당 앞에 자리 잡은 자판기에서 '고급 커피' 버튼을 눌렀다. 달콤했다. 어매 국밥집 앞에서 보면 경찰서가 한눈에 보였다. 다섯 달 전만 해도 성민이 거의 살다시피 한 곳이었다. 저곳을 떠난 삶은 상상해본 적이 없었다. 역시, 인생이란 수배자 전단 같은 거다. 의욕적으로 만들어 붙여 놓으면 반복되는 매일에 세월처럼 풍화되어가다가 어느 날 예상치 못한 제보로 떨어져나가 버린다. 성민은 퇴사하는 날, 책상 뒤에 붙여 놓았던 '독사'의 수배지를 제 손으로 떼며 박 형사에게 말했었다. "인생 참, 수배전단지 같다, 그치?" 그때도 박 형사는 성민의 말을 이해하지 못했다. 지금도 마찬가지이지만.

"가져왔어?"

"선배 그만 둘 때 이후로 변한 건 없어요. 독사 건 사실상 종결된 거나 마찬가지라 그랬잖아요."

"무슨 소리야, 공소시효 한 달이나 남은 사건을 누가 종결을 내? 이 과장? 서장님?"

"진정해요, 선배. 말이 그렇다는 거지."

박 형사는 당장이라도 경찰서로 뛰쳐들어갈 듯한 성민을 끌어 당겼다.

"우리 중에 선배만큼 독사에 대해 잘 아는 사람 없어요. 공식 서류 빼기 힘들단 것도 알잖아요."

"그래서, 가져왔어, 안 가져왔어?" 성민의 다그침에 박 형사가 눈을 피했다.

"그냥, 선배 얼굴이나 보러 나왔어요. 오랜만에."

성민은 입을 다시며 종이컵을 쥐어 우그러뜨렸다. 성민은 메고 있던 가방을 앞으로 돌려 뭔가를 꺼냈다. 박 형사는 물끄러미 바라볼 뿐이었다. 성민이 꺼낸 것은 A4 용지를 두 번 접어 사등분한 종이였다. 천천히 펼치니 윤성의 옆얼굴이 그려져 있었다. 왼쪽 귀 옆에 옅은 흉터가 초승달 모양으로 나 있었다.

"이게 뭐예요?"

"잘 봐봐, 독사지?"

"선배가 그렸어요?"

"내가 이래 뵈도, 현장 감식반서 일할 때 스케치 담당이었다. 형사되기 전에 미술 공부 좀 했거든."

박 형사는 종이에 그려진 윤성의 얼굴을 가만히 들여다보았다. 성민이 들고 있는 각도만큼 고개가 비스듬히 기울어졌다.

"그래서, 이건 일종의 상상화인거죠?"

"뭐?"

"선배, 나한테 뭐라 그랬어요. 저 문 나오는 순간 싹 다 잊으라고. 그래야 산다 그랬잖아. 이제 그만해요. 독사 못 잡아요."

박 형사는 눈을 감았다. 예전의 성민이라면 당장 멱살을 잡고도 남을 타이밍이었다. 그런데, 성민이 잠잠했다.

"이것도 봐라."

성민이 가방에서 주섬주섬 종이 2장을 더 꺼냈다. 하나는 방금 보여준 윤성의 옆얼굴 그림에 복면과 모자를 씌운 그림이었다. 콧날과 귀 옆의 상처 부분만 드러나 있는 모습이었다. 또 다른 너덜거리는 종이는 10년 전 제작했고, 5달 전에 떼어낸 독사의 수배전단지였다. 당시 진술을 바탕으로 그려진 독사의 몽타주는 성민이 왼손에 들고 있는 종이에 그려진 남자처럼 복면에 모자를 쓰고, 귀 옆에 초승달 모양의 상처가 있었다.

"상상화가 아니라, 모사화라는 거예요, 지금?"

시큰둥한 반응에 성민은 한숨을 푹 쉬면서 동시에 박 형사의 뒤통수를 사정없이 때렸다.

"얌마, 넌 그렇게 촉이 없으니까 아직도 그 모냥인 거야."

성민은 품에서 휴대폰을 꺼내들었다.

"이래도 뻘소리 할래?"

박 형사의 눈이 커졌다. 성민이 들이민 휴대폰 액정화면에 그림 속 남자가 있었다. 몽타주보다 나이가 좀 들어 보였지만, 분명히 그였다.

"상처는 안 보이는데?"

"화질이 구려서 그렇지. 내 눈으로 똑똑히 봤다."

세월이 흘러 살이 차올랐고, 머리카락으로 가려 언뜻 보면 잘 보이지 않지만, 분명했다. 귀 옆에 초승달 모양 흉터…… 15년 전, 그토록 잡고 싶었던 살인범을 찾을 유일한 증거. 얼굴도, 이름도, 출신도 알 수 없는 무명의 살인자. 혼자 사는 여성들을 무참히 살해하고 방치한 녀석의 닉네임은 '독사獨士'였다. 형사들은 정체를 알 수 없는 범인에게 이름을 붙인다. 그래야만 거대악이나 소름끼치는 악마가 아닌, 일개 사람을 상대한다는 구체성이 부여되기 때문이다.

홀로 독에 선비 사를 붙인 건, 단독범행에 흔적을 남기지 않는 치밀함 때문이었다. 놈은 양반이었다. 서두르는 법이 없었고, 불필요한 파괴 또한 하지 않았다. 오직 생명을 끊는 것만이 목적인 양, 아무것도 손대는 법이 없었다. 고장 난 CCTV가 있는 골목을 기가 막히게 찾아내는 지능범이라 꼬리를 잡기가 더욱 힘들었다.

박 형사에게 늘 말한 대로, 성민이 형사질 20년 하며 얻은 교훈은 '잊어야 산다'였다. 용의자를 놓치고, 힘들게 잡은 범인이 법의 심판을 제대로 받지 못하는 경우는 수도 없다. 가슴에 품기 시작하면 분노의 과다로 폭발이 자명했다. 화병이란 게 뭔지 몸소 경험하게 되는 것이다. 초보 형사시절, 자다가도 벌떡 일어날 만큼 사건에 집착했던 성민은 세월이 흘러가면서 점점 요령을 터득했다. 일과 가정을 분리할 수는 없었다. 그러고 싶었지만, 사건은 늘 새벽이나 경조사 있는 날에 성민을 불렀다. 대신 그는 가벼워지기로 했다. 검찰에 넘기거나, 돌려보내거나, 아님 캐비닛에 넣고 문을 닫는 순간 최대한 기억을 지우고 가벼워지는 것이 성민의 숨구멍이었다.

하지만 독사만은 잊을 수 없었다. 성민의 가슴속에는 그놈뿐이었지만, 그래도 분노는 늘 넘쳐흘렀다. 놈을 놓쳤던 집. 독사의 마지막 범행 장소에서 발견한 끔찍한 광경 때문이었다. 혼자 사는 젊은 여자만을 노린 독사의 제물이 된 여성이 미혼모였다는 것은 그간의 패턴을 깨뜨린 요철이었다. 놈도 그것은 몰랐을 것이다. 무슨 사정에선지 여자는 아이를 집에 숨겨두다시피 했다. 사건 후, 탐문했던 같은 빌라 주민들도 아이는 본 적이 없다고 증언했을 정도니까. 숨바꼭질 중이던 여섯 살 아이는 옷장 뒤, 엄마가 특별히 마련해준 비밀의 틈 속에서 엄마가 살해당하는 장면을 목격했다.

독사는 처음으로 현장을 훼손했다. 아마도 여자를 죽인 뒤 집에 있는 아이용품을 보고 아이가 어디 숨어 있는지 뒤져본 모양이었다. 하지만 결국 찾지 못했다. 이것은 행운이었다. 시간을 끌 수 없었던 독사는 그대로 사라졌고, 아이는 경찰이 출동한 다음날까지 27시간을 틈 속에 주저앉아 있었다. 아이에게 천식이 있었다는 것은 비극이었다. 성민이 아이의 팔목을 발견한 것은 출동한 지 2시간째, 그러니까 사건이 있은 지 29시간이 지난 뒤였다.

현장 감식 스케치를 위해 구석구석 살피던 중, 툭, 떨어지는 아이의 고사리 손을 본 순간을 성민을 아직도 생생히 기억하고 있다. 입술이 파래져 의식을 잃은 아이는 바로 병원에 후송되었다. 하루 만에 겨우 의식을 찾았지만 폐가 망가진 채였다. 성민은 최후 목격자의 작은 손을 잡고 물어야 했다. 엄마를 죽인 남자에 대해. 그 처참한 살인의 상황에 대해, 끝도 없이.

"귀 옆에…… 초승달 모양이…… 상처가 이만큼……."

아이는 마치 증언을 위해 억지로 살아 있었던 듯, 자신의 말을 듣고 그린 몽타주를 본 순간 고개를 끄덕이더니 그대로 세상을 떠났다. 성민은 그때 자신의 영혼의 한 부분도 아이와 함께 죽어버렸다고 생각했다.

아이의 유언을 바탕으로 몽타주가 작성됐다. 178cm에 호리호리한 체격. 복면을 쓰고 모자를 눌러써 골격은 정확히 알 수 없지만, 눈빛이 매섭고 귀 옆에 초승달 상처가 있음. 피살자들의 상흔으로 보아 주머니에 들어갈 정도의 작은 장도리로 후두부를 내리친 뒤 송곳으로 추정되는 가늘고 긴 흉기를 동맥에 단번에 찔러 넣음. 사망에 불필요한 상해가 없는 것으로 보아 증오범죄의 가능성은 낮음. 9명의 피해자는 과다출혈로 사망, 1명의 피해자는 기관지 천식에 따른 폐부종 및 폐렴으로 사망. 그 개새끼는 반드시 내 손으로 잡을 것임.

형사를 그만 둘 때 가장 마음에 걸렸던 것도 독사였다. 그놈의 몽타주만 끝까지 버리지 못하고 이사했다. 그런데 그곳에서 본 것이었다. 수도 없이 상상했던 놈의 얼굴을.

"이름이 뭔데? 아니, 것보다 어디서 봤어, 이놈?"

이번엔 박 형사가 흥분했다. 성민은 만족스러운 듯 차분하게 말했다.

"넌 일단 서로 들어가서 몽타주 다시 작성해. 2013년 버전으로. 그리고 내가 쏴주는 이름이랑 주민번호 파봐. 사칭일 가능성도 크니까. 대신! 아직은 너 혼자 움직여라. 확실해질 때까지 조용히 진행하게."

"선배 무슨 언더커버 이런 거 하는 거야? 형사도 아니잖아."

"그러니까 너 물고 들어온 거 아냐. 괜히 설레발 쳤다가 망치지 말고, 알았지?"

당장 미인에게 가서 이 사실을 알리고 협조를 청해야겠다고 생각했다. 그날 대강의 사정, 그러니까 싱글빌 내에 오래전 강력사건 용의자가 있을지도 모르니 입주민들 서류를 보여달라고 하자, 미인은 단칼에 거절했다. 필요하면 영장을 가져오라는 거였다. 이 여자, 언더커버니, 잠입수사니 도통 모르는 답답이구먼. 성민은 예전부터 바른 말 하는 똑똑한 여자에겐 꼼짝 못했다. 하긴 정식형사도 아니고, 미루어 짐작만으로 개인 정보를 달라고 한 것부터가 비상식적인 짓이긴 했다.

게다가 미인은 그날 조카의 황당한 짓에 대단히 당황해했다. 3호 여자의 밀입촌을 들킨 것보다 조카의 반항에 더 마음을 다친 게 분명해 보였다. 그래서 여자 편을 들어주었다. 성민은 예전부터 흔들리는 똑똑한 여자에겐 꼼짝 못했다.

"근데, 선배." 박 형사가 천천히 남은 커피를 마시고 말했다.

"어, 왜."

"나 다음달에 이사 가."

"어디로?"

"강남에. 와이프가 전부터 애들 공부시키려면 물 건너가야 된다고 노랠 부르더니 기어이 사고를 쳤어. 평수까지 늘려서 덥석 계약을 했는데……."

성민의 얼굴이 굳어졌다.

"나 또 대출 뽑으면 진짜 힘들어져요. 선배 남는 돈 한 번만 돌려주면 안 돼요? 은행이자 갚듯 내가 다달이 갚을게요."

"나 간다. 문자 때릴게."

가차 없이 돌아선 성민의 등에 박 형사가 원망의 말을 토해 냈다.

"선배 진짜 너무 하십니다. 큰 돈 생기면 누구든지 다 도둑 놈으로 보여서 벌벌 떤다는데, 선배까지 그럴 줄 몰랐네!"

성민의 뒷덜미로 피가 확 솟구쳤다. 뻐근했다. 하지만 성민 은 걸음을 멈추지 않았다.

"내가 독사 자료도 뽑아 올게! 할 수 있어요."

미안했다. 근데 미안한 기분이 드는 게 억울했다. 성민이 큰 행운을 거머쥔 그날 이후부터 사람들은 너무나 당연하게 돈을 요구해왔다. 듣도 보도 못한 자선단체 같은 곳에서 어떻게 번 호를 알고 아침부터 저녁까지 전화를 해 와, 사람을 피도 눈물 도 없는 철면피에 생 돈 꿀꺽한 날강도로 만드는지, 노이로제 에 걸릴 지경이었다. 아무도 없는 곳, 누구도 자신을 알아보지 못하는 곳으로 떠나고 싶어 싱글빌을 택해놓고, 그놈의 독사 때문에 다시 나와버린 것이다. 젠장, 성민은 카악 침을 모아 퉤 하고 화단에 뱉었다.

*

달콤한 냄새가 찬 공기를 타고 번졌다. 성민의 품속에 있는 군고구마 냄새였다. 성민은 자신의 집 4호를 지나쳐 가장 깊은 곳에 위치한 1호로 향하고 있었다.

"요것도 내 동네라고 공기 맑으니 좋네."

싱글빌은 참 묘한 공간이었다. 독사일지도 모를 놈을 생각하면 머리카락이 뿌리부터 쭈뼛 섰지만, 청량한 공기를 마시며 홀로 눈 쌓인 숲을 달릴 땐 더없이 평화로웠다. 성민은 제일 작은 군고구마를 하나 까먹으며 천천히 이 안정감을 만끽하고 있었다.

어디선가 뭔가가 깨지는 소리가 들렸다. 성민은 깜짝 놀라 고구마를 입에 물고 주위를 경계했다. 차가운 바람에 고구마에서 흰 연기가 솟아올랐다.

미인이었다. 1호 현관 앞에 쪼그리고 앉아 있었다. 손에는 유리병을 들고 있었는데, 방금 깨진 것인지 목만 남아 있었다. 미인의 몸이 흔들거렸다. 일부러 그러는 것 같진 않았다. 왼쪽이 무너지면 그쪽으로 기울고, 오른팔이 떨어지면 또 그쪽으로 스러진다. 그렇게 자꾸만 바닥으로 꺼져가던 미인이 손에 든 병이 깨진 줄도 모르고 병나발을 불었다. 당연히 비어 있다.

미인은 병을 아무렇게나 버리고는 집으로 들어갔다. 세 발만 떼면 현관인데도 허우적거리다 깨진 유리병 위로 넘어지려는 것을 성민이 붙잡았다.

"누구야." 미인이 흐린 눈을 들어 말했다.

"냄새를 보니 많이 마신 건 아니구만, 취했소?" 성민이 물었다.

"이 아저씨 귀찮게 또 왔네. 놔요, 놔."

그러나 성민은 놓을 수 없었다. 미인의 눈가가 눈물로 번져 있었고, 성민은 예전부터 똑똑한 여자가 흔들리며 우는 데는 꼼짝도 못했기 때문이었다.

연애 금지 조항

현아는 여섯 시간째 컴퓨터 앞을 떠나지 못하고 있었다. 창
밖으로 희뿌옇게 해가 떠오르고 있었다. 어제 저녁 보냈던 시
안을 본 성윤 작가는 12시부터 그녀를 들들 볶고 있었다. 물
기가 없다니, 대체 그런 추상을 어떻게 더하란 말인가! 현아는
속이 터졌다.

성윤은 그대로였다. 아니, 더 악독해졌다. 인생을 망쳤다더
니 삽화도 망칠 셈이냐고 거침없이 독설을 퍼부었다. 하지만
현아도 내성이 생겼다. 인간적인 모욕은 다 캡처해서 고소할
거라고 응대하면서 개 작가의 열을 올렸다. 흥분한 개 작가가
메신저로 계속해서 멍멍 짖어대는 것도 무시하고 현아는 밤새

다시 그려댄 괴물의 스케치를 물끄러미 바라보았다. 개 작가가 말하기 전엔 스스로도 몰랐던 변화였다.

자신에게서 뭔가가 말라서 날아가버렸다면, 그것은 아마도 희망일 것이다. 사랑에 대한, 낭만에 대한 희망과 기대. 나이가 들수록, 사랑에 실패할수록 자꾸만 건조해지는 건 인간의 섭리 아닐까, 현아는 생각했다.

'다시 작업해 메일 보낼 테니까 기다려요.' 현아는 자판을 눌렀다.

'언제?' 건방진 개 작가는 말까지 짧았다.

'내일 아침 6시, 오늘은 일요일이니까 좀 쉽시다. 작가님도 맑은 공기 마시고 정신 좀 차리세요.'

현아는 얼른 로그아웃 버튼을 눌렀다. 괜스레 통쾌한 기분이었다.

*

밤새 내린 눈이 햇빛에 반짝거렸다. 청명하고 차가운 일요일 오후였다. 구름 한 점 없는 파란 하늘 아래, 싱글빌 주민들이 중앙 쉼터 앞으로 속속 모여들었다. 입주 후 처음 맞는 '두레'의 날이다.

싱글빌의 두레는 '외로움 방지'를 위한 장치였다. 혼자 있기를 즐기는 자일수록 참여하는 모임이 있어야 한다. 달콤한 고독이 비참한 허무가 되는 건 한순간이니까. 간단한 육체활동 또한 현대인의 삶에 빠질 수 없는 필수 요소다. 두레야말로 이 두 가지를 아우르는 최고의 방법이었다.

간편한 차림으로 모인 주민들은 별 말 없이 어색하게 서 있었다. 현아는 건우와 윤성, 특히 정혁의 눈을 피하며 딴청을 피우고 있었다.

공식적으로는 지난번 입주 미팅 이후 첫 모임이었다. 정혁은 그때의 난리법석을 전혀 모른다. 부주의한 말 한 마디로 정혁에게 수상한 기색을 보일까봐 모두 입을 닫고 있었다. 미인의 부탁도 그것이었다. 다들 알고 있는 사실을 자신만 마지막으로 통보받으면 기분이 나쁠 것이라고. 자신은 이제 단 한 명의 입주자에게도 실례하고 싶지 않다고 미인은 간곡히 말했다. 하긴 빨간 페인트 괴물에, 이웃집 무단침입부터 설명해야 한다면 그것 또한 골치 아플 거라고 성민이 거들었다. 모두 모였을 때, 현아를 다시 소개하는 것으로 두레를 시작하겠노라고 미인은 철석같이 약속했다.

약속 시간이 5분 지난 지금, 가장 목소리를 높였던 성민과 미인만이 나타나지 않고 있었다. 건우와 현아, 윤성은 불편한 눈빛으로 서로를 흘깃거리며 괜히 발끝만 톡톡 차고 있었다.

"으드다두다!"

이상한 소리를 내면서 중앙 쉼터로 들어서는 입구에 성민이 나타났다. 기지개를 쭉 펴는 성민의 뒷머리가 하늘 높이 치솟아 있었다.

"얼른 시작합시다. 후딱 해치우고 들어가 낮잠 자야지."

"1호, 정미인 씨가 아직 안 오셨어요."

정혁이 말했다. 명품 트레이닝 세트를 위아래로 맞춰 입고, 보석을 박아 리폼한 운동화를 신었다. 운동을 꾸준히 하는지 적당히 솟아오른 승모근이 건강해 보였다.

"먼저 시작하고 있으라던데. 다들 연락 못 받았어?"

배를 득득 긁으며 성민이 말했다. 모두 처음 듣는 소식이라는 듯 맨송맨송한 표정을 지었다.

"뭐야, 나한테만 문자 한 거야? 에이, 그 아줌씨, 응큼하게."

건우가 뜨악한 얼굴로 성민을 보았지만, 성민은 히죽 웃기만 할 뿐이었다.

첫 번째 일감은 '울타리'였다. 마을 곳곳에 뻗어 있는 산책로 중에서도 숲과 연결된 지점에서 작업이 진행되었다. 쌓인 눈을 치워 땅을 고른 뒤, 준비된 나무 막대를 박아 넣었다. 울타리란 원래 '들어오지 마시오'와 '넘어가지 마시오'라는 완곡한 표현이었다. 예쁘게 칠하고 꾸며봐야, 은둔의 장치일 뿐이지. 윤성은 붓에 페인트를 듬뿍 묻히며 생각했다. 나뭇결을 따라 매끄럽게 발리는 페인트는 눈보다 밝은 흰색이었다.

"나 같으면 다시 생각하겠는데."

현아가 페인트 붓을 쥐자 윤성이 기다렸다는 듯 시비를 걸어왔다.

"다시 붓 잡기엔 이르지 않나? 웬만하면 참지."

"걱정 놓으시죠. 버터 많이 사 놨거든요."

현아도 지지 않고 입을 삐죽이며 말했다.

"버터요?"

정혁이 다가왔다. 윤성과 현아는 동시에 입을 꾹 다물었다. 아무리 하찮은 것이라도 비밀은 무겁고 불편하다. 윤성은 침묵을, 현아는 연기를 택했다.

"제가 유제품을 좋아해서요."

억지로 웃음 지은 현아의 입꼬리가 미세하게 떨렸다. 윤성은 매정하게도 등을 돌리고 페인트 칠에 열중하고 있었다. 차라리 얼굴에 블라인드를 달고 다니지 그러냐, 현아는 어쩐지 서운한 마음이 들었다. 사실 윤성에겐 신세만 졌는데, 어째서 섭섭한 마음이 드는지 그녀도 알 수 없는 노릇이었다. 차가운 바람이 불자 은은하게 라벤더 향기가 났다.

"근데…… 두 분은 어떻게 생각하세요?"

정혁이 소리를 낮춰 속삭였다.

"네? 뭘요?"

현아는 괜히 가슴이 두근거렸다. 정혁의 속삭임에 윤성도 슬쩍 돌아보았다.

"그거 있잖아요."

일단 말을 꺼냈지만 정혁은 쉽게 다음 말을 잇지 못했다. 아무래도 망설여지는 듯, 주위를 두리번거리기까지 했다.

"그거 있잖아요, 연애 금지 조항. 그게, 독신이나 싱글이란 말은 결혼을 안 한 상태를 말하는 거지, 연애를 하고 안 하고 의 뜻이 아니잖아요. 물론 입주 당시 독신이란 조건이 붙긴 했지만, 그런 규칙까지 강압적으로 밀어붙이는 건 좀 너무한 것 같아서요. 사생활까지 간섭할 권리는 없는 거잖아요."

현아는 저도 모르게 고개를 끄덕였다. 정혁의 말투는 차분하면서도 힘이 있었다. 그런데 관심 없는 것 같았던 윤성이 툭 대꾸를 던졌다.

"연습했죠?"

"네?"

"그 말, 집에서 거울보고 연습한 거 아니냐구요."

"그걸 어떻게……."

이번에는 부끄러움으로 정혁의 볼이 빨갛게 물들었다.

"말하는 동안 계속 신발만 봤잖아요. 그것도 이 노란색 보석만. 원래 외운 거 기억해 낼 때는 점 하나 보면서 집중하는 게 최고거든요."

현아는 또 한 번 감탄했다. 쓸쓸한 냉혈한 미스터 블라인드에게 의외로 추리력이 있다. 이번에 새로 쓴다는 책은 아마도 선혈이 낭자한 범죄소설 같은 건지도 모르지.

"저는 그저 다른 입주자 분들 생각이 어떤지 궁금했을 뿐입니다. 의견을 모아서 관리자게 전달할 수 있을지도 모르구요."

정혁이 항변했다. 첫 입주자 모임 이후, 정혁은 어떻게 하면 이 말도 안 되는 규칙을 타파할 수 있을지 정말로 고민했다. 이 규칙이 잔재한다면 싱글빌에 들어온 이유가 없어진다. 싱글빌은 정혁에게 오랜 겨울 끝에 다가온 봄 같은 보금자리였다.

"한마디로 같은 편 하자, 그거죠?"

윤성이 찡긋 웃으며 말했다. 정혁의 마음에 희망을 불러일으키는 표정이었다. 정혁도 찡긋 웃어 보였다.

"그러면 좋죠."

"근데 어쩌죠, 난 연애 금지. 그거 찬성인데."

윤성의 대꾸에 정혁의 얼굴이 굳었다. 이 인간이 나를 놀리나, 싶었지만 윤성은 더없이 진지했다.

"진심으로 그렇게 생각해요. 사랑, 연애. 번잡하고 귀찮고. 그거 싫어서 1인 주택으로 이사 왔으니까 난 상관없어요."

"저기……." 현아가 입을 떼려는데, 정혁이 더 빨랐다.

"그렇다면 그런 규칙 없어도 상관없잖아요. 연애 할 사람은 하고, 안 할 사람은 안 하면 되잖아요. 강제로 쫓아낸다, 어쩐다. 위화감 조성 아닌가요."

처음엔 윤성의 말에 당황했던 정혁이 또박또박 반박했다. 윤성과 정혁이 마주봤다. 악의는 없지만 지고 싶지는 않은 남자들의 눈빛이 강하게 뒤엉켰다.

"저…… 제가 한마디만……."

현아의 작은 목소리는 튕겨져 나올 뿐이었다.

"연애하는 사람들 얼마나 시끄러운데요. 울고불고 부수고 던지고. 그것뿐이면 다행이죠. 말이 많아요, 말이."

"그쪽한테 상담할까요, 설마." 정혁이 날카롭게 되받았다.

"그냥 숨만 쉬어도 민폐 끼치는 게 사람입니다. 사랑, 그 대단한 거 하는 사람들, 남이 눈에 보이는 줄 압니까."

윤성의 의미 있는 눈빛에 현아가 움찔했다. 그녀는 두 남자의 숨 막히는 평퐁에 끼어들 틈을 찾지 못하고 있었다.

"단단히 꼬여 있군요. 행복한 사랑 같은 건 평생 한 번도 못 해본 사람처럼."

이번엔 윤성의 얼굴이 굳었다.

"함부로 남 말 하고 판단하는 것도, 사랑에 빠진 사람들이 잘하는 짓거리죠."

"말 다했습니까?"

금세 주먹다짐이라도 할 듯 두 남자의 기세가 팽팽했다. 현아는 어찌할 바를 몰랐다. 남자들의 몸싸움은 다시 보고 싶지 않았다.

"전 임소영이 아니에요!"

갑작스런 외침이었다. 현아는 두 눈을 꼭 감고 한 번 더 외쳤다.

"죄송해요. 전, 임소영이 아니라 강현아입니다!"

두 사람에게 번쩍 내리꽂힌 고백이었다. 정혁의 눈이 동그래지고, 윤성의 입이 떡 벌어졌다.

*

"다른 사람이 되고 싶었어요. 그럴 때 없어요? 다 엉망이 됐어요. 일도, 사랑도. 그 두 개를 망치면 다 망치는 거잖아요.

사랑인 줄 알았는데 아니었어요, 존경했던 사람과도 엉망이 됐어요. 울고 싶지도 않은데 연거푸 뺨을 맞은 거예요.

근데 그게…… 그 모든 게 다 내가 나이기 때문이라서 그런 것 같을 때…… 없었어요? 나라서 버림받고, 나라서 실패하고, 나라서 불행한 거라고……

다른 사람이 되고 싶었어요. 내가 아는 가장 멋진 여자. 나처럼 눈치 없지도 않고, 나처럼 유약하지도 않고, 나처럼 미련하지도 않은 여자. 남자 때문에 울지도 않고, 사랑 때문에 아프지도 않은 여자. 언제 어디서나 당당한 그런 사람이 되고 싶었어요. 아무도 모르니까, 내가 얼마나 형편없는 앤지 아무도 모르니까, 할 수 있을 줄 알았어요. 정말 바보 같죠. 제가 좀 그래요. 직접 겪어보고, 넘어져보지 않으면 모른다니까요."

사랑 예찬론자들의 티타임

"아오, 제발 좀 사라져라!"

어둠 속에서 윤성의 짜증 섞인 목소리가 울렸다. 윤성은 집 안 곳곳 환하게 불을 켰다. 불빛이 윤성의 머릿속에서 현아의 얼굴도 몰아내주길 기대했지만, 소용없었다.

울타리의 날 이후, 금방이라도 울 것 같은 표정으로 자신의 치부를 고백하는 현아의 얼굴이 윤성의 머릿속에 떴다. 구름이 있든, 비가 내리든 언제나 하늘에 '떠서' 존재하는 해처럼 현아의 얼굴은 윤성의 뇌리에 남아 내내 그를 괴롭혔다. 작업도 되지 않고, 소화도 되지 않았다.

"하지만 이런 바보 같은 강현아를 있는 그대로 사랑해줄 누군가가 지구 어딘가에 꼭 있을 거라고 믿어요."

그 여자, 너무 바보 같아서 웃음도 아까운 말을 했다. 그것도
진지하게.

"보이지 않는다고 없는 건 아니잖아요. 세상이 너무 넓고 운
명이 너무 멀어서 살아 있는 동안 만나지 못할 수도 있겠지만.
그렇다면 그 사람을 대신해서 …… 내가 나를 사랑해주겠어
요."

귀에서 벌레가 기어 나오는 것처럼 오글거리는 순진함에 윤
성은 아연실색했다. 보기 힘든 여자였다. 강현아…… 자신을
저주한다던, 장명복 편집장이 어떻게 구워삶았는지 안 하겠다
던 버티던 작업을 맡기로 한 삽화작가와 같은 이름. 물론 임소
영보다는 어울리는 이름이었다. 본명이니 당연히 어울릴 수밖
에. 하지만 그가 아는 강 작가는 깊이가 있다. 이렇게 철없는
열다섯 소녀의 감성을 가진 여자가 아니었다.

결혼을 하지 않는 것과 사랑을 꿈꾸는 건 다른 게 아니겠냐
는 현아의 말에 정혁은 두 손 번쩍 들어 환영했다. 동지를 한 명
얻었다는 기쁨에 신분 사칭 따윈 안중에도 없는 모습이었다.

페인트를 가져온 건우 또한 사랑 예찬론자였다. 지루한 사
랑 예찬을 신나게 쏟아대는 건우를 견디지 못한 게 윤성 혼자

가 아니라 다행이었다. 성민은 개풀 뜯어먹는 소리 말고 추워 죽겠으니 대강 하고 끝내자는 말로 저들을 현실로 끌어내렸다. 그런데 이상했다.

"내가 나를 사랑해주겠어요."

현아의 말간 얼굴이 윤성의 일상에 아예 자리를 잡아버렸다. 큰 소리로 음악을 들어도, 소리 내서 책을 읽어도 현아의 얼굴은 집요하게 윤성에게 말을 걸어왔다. 아무리 피하려 해도, 아무리 한심해 해도, 아무리 기피해도 그 목소리가 들려왔다.

"내가 나를 사랑해주겠어요."

꽁꽁 언 호수처럼 말갛고 투명한 현아의 눈동자, 희미한 미소, 입술 곁에 걸린 작은 보조개까지. 오히려 그녀의 얼굴이 점점 더 선명해졌다. 게다가 그날 이후, 매일처럼 문을 두드리던 현아의 발걸음이 뚝 끊겼다. 켕길 것이 없는 현아는 '좋아하지도 않는 남자 집'에 더 이상 올 필요가 없어진 것이었다.

그러나 관성이란 대단해서, 사라져달란 소리만 연발하던 윤성이 언제부터인가 그녀를 기다리고 있었다. 4시부터 신경이 곤두서서 괜스레 주방과 현관을 오가며 서성거렸다. 냉장고를 열 때마다 어쩐지 남은 채소와 소스를 체크하게 되었고, 냄비를 들고 종종 걸음으로 자신의 집을 지나쳐가는 현아를 창으로 발견한 날은 화가 나 라면을 끓여 먹고 말았다.

소금괴물 초고를 주기로 한 날짜가 다가오고 있었다. 이대로라면 하루에 원고지 2매 쓰기도 힘들다. 뭔가 조치를 취해야 했다. 계속 이러다간 정신과 건강 모두 해치고 말 것이다.

실제로 윤성은 삽화 작가와의 기싸움에서 번번이 지고 있었다. 3호가 삽화작가와 동명이인임을 알고 난 후부터 어쩐지 심한 소리를 할 수 없게 된 것이었다. 불만인 부분을 에둘러 말하려다 보니 자꾸 사설이 길어졌다. 어젯밤엔 핵심을 말하라며 삽화 작가에게 혼이 나기까지 했다. 관계의 역전은 자신의 내부에서부터 시작된다. 무언가가 잘못되고 있다는 걸 윤성은 뼈저리게 느끼고 있었다.

*

"부탁해요."

건우가 간절하게 말했다. 곤란에 빠진 현아는 쿠키를 집어 들었다. 천천히 씹어 먹으면서 대답을 궁리해야 했다.

"진짜 절박한가보네." 정혁이 찻잔을 내려놓으며 가볍게 건우를 거들었다.

이른바 사랑 예찬론자들의 티파티였다. 두레의 날에 서로를 발견한 현아와 건우, 정혁은 그 후로 종종 모여 함께 차를 나누고 저녁을 먹었다. 세 사람은 끝도 없이 '사랑'에 대해 이야기를 나눴다.

옛 연인으로부터 시작된 이야기는 그들을 만날 당시 자신의 모습, 변해가는 심경, 식어버린 사랑보다 더 오래 남은 죄책감이나 미련에 대한 이야기들로 이어졌다. 사람으로 채워지지 않은 외로움을 달래준 어느 날 저녁의 노을이나, 홀로 지샌 밤을 함께한 모기 한 마리에 대한 애정까지. 온갖 종류의 사랑이 세상엔 참 많고 많았다.

"소영 누나 어디에 있는지만 말해줘요, 절대 현아 누나한테 들었단 말 안 할게요."

그러다 결국, 소영에 대한 사랑을 이야기하던 건우가 현아에게 소영의 행방을 알려 달라고 했다. 현아는 소영이 말하던 전 남친이 건우란 사실에 한 번 놀랐고, 이렇게 어린 꼬맹이라는 사실에 또 한 번 놀랐다. 건우는 이별을 전혀 받아들이지 않고 있었다.

"누나가 날 멀리하려는 건, 날 사랑하기 때문이에요."

상대가 날 사랑하지 않는다는 걸 제대로 깨닫지 못하면 결코 놓을 수 없다는 걸 현아는 잘 알고 있었다. 사랑 예찬론자들은 특히 그렇다. 다른 어떤 장애물도 사랑으로 가뿐히, 혹은 울면서라도 뛰어넘을 수 있다고 믿는 사람들은 티끌만큼이라도 사랑이 남아 있다면 절대 끝이라고 생각하지 않는다.

소동이 있었던 날, 건우는 밤에 현아를 찾아왔다. 미인과 격한 말투로 다툰 건우를 현아는 잔뜩 긴장을 하고 맞았다. 건우는 딱 한 마디를 반복할 뿐이었다.

"죄송합니다."

어떤 변명도, 어떤 설명도 하지 않겠다고 말하는 건우의 표정이 단호했다. 처음부터 끝까지 전부 잘못했다며 정직하게 용서를 구하는 모습에 현아는 그만 녹아버렸다. 제대로 사과할 줄 아는 근사함에 마음이 풀어져버렸다.

세상의 불화를 만드는 건 '그런데'이다. "내가 그건 잘못했어, 그런데!" "니가 뭐 때문에 화난 건지 알겠다, 그런데!" "미안해, 미안하다니까, 그런데!" '그런데'라는 단어는 대화를 단절하고, 다툼을 돌이킬 수 없는 지경으로 몰아가는 데 탁월한 효력이 있다. 그런데 건우는 '그런데'를 잘라냈다. 그럴 수 있는 인간은 굉장히 드물다는 걸 현아는 알고 있었다.

"고마워요. 그리고 나도 미안해요." 덧붙이며 현아는 미소를 지었다. 그날 현아는 건우에게 어울리는 담백한 꽃차를 대접했다.

현아가 보기엔 건우는 괜찮은 남자였다. 하지만 소영의 마음을 알 수는 없는 노릇이다. 현아는 소영의 마음을 가늠해보았지만, 답이 나오지 않았다.

"좀 곤란해." 현아는 솔직하게 말했다. 건우의 얼굴에 그늘이 드리워지는 걸 보니 마음이 아려왔다. 하지만 그 아픔을 똑같이 느낀다고 할지라도 두 사람 사이를 끼어들 수 있는 권한 같은 건 어디에도 없다.

"언니 연락 오면 한번 물어볼게. 내 맘대로 할 수 있는 문제 아닌 거, 건우 너도 알잖아."

건우의 어깨가 축 처졌다. 몸도 약한 사람이 타지생활을 어떻게 하려고, 너무 걱정이 돼서…… 라며 한숨을 내쉬는데, 현아는 꼭 죄지은 듯 식은땀이 났다. 정혁은 건우의 등을 토닥이며 현아에게 눈짓을 건넸다.

"어쩔 수 없지 뭐, 기다리는 수밖에!"

스마트하고 패셔너블한 정혁은 빠른 결단력이 매력이었다. 패션 종사자답게 섬세한 감성을 자랑했지만, 의외로 카리스마까지 갖추고 있었다. 어떤 선택을 하든 장점과 단점은 동시에 존재하기에, 고심과 고민은 당연한 순서다. 하지만 시간을 끈다고 해서 더 나은 결정을 할 수 있는 건 아니라고, 정혁은 말했다. 포기할 수 없는 것을 생각해 그쪽을 얻기 위해 다른 것을 빨리 포기해야 한다고. 그건 독신이든 결혼이든 마찬가지라고.

"2호 아저씨랑 동갑이면서 오빠 어쩜 그렇게 어른스러워요?"

현아는 정혁에게도 홀딱 반했다. 그것이 현아의 특기였다. 5분만 주면 누구에게든 근사한 구석을 찾아낼 수 있었다. 인간을 긍정의 눈으로 바라보는 그녀만의 능력이었다.

"누난 왜 2호는 아저씨라고 하고 정혁 형한텐 오빠라 그래요?"

"넌 왜 형이라고 안 하고 2호라고 하는데?"

"말도 제대로 안 섞어본 사람한테 무슨 형이야."

"했잖아! 몸의 대화, 육탄전!"

현아의 농담에 정혁이 웃음을 터뜨렸다. 건우는 입을 삐쭉 내밀었다.

"그 이후로 아무 일이 없었으니까 그렇죠. 그 사람 집에서만 생활하죠? 산책로에서 한 번도 못 만났어."

"별로 어울리고 싶어하지 않아 보이긴 하더라." 정혁이 말했다.

현아가 윤성을 만난 지도 꽤 되었다. 집 왼쪽 창으로 보면 2

호가 작게 보였다. 며칠째 어두컴컴했다. 작업한다더니, 밥은 잘 챙겨먹고 있으려나. 밥정도 정이라고 해놓고, 내가 너무 야박하게 굴었나? 싶은 생각이 들었다.

그날, 건우에게 관리팀에 연락했다는 것은 거짓말이었다. 그런데 정말로 미인과 성민이 등장했다. 윤성이 부른 거였을까? 윤성은 '늦게 왔네'라고 말했다. 현아의 뒤를 쫓아오면서 뭔가 위기를 느끼고 신고를 한 걸까, 현아는 가늠해보았다. 이웃의 위기를 철저히 외면하던 평소의 그에겐 기대할 수 없는 이야기이지만, 그날 이후, 고백에 작업까지 바빠 그걸 알아볼 생각은 미처 하지 못했다.

성민이나 미인이나, 그날 이후론 이야기 나눈 적이 없으니 정확한 건 윤성에게 물어봐야 알 것이다. 하지만 마주치기만 하면 워낙 이죽대니, 따라와 줘서 실은 고마웠다는 이야기를 전하기가 힘들었다. 이상하게 현아도 2호 남자에겐 자꾸 뻗대게 되었다.

사랑 예찬론자들과의 수다가 깊어갈 무렵이었다. 초인종이 울렸다. 현아는 현관으로 나가면서 혹시 2호일지도 모른다는 생각이 들었다. 괜한 생각인 걸 알면서도. 막상 문을 열었을 때, 민아의 얼굴을 보자 김이 샌 것도 사실이었다.

"동생 본 표정이 뭐 이러냐!"

민아는 두 손 가득 들고 온 장바구니를 현아에게 던지듯 건네고 거침없이 들어왔다. 손님이 있다고 말하기도 전에 민아의 비명이 들려왔다.

"꺅! 어떡해!" 현아는 머리가 띵했다. 저 잔소리쟁이가 또 얼마나 닦달을 해댈지 생각만 해도 끔찍했다. 아닌 게 아니라, 민아는 쏜살같이 현아에게 달려왔다. 현아는 민아가 입을 열기도 전에 운을 뗐다.

"우리 마을 사는 이웃들이야. 그냥 차만 한잔……."
"오른쪽!" 민아가 현아의 말을 막아버렸다.
"응?"
"저기, 제임스 맥어보이처럼 생긴 사람! 누구야?"

민아가 눈을 빛내며 속삭였다. 현아는 고개를 내밀어 주방을 보았다. 정혁과 건우가 어리둥절한 표정을 짓고 있었다. 영문을 모르겠다는 현아에게 민아는 말을 쏟아냈다.

"저기, 앞머리는 갈대처럼 구불거리고, 눈은 고독하게 깊고, 입술은 섹시하게 또렷한 남자! 센스 터지는 스트라이프 니트 입은 사람 말이야!"

현아의 눈에 흰 바탕에 파란 스트라이프가 그려진 스웨터가 들어왔다.

"정혁 오빠 말하는 거야?"

"이름까지 멋지군!"

타들어가는 현아의 마음을 아는지 모르는지, 민아는 눈에 하트를 띄운 채 정혁을 바라보고 있었다. 바라보고만 있음 좋을걸, 민아는 무턱대고 정혁에게 다가가더니 덜컥 말을 붙였다.

"정혁 씨, 여자친구 있어요?"

"강민아!"

현아는 냉장고에 총각김치를 넣다가 깜짝 놀라 민아를 나무랐다. 그러나 늘 그렇듯, 민아는 눈도 깜짝하지 않았다.

"난 여자들이 오빠, 오빠 하는 거 싫더라. 정혁 씨라고 불러도 괜찮죠?"

깻잎 장아찌, 마늘쫑을 넣은 새우볶음, 오징어채까지. 아빠는 각종 밑반찬을 바리바리 싸 보냈다. 임소영으로 살게 됐단 이야기는 차마 할 수 없어, 그저 당분간 방문금지라고만 이야기해 뒀는데, 기어이 민아를 보냈다. 현아가 하나씩 반찬통에 정리해놓는 동안 민아는 정혁과 건우 앞에 앉아 이물감 없이 대화를 이어가고 있었다.

"둘이 친자매 맞아요? 어떻게 이렇게 정반대일 수가 있어?"

건우가 신기한 듯 웃으며 현아에게 말했다.

"걘 엄마 닮고, 난 아빠 닮았거든."

현아의 말에 민아는 아무렇지 않게 덧붙였다.

"안 그래도 아빠가 나랑 못 살겠다고 난리야. 나도 아빠가 마음에 안 들고. 언니가 방까지 빼고 여기로 오는 바람에 아빠랑 나, 불편해 죽겠어."

25년을 지지고 볶다가 5년 전에야 이혼에 성공한 아빠로선 아무리 딸이라도 엄마 판박이인 민아와 사는 게 쉬운 일은 아니었다. 현아처럼 여린 성격의 아빠는 민아처럼 괄괄한 여장부 스타일의 엄마를 늘 버거워했다.

"나 여기 들어와서 살면 안 돼?"

민아는 커피를 내주는 현아를 올려다보았다. 정말 그러고 싶다는 눈빛이었다. 넓고 동그란 이마, 일자 눈썹 아래 반달눈, 갸름한 얼굴형에 높은 콧대, 끝이 살짝 올라간 입술. 현아가 강아지 상이라면 민아는 고양이 상이었다. 앙칼지고 도도한 민아. 이 음흉한 고양이는 지금 정혁에게 온 관심을 기울이고 있다.

"무슨 소리야, 너 미국 들어가야지. 출국 언제야?"

"휴학했어. 당분간 한국서 살 거야. 어쩐지, 그러고 싶더라니."

민아는 정혁에게 흠모의 눈빛을 보냈다. 자신의 미모를 잘 알고 있는 여성의 매력적인 눈빛이었다. 정혁은 곤란하다는 듯, 귀엽다는 듯 미소를 지었다. 현아는 경악에 차 있었다. 그

걸 아는지 모르는지 민아는 정혁에게만 관심을 보였다.

"왜 대답 안 해요? 애인 있냐구요. 없죠? 그쵸?"

"저돌적이네." 건우가 말했다. "하긴, 콩깍지라는 게 그렇게 순식간이지."

"그런 말 하지 마!" 현아가 건우를 만류했다.

"오빠, 대답도 하지 마요. 얘가 원래도 좀 미쳐 있는 앤데, 오늘따라 유난히 더 돌았어. 그니까 신경 쓰지 마."

"동생한테 말 참 이쁘게 한다?" 민아가 눈을 세모꼴로 흘겼다.

"너 이따 봐!"

"근데 건 나도 궁금하다. 형은 만날 우리 얘기 주구장창 듣기만 했잖아요. 형 얘긴 정작 못 들은 거 같아."

"너까지 왜 거들어!" 현아는 안절부절못했다. 그런데 건우는 이때다, 라고 생각했는지 빙글빙글 웃기까지 했다.

"만나는 사람 없어? 형 휴대폰도 본 적 없고, 하다못해 SNS 까지도 철통보안이잖아."

민아의 가슴이 두근두근 뛰었다. 민아는 미스터리에 둘러싸인 남자라면 사족을 못 썼다. 꿈에 그리던 이상형과 똑같이 생긴 정혁이 그런 남자라면 누구에게 양보 못 할 일이다. 건우와 민아가 정혁의 얼굴을 주시하고 있었다.

"강민아, 일어 서." 현아가 정색했다.

"왜?"

"사람 불편하게 하지 말고 집에 가."

"불편해요?"

"너 진짜 이럴 거야?"

더 이상 참지 못한 현아가 버럭 소리를 질렀다. 동생의 무례함에 창피함이 겹쳐 화가 났다. 갑자기 윤성의 말이 생각났다. 사랑, 그 대단한 거 하는 사람들, 남이 눈에 보이는 줄 압니까, 라고 했던가.

"왜 화를 내? 언니 혹시, 정혁 씨한테 흑심 있어?"

끝까지 능글거리는 민아의 말에 결국 현아는 폭발했다. 현아는 민아의 팔목을 잡았다.

"아, 아파아!"

민아의 비명에 현아는 힘이 쭉 빠졌다. 민아의 뼈는 차력사의 고무줄과도 같았다. 금세라도 부러지고 끊어질 것처럼 약해 보이지만, 보기보다 강했다. 어린 시절부터 현아를 압도한 건 민아의 잔소리와 더불어 결코 이길 수 없는 힘의 차이였다. 그런 민아가 지금 신음소릴 내며 팔목을 감싸 쥐고 있다.

"너 지금…… 내숭 떠니?"

"놔둬, 괜찮아." 정혁이 만류했다. 현아는 할 수 없이 정혁

옆에 앉으며 속삭였다.

"오빠, 미안해요."

"아냐. 진짜 괜찮아. 동생 성격 독특하고 재밌네."

"성격까지 부처님 뺨치게 잘생겼네요."

민아가 다시금 마음에 사랑의 밭에 씨를 뿌리는데, 정혁이 찬물을 확 뿌렸다.

"좋게 봐주는 건 감사한데, 어쩌지? 나 만나는 사람 있는데."

"정말? 형, 그동안 왜 말 안 했어요?" 건우가 함박 웃으며 물었다.

"좀 더 친해지면 얘기하려고 했어. 이거 쑥스럽네."

정혁의 미소가 싱그러웠다. 자랑하고 싶으면서 동시에 아무도 모르게 숨겨두고픈 사랑에 빠진 남자의 얼굴이었다. 현아는 안도의 숨을 내쉬었다. 정혁에게 애인마저 없었다면 민아는 내일이라도 당장 짐 싸들고 쳐들어오고도 남을 애였다.

"그럴 줄 알았어요." 민아가 의외로 덤덤했다. "없을 리가 없지. 오케이. Let's try my luck."

작게 중얼거리며 민아가 환한 미소로 정혁을 보았다. 현아를 불길하게 만드는 미소였다.

19만 6천원

강현아 : 괴물이 태어난 구덩이는 거대한 느낌으로 갈까 해요. 우주에서 내려다봐도 보일 정도로.

SY : 그래요. 별이 떨어진 거니까 운석이 부딪혀 생겨난 지면으로.

강현아 : 네, 그런데 달 뒷면처럼 어두컴컴하진 않고 오히려 고요한.

SY : 거대한 호수같이.

강현아 : 바로 *그거지요!*

SY : 배경에 대해선 의견이 좀 모이네요.

강현아 : 사람들의 눈물이 떨어지는 걸 땅에서 비가 솟아올

라 구덩이로 떨어지는 식으로 형상화하면 어떨까요?

SY : 그럼 너무…….

강현아 : ?

SY : 지저분하지 않을까요? 좀 더 심플했으면 좋겠는데.

강현아 : 작가님, 어디 아프세요?

SY : 아뇨. 왜요?

강현아 : 평소랑 좀 달라지셨어요. 힘이 좀 없어 보여요. 원래 맘에 안 드는 아이디어 단칼에 자르시잖아요. 됐고요, 뭐라고요, 헛소리 그만. 이게 작가님 대사 삼종세트잖아요.

SY : 내가 언제?

강현아 : 뭔진 몰라도 전 이 버전의 작가님이 좋네요. 작업 호흡도 더 잘 맞는 것 같고요. 그쵸?

SY : 됐고…… 대화명 좀 바꾸면 안돼요?

강현아 : 네?

SY : 대화명, 이름 말고 이니셜이나 아예 〈삽화〉 그런 식으로 바꿔요.

강현아 : 왜요?

SY : 그냥…… 거슬려서.

강현아 : 잘 나가다가 또 이러신다. 작가님 변덕에 놀아드릴 시간 없으니까 얼른 초고 완성해서 주세요. 전 구덩이랑 바

다 시안부터 그려 놓을게요.

SY 님이 로그아웃 하셨습니다.

강현아 : 또, 또 제멋대로 로그아웃! 개 작가가 어디 가겠어!

강현아 님이 로그아웃 하셨습니다.

*

"무슨 일이세요?"

현관문을 여는 현아는 조금 겁먹은 얼굴이었다. 막 잠자리에 들려 했는지 파자마에 카디건만 걸친 채였다. 윤성은 길게 말할 것도 없이 현아의 손에 봉투를 쥐여주었다.

"이게 뭔데요?"

"읽어봐."

퉁명스레 말을 던지고 돌아서며 윤성은 존댓말을 쓸걸, 하고 후회했다. 현아는 조그마했다. 그녀를 들어 올렸을 때도, 식탁에 마주 앉았을 때도 느꼈던 가벼움. 해사하게 웃을 땐 공처럼 통통 튀었고, 눈물까지 글썽이며 고해성사를 할 때는 세상에 속하지 못한 채 부유하는 것처럼 보였다. 처음부터 반말하고 무시해서 그 보복으로 환영처럼 따라붙은 건가. 윤성은 이런 생각을 하는 지경에 이르렀다. 어쨌든 이 괴이한 환영에 마침표를 찍어야 한다. 그래서 찾아온 것이다.

성큼성큼 큰 걸음으로 윤성이 멀어지는 것을 보고, 현아는 봉투를 열었다. 뜬금없는 남자의 편지라. 중학생 때 등굣길에 받은 이웃 학교 남학생의 러브레터가 생각났다. 결코 반갑지 않은 두근거림이다. 그러고 보면 싱글빌에 들어와 현아를 가장 괴롭힌 것도 바로 난데없는 메시지였다. 2호 아저씨가 내게 할 말이 뭘까, 그것도 얼굴 보고는 할 수 없는 말이라니. 긴장을 놓지 않은 채 정갈한 글씨의 내용을 확인하는 순간, 현아는 손가락에 힘이 빠져 종이를 놓칠 뻔했다.

페인트 자국 청소 및 카펫 교체 비용 : 10만 4천원.

이로 인한 정신적 피해 : 19만 6천원.

전기 충격으로 인한 치료비 : 10만원.

도합 40만원을 청구함.

이게 무슨 소리? 현아는 아찔해지려는 정신을 간신히 붙들고 그 길로 달리기 시작했다. 윤성의 뒤를 쫓아서. 어둠이 내려앉은 고요한 싱글빌에 타닥타닥 현아의 슬리퍼 소리가 요란하게 울려 퍼졌다.

그림 같은 밤이었다. 진한 남색의 하늘 아래 키 큰 자작나무 그림자들이 수런거렸다. 총총 별이 빛났다. 어떤 별들은 모여 앉아 체온을 나눴고, 어떤 것은 저 혼자 동떨어져 있었다. 오랫동안 외로웠던 별 하나가 긴 꼬리를 그으며 떨어졌다.

윤성은 저도 모르게 젖은 뺨을 손바닥으로 닦아냈다. 고요히 잠든 사이 떨어져 내린 유성처럼 윤성의 눈에서 눈물이 흘러나온 것이다. 그는 당황했다. 슬프지도, 화나지도, 인공눈물을 떨어뜨리지도 않았는데, 눈가가 젖다니.

싱글빌 입구가 보였다. 망령처럼 따라다니는 현아의 순진한 얼굴을 쫓아내기 위해 그녀의 손에 일종의 처방을 쥐여주었지만, 그래도 왠지 집으로 돌아가기가 망설여졌다. 산책로를 따라 걷다보니 어느새 끝집 6호 근처까지 왔다. 밤이 꽤 깊었는데도 6호에는 아직 불이 켜져 있었다.

연애라도 하나. 윤성은 정혁과의 언쟁을 생각했다. 어리석고 유치했다. 왜 그리 배배 꼬았는지, 다시 생각하니 머리가 뜨끈해질 만큼 창피했다. 두 남자 사이에서 페인트 붓을 들고 어쩔 줄 몰라 땀을 삘삘 흘리던 현아가 생각났다. 모두가 함께 칠한 흰 울타리에 달빛이 은은하게 비치고 있었다.

밤의 공기는 무거웠다. 윤성은 문득, 누군가 자신을 지켜보

고 있는 것 같다는 생각에 주위를 둘러보았다. 자작나무 숲
에서 풀이 수런거리는 소리가 들려왔다. 또 4호 건우인가, 하
지만 사건 이후 오히려 현아나 정혁과 더 잘 지내는 듯 보였던
청년이 이 시간에 잠복해 있을 리 없다. 평상이 깨어져 신경증
이 도지려는 모양이었다. 윤성은 손을 비벼 따뜻하게 만든 뒤,
감은 눈 위에 올렸다. 잠깐이라도 피로를 풀고 싶었다.

그때, 무언가 달려오는 소리가 들려왔다. 윤성은 깜짝 놀라
뒤를 돌아보았다. 달려오는 사람을 확인하고 윤성은 한편으론
안심이 되면서도 새로운 불안이 움트는 걸 느꼈다. 현아였다.

"이봐요, 아저씨!"

현아가 윤성의 바로 앞까지 뛰어왔다. 쉬지 않고 달려오는
바람에 숨이 턱까지 차 헐떡거리고 있었다. 무릎을 짚고 숨을
몰아쉬는 현아를 내려다보는 윤성의 눈에 그녀의 발가락이 들
어왔다. 슬리퍼 앞으로 비죽 나와 있는 발가락은 맨살이었고,
빨갛게 얼어붙은 피부에 뛰면서 튀었는지 작은 눈송이들이 붙
어 있었다. 윤성의 눈썹이 한쪽으로 일그러졌다.

"무슨 짓이야, 한겨울에 맨발로."

"아저씨야말로 이게 무슨 짓이에요." 현아는 쪽지를 내밀
었다.

"한밤중에 찾아와서 가타부타 말도 없이 이런 거 하나 주고 가면 다예요?"

입김을 토해내며 현아가 똑바로 섰다. 맑은 눈빛의 현아가 윤성을 도전적으로 바라보았다. 윤성은 움찔, 뒤로 한 발 물러서고픈 충동을 느꼈다. 다짜고짜 지면 안 되겠다는 생각이 들었다. 무엇이 밀려오고 있는지, 윤성은 아직 몰랐다. 하지만 뭔가가 멀리서부터 진군해오고 있는 건 확실했다. 그를 집어삼킬 듯 커다랗게 입을 벌리고 다가오는 그것. 그것으로부터 본능적으로 자신을 지켜야 한다는 생각이 앞섰다.

"무슨 문제 있나?"

윤성이 침착한 말투로 입을 열었다. 파도치는 마음과는 달리, 한 점 바람 없는 얼굴이었다. 마음을 감추고 사회용 가면을 쓰는 건 누가 뭐래도 자신 있었다.

"40만원이라고요, 그 중에 정신적 피해가 19만 6천원?"

"잘 읽었네."

"지금 장난해요!" 현아가 어깨를 부르르 떨며 소리쳤다.

"페인트는 미안해요. 카펫도, 청소비용도 다 부담할 수 있어요. 엉덩이 치료도 마찬가지예요. 먼저 챙기지 않은 건 내가 무신경했어요. 근데, 이건 아니잖아요."

"뭐가 아니지?"

윤성은 또다시 후회했다. 아, 존댓말. 말이라는 게 어째서 한 번 놔버리면 다시 각을 잡기가 힘든지, 윤성은 자꾸 말 끝을 놓아버렸다.

"그 카펫, 인도에서 직접 사 온 거야. 수하물로 부치면 상할까봐 비행기에 이고지고 타려다 제지당해서 좌석까지 끊은 거라고. 그쪽 가고서 마루 상하지 않게 페인트 닦아 내느라 무릎에 멍까지 들었다. 내가 치사하게 이런 얘기까지 다 해야 하나?"

"아무리 그래도 그만한 일에 정신적 피해보상이라니, 오버 아니에요?"

"책상에 튄 빨간 페인트 보고 심장마비 올 뻔했어. 수명이 10년은 줄었을걸."

"에이, 뻥 치지 말구요!"

"난 그 책상 없으면 일 못 해. 일을 못 하면 돈이 없어지고, 결국 빚 때문에 이 집에서도 쫓겨나 노숙자 신세가 돼 비참하게 죽겠지. 그게 누구 책임일까?"

"와, 작가라더니, 진짜 말 어이없게 잘 맞춘다. 근데 어떡하죠? 나도 국어는 좀 해서 비약이란 말 뜻, 아주 잘 알거든요."

현아도 지지 않았다. 언변에 속지 말자, 나는 내 할 말을 하는 거다, 맘속으로 계속 되뇌었다.

"그리고, 책상에 얼룩 좀 졌다고 일 못하면 그게 프로작가예요? 마감 닥치면 시장 바닥이나 장례식장에서도 작업 하는 게 작가잖아요. 핑게 대지 마세요."

그건 사실이었다. 다른 사람도 아닌 현아 자신이 파혼의 충격 속에서도 꾸역꾸역 일을 하지 않았나. 밥은 걸러도 약속은 깨면 안 되는 게 프리랜서의 숙명이다. 한번 깨진 신뢰는 당장 마이너스 통장으로 보복하게 마련이니까.

"누군가에겐 책상이나 두꺼비가 종교가 될 수도 있는 거야. 그게 하찮은 사랑이나 불완전한 사람보다 훨씬 믿음직하니까."

"그런 이상한 믿음이 있으면 첨부터 경고 좀 해주지 그랬어요. 아저씨 책상 페티시 있다고 현관에 써 붙여 놓든지!"

"막무가내로 밀고 들어와 난장을 벌인 게 누군데!"

"근데 아저씨 왜 반말이에요, 저번부터!"

"기분 나빠?"

"네! 나빠요!"

"꼬우면 너도 나이 먹어!"

"진짜 유치해! 늙은 게 자랑인가!"

현아와 윤성이 팽팽히 맞섰다. 초등학교 3학년과 4학년이 싸워도 이보단 격조 있을 것이라 윤성은 생각했지만 어쩐지 멈추고 싶지 않았고, 그런 자신이 또 한 번 싫어졌다. 두 사람이 씩씩대며 뱉어내는 흰 입김이 아지랑이처럼 피어올랐다.

"이게 뭐하는 짓이냐. 들어가라."

자조 섞인 한숨과 함께 윤성이 돌아섰다. 현아가 종종걸음으로 윤성의 앞을 막아섰다. 그러고는 윤성의 손을 턱하니 끌어 잡았다. 현아의 작은 손이 차디찼다. 그는 손에 열이 많았고, 그래서인지 그녀의 손이 더욱 차게 느껴졌다. 윤성은 이 짧은 순간, 현아의 손이 자신의 손으로 인해 조금은 따뜻해졌을까 궁금했다.

현아는 윤성의 손에 정산 쪽지를 올려놓았다.

"오리발이냐."

"다시 계산해서 줘요. 카펫 가격, 걸레 비용, 치우느라 걸린 시간, 무릎에 든 멍 반경 지름까지 정확하게요!"

그녀는 평소답지 않게 똑 부러지게 말하고 미련 없이 돌아서려 했다. 현아의 손이 윤성에게서 떨어지려는 순간 덥석, 윤성이 현아를 붙잡았다. 현아도, 윤성도 깜짝 놀랐다. 어색하기 짝이 없는 1초. 현아가 커다란 두 눈을 깜박깜박 거리더니 왜? 라는 표정으로 윤성을 응시했다. 하지만 이유를 모르는 건 윤성도 마찬가지였다. 말문이 막힌 윤성을 구해준 것은 벌컥 하고 열린 6호의 현관문이었다.

"지금 나가면 다신 안 봐!"

열린 문 안으로 격분한 정혁의 목소리가 들려왔다. 윤성은 현아의 손을 잡은 채, 그대로 주저앉았다. 기우뚱해지는 현아의 어깨를 감싸 앉혔다. 현아는 더욱 황당한 얼굴로 윤성을 보았다.

"무슨 짓이에요?"

윤성이 손가락으로 입을 막으며 조용히 하라는 신호를 보냈다. 윤성은 은근슬쩍 현아의 손을 놓았다. 마침 울타리 뒤였다. 몸을 숨기기 좋은 곳이라는 뜻이다. 윤성은 오리걸음으로 수풀과 울타리 뒤에 몸을 붙이고 6호 쪽을 넘겨다보았다. 현아는 당장 일어서서 집으로 돌아가고 싶었지만, 6호에서 누군가가 뛰어 나오는 바람에 몸을 숙이고 말았다.

"자기 진짜 이럴 거야?"

다시 정혁의 목소리가 들려왔다. 윤성의 말대로, 연인과 대판 싸우는 모양이었다. 현아는 만나는 사람 있다며 수줍게 말했던 정혁의 얼굴을 떠올렸다. 이럴 때 불쑥 고갤 내밀 수는 없으니 현아는 잠깐의 추위를 견디기로 했다. 6호를 지켜보는 윤성이 흥미로운 얼굴로 현아에게 손짓했지만, 저열한 호기심

으로 키득거리며 남의 사생활을 훔쳐보고 싶진 않았다. 현아
는 윤성의 옆으로 가서 울타리를 등지고 앉았다.

"그랬군."

윤성의 말이 탄식에 가까웠다. 복잡한 미로의 입구에 선 듯
한 얼굴이었다.

"당연히 연애중이니까 그랬겠죠. 아저씬 짐작도 못하겠
지만. 그만 훔쳐보죠?" 현아가 핀잔을 주었다.

윤성은 대답 없이 6호를 주시했다. 가늘게 눈을 뜨고 있는
얼굴이 묘했다. 이 아저씨, 훔쳐보기, SM, 뭐 이런 변태 소설
쓰는 거 아닐까. 윤성을 들여다봐도 그가 쓰는 글의 성격을 도
통 알 수가 없었다.

"잠깐만!"

집 앞까지 따라 나왔는지 정혁의 목소리가 가까이 들렸다.
현아는 마음으로 응원을 보냈다. 사랑싸움 하는 연인이라니,
오랜만에 느껴지는 달콤함이다. 참 이상한 일이다. 전쟁 같은
연애의 한복판에 있을 때는 세상이 끝날 만큼 힘들다가도, 누
군가의 연애를 멀리서 바라보면 그 모든 것이 사랑스러워지니
말이다.

"들어가서 얘기 좀 해."

연인이 단단히 화가 난 건지, 정혁이 거듭 상대를 설득하고

있었다. 그래, 춥다. 그만 속 태우고 얼른 들어가요, 그래야 나도 들어가지, 현아는 현장을 등지고 속으로 혼잣말을 하면서 빙긋 웃었다. 그런데, 코끝이 간질간질해오기 시작했다.

현아는 황급히 윤성의 옆구리를 찔렀다. 윤성은 현아의 일그러진 얼굴을 보았다. 왼쪽 눈이 감기고, 뺨이 실룩거리더니, 콧구멍까지 벌렁거리면서 서서히 입이 벌어지고 있었다. 재채기의 징조였다.

"에…… 에…… 에에 에……."

"안 돼!"

윤성이 현아의 머리를 끌어당겨 품에 꼭 안았다. 다행히 현아의 재채기는 윤성의 가슴팍에서 산화되었다. 이 여자, 어김없이 번거롭다는 생각이 들었다. 윤성은 현아를 감싼 팔을 풀었다. 어색함을 들키지 않으려 천천히 몸을 떨어뜨리는데, 갑자기 현아가 윤성의 허리를 꼭 안으며 품으로 다시 파고들었다.

에취— 고개를 드는 현아의 얼굴에 머쓱한 미소가 떠올라 있었다.

"오늘도 라벤더네요." 현아의 말에 윤성은 대답하지 않았다. 마치 권총강도를 만나 두 손 두 발 다 들고 있는 것처럼 마음이 무방비 상태였다.

"오늘은 그냥 갈게. 담에 보자."

사정하고, 협박하고, 붙잡아도 침묵을 지키던 정혁의 연인이
드디어 입을 열었다. 그런데 이상했다. 멀리서 들려오는 분명
치 않은 목소리의 주인공은 남자였다.

"담에 언제? 너 이러고 가면 숨어버릴 거잖아. 툭하면 잠수
에 뻑하면 잠적. 지겨워. 오늘도 도망가면 진짜 끝이야."

"그럼 어떡해. 답도 없는 문제 계속 얘기한다고 해서 해결되
는 것도 아니잖아."

피로와 괴로움을 얹은, 확실한 남자의 목소리였다. 현아는
호기심을 누를 수 없어 울타리 사이로 6호를 보았다. 체격 좋
은 남자의 뒷모습이 눈에 들어왔다. 반듯한 남자의 등 너머로,
정혁의 간절한 얼굴이 보였다.

"답이 없긴 하지." 윤성이 작은 목소리로 말했다.

"그러니까 여기까지 왔겠죠." 현아가 말했다. 윤성은 현아를
보았다. 벌써 눈이 촉촉해져 있었다.

"설마 동정 같은 거 하는 거야?"

"아뇨, 동감하는 거예요. 쉽지 않은 연애에 특히 이입이 잘
되거든요."

현아는 두 사람의 그림자에 외투라도 덮어주고픈 심정이었
다.

"마음 아프잖아요. 여기까지 왔는데, 연애는 금지라고 하고. 애인은 자꾸 뒷걸음치고."

현아의 한숨이 바람에 흩날렸다.

"그럼 어떡하자고? 결혼이라도 해? 여기 들어와서 살림이라도 차릴까?" 남자가 말했다.

"왜 안 된다고만 생각해!" 정혁의 목소리는 떨렸다.

"넌 쉬워서 좋겠다. 부모님, 친구들 다 문제없으니까."

"나한테 제일 중요한 건 너야."

"그런 애가 이렇게 몰아붙이니. 그 사람한테 상처준 지 얼마나 됐다고, 내가 너랑…… 시간을 좀 달란 말이야. 어떻게 잠시도 못 기다려줘."

남자는 지친 듯 머리를 쓸어 올렸다. 정혁은 상처 받은 얼굴이었다. 사랑은 어쩜 이토록 잔인할까. 결코 평형을 이루지 않는 마음의 시소. 더 사랑하는 사람은 자신의 무게로 기울어진 시소의 한쪽에서 덜 사랑하는 그대를 언제까지나 올려다봐야 한다. 조금이라도 가까워지고 싶어 힘껏 다리를 차올리는 것도 그때뿐. 늘 애를 쓰는 건 더 사랑하는 이의 몫이다.

더 사랑해서 더 상처받는 게 분명한 정혁의 얼굴이 점점 슬퍼졌다. 한참 동안 연인의 얼굴을 응시하던 정혁은 더없이 가라앉은 목소리로 말했다. 깊은 호수로 침잠하는 돌덩이 같은 목소리였다.

"사랑하니까. 사랑해서, 불안하니까. 겨우 니 맘 가졌는데, 도망쳐 버릴까봐."

무섭다…… 라는 말이 끝나기도 전에 정혁의 연인은 그의 입술을 훔쳤다.

두 남자의 입맞춤을 보는 건 처음이었다. 놀라야 하는 건지, 아무렇지 않은 척해야 하는 건지. 현아는 당황했다.

"하아, 이래서 싫다니까. 남의 키스 장면이나 훔쳐보고 있어야 하다니."

미동 없이 보고 있던 윤성의 말에 현아는 싱긋 미소를 지었다. 무자비하고, 제멋대로에다 말은 싸가지 없게 톡톡 쏘기나 하는 이 아저씨가 처음으로 마음에 드는 순간이었다.

"원래 커플 지옥 외치는 솔로들, 다 배 아파서 그러는 거거든요."

윤성의 콧방귀를 무시하고 현아는 두 사람의 뒷모습을 보았다. 부끄럽긴 했지만 분명히 아름다운 모습이었다. 정혁이 사랑하는 남자의 얼굴이 궁금했다. 분명히 근사한 사람일 거라는 근거 없는 확신이 들었다. 하지만 현아는 고개를 돌렸다. 그리고 조만간, 정혁을 도와서 미인에게 연애 금지 조항을 없애자는 건의를 해야겠다고 생각했다.

　뜨거운 키스를 나누던 두 남자가 집으로 들어간 뒤, 현아와 윤성은 자리에서 일어났다. 두 사람이 밟았던 자리에 눈이 녹아 있었다. 현아는 바닥에 떨어진 쪽지를 주워 윤성에게 내밀었다.

　"가져가요."

　윤성은 손을 내밀 수가 없었다. 또 잡아당기고 싶어질 것 같아서였다. 현아의 볼이 한기로 발갰다. 입 맞추고 싶은 홍조였다. 윤성은 대답 대신 두르고 있던 목도리를 풀어서 현아에게 던졌다. 엉겁결에 받아든 현아를 확인한 뒤 바로 돌아섰다.

　"다시 계산해줄 테니까 딱 기다려."

　"이건……?"

　"그냥 가져!"

　차가운 목소리로 말하고 윤성은 성큼성큼 걸어가 버렸다. 현아는 고개를 갸웃했다. 저 뒷모습, 어디서 봤더라? 이 목도리…… 어디서 봤더라? 그냥 가지라는 저 말은……?

　"아, 그 선글라스!"

　현아가 작은 퍼즐을 맞추는 순간이었다.

사랑, 같이 실패하면 안 돼?

소영은 얼굴을 묻고 한껏 숨을 들이쉬었다. 얼굴을 가득 덮어 숨 막히게 하는 남자의 가슴, 그만의 채취를 맡는 것은 언제나 황홀한 일이었다. 소영은 자신을 감싸고 있는 긴 팔의 감촉을 느꼈다. 포옹을 할 때는 1분도 영원이 되고, 10분은 찰나가 된다. 키스보다는 포옹이지, 소영의 지론이었다.

항상 어리다고만 생각했던 건우가 남자로 느껴진 순간도, 커다란 팔과 넓은 어깨로 소영을 덮어줄 때였다. '헤어질 땐 반드시 포옹하기' 소영의 연애철칙이었다. 깊은 포옹을 마치고, 건우가 가볍게 소영의 이마에 입을 맞췄다.

"먼저 가."

쩍, 소영의 머릿속에서 무언가 깨지는 소리가 들렸다. 소영은 건우를 올려다보았다. 그의 커다란 입이 씩 미소 짓는 게 보였다. 건우는 늘 싱그러운 햇살처럼 환하게 웃었다. 장난기 가득한 눈은 어둠 속에 가려 보이지 않았다. 다만 두툼하고 커다란 입만 선연한 붉은 빛으로 다가왔다.

꿈이었다. 그걸 깨닫는 순간, 소영을 감싸고 있던 따스한 온기가 순식간에 사라졌다. 건우는 상대를 절대 먼저 보내지 않는다. 그것이 건우의 연애철칙이었다. 소영의 뒷모습을 건우는 한 번도 본 적이 없었다. 늘 자신의 뒷모습을 보이며, 몇 번이고 뒤돌아보며 인사를 나누었다. 그러므로 지금 소영에게 작별을 고하는 것은 이제는 진짜 안녕, 이라고 선언하는 것이었다. 현실에선 건우가 제발 그만 자신을 포기해주었으면 하고 바랐었는데. 소영은 느닷없이 자신을 덮쳐오는 슬픔을 느끼고 당황했다.

독신으로 살아왔고, 앞으로도 결혼이란 건 인생계획에 없지만, 소영은 연애까지 터부시하는, 비건과도 같은 독신은 아니었다. 팍팍한 인생에 연애의 위로마저 없다면 내가 너무 불쌍하잖아. 소영은 자신에게 향하는 애정과 헌신을 즐겼다. 그러나 딱 거기까지. 관계가 깊어지면 가차 없이 정리했다. 부담이 되는 건 남자의 입에서 나오는 결혼이란 단어와 징징대는 집착, 그리고 점점 진지해지는 자신의 마음이었다. 폭우의 예보에 비닐하우스를 단단히 걸어 잠그듯, 소영은 이런 이상 징후에 철저히 대응했다. 그동안 만났던 남자들은 대부분 결혼이란 장애물을 앞두고 되돌아갔다. 그런데 건우는 달랐다. 열 살이나 어린 건우를 곁에 둔 건 실수였다. 부담 없이 웃고 울다보니 마지막 신호가 소영의 마음에서 사이렌을 울렸다. 소영을 겁나게 하는 진심의 불꽃을 부르는 스파크였다. 그래서 기를 쓰고 헤어졌는데, 숨도 안 쉬고 도망쳤는데, 이런 꿈이라니.

어둠 속에 가려진 건우의 눈에서 눈물이 흘러나왔다. 소영은 자신의 의지와는 상관없이 몸이 돌아가는 걸 느꼈다. 점점, 그에게서 멀어지고 있었다. 소영의 뒷모습을 바라보고 있는 그의 눈빛이 고스란히 보였다. 뒤돌아서 있었는데도 그가 보였다. 소영은 멀어지는 자신인 동시에 이별하는 두 사람을 공중에서 바라보는 제3의 관중이었다. 소영의 발 아래로 피가 뚝뚝 떨어졌다. 고개를 숙이자, 커다랗게 구멍이 난 가슴이 보였다. 소영은 제 가슴에 손을 쑥 집어넣어 보았다. 심장이 없었다.

*

소영은 꿉꿉한 곰팡이 냄새에 눈을 떴다. 심장이 뻥 뚫린 듯 가슴이 저릿한가 싶더니 곧 온몸으로 짜릿한 고통이 번져갔다. 가만히 눈을 감고 견디는 수밖에 없는 통증이 끝나자 천장에 있는 기하학적인 모양의 금이 눈에 들어왔다.

"시골 병원들은 왜 다 이렇게 똑같을까."

껌 자국 도트무늬 바닥, 눅눅한 시트는 덤이었다. 나한테 맡기면 기가 막히게 인테리어 해줄 수 있는데. 소영은 시골 응급실에서 눈을 뜰 때마다 하는 생각을 반복했다.

커피가 필요했다. 더블 샷의 진한 아메리카노. 진통제를 맞으면 왜 이렇게 갈증이 나는지. 소영은 때때로 자신의 허리에 부실한 디스크 대신 커피를 채워 넣고 싶었다. 그럼 꼭 작업 끝나고 나야 무너져버리고 마는 멍청한 허리가 카페인으로 정신을 좀 차리지 않을까 싶었다. 억울해 말자. 내 인생 그렇지. 쓰러지고 싶을 땐 기를 쓰고 버티다가, 아무도 없을 때 차가운 바닥에 홀로 처박히고 마는 눈치 없고 요령 없는 인생.

어디선가 은은한 커피향이 났다.

"보호자라…… 좋겠다. 누구는." 소영은 중얼거렸다.

"보호자라…… 좋겠네, 임소영 씨는."

소영의 억양을 흉내낸 목소리에 소영은 화들짝 놀라 고개를 돌렸다. 타는 듯한 통증이 척추를 흘렀다. 소영은 작게 비명을 질렀다.

"누워 있어. 진통제 맞고, 이완제 맞고, 푸욱 쉬어야 갈 수 있 대."

소영의 얼굴 위로 건우가 얼굴을 쑥 내밀었다. 환한 얼굴이 었다. 커다랗고 빨간 입술이 그대로였고, 이번엔 진한 눈썹 아 래 반짝이는 눈동자도 선명히 보였다.

"얼굴 치워." 소영이 차갑게 말했다.

"뽀뽀 해주면." 건우가 애교스럽게 입술을 쭉 내밀었다.

"까불어."

"그게 내 매력이잖아." 건우의 뽀족 입술이 다가왔다.

찰싹. 소영이 건우의 뺨을 쳤다. 소영은 건우의 눈을 피했다. 그는 아이처럼 원망하는 표정을 짓고 있을 것이다. 소영이 늘 머리를 쓰다듬어 풀어주곤 했던 그 표정을.

"팔은 움직일 수 있다, 이거지?"

건우는 장난스럽게 소영의 양팔을 잡았다. 씨익, 웃음 짓는 건우의 이가 가지런했다.

"진짜 화낸다."

소영은 으름장을 놓았지만, 알고 있었다. 녀석은 지금까지처럼 돌진해올 것이다. 건우가 소영의 얼굴에 바짝 다가왔다. 그의 눈동자가 출렁거렸다. 건우는 소영의 이마에 제 이마를 갖다 댔다. 뜨끈한 체온이 서로를 적셨다.

"아프지 마."

바보 같은 소리, 라고 소영은 생각했다. 이미 병이 난 사람에게 아프지 말라니. 응, 난 괜찮아, 하고 벌떡 일어나 어긋난 디스크를 제 손으로 끼워 맞출 수도 없는 노릇이다. 빨리 나으라거나, 고생이 많다거나, 다 나으면 맛있는 걸 먹자거나. 그런 현실적인 인식이 이 어린이에겐 없다. 그래서 방심했다. 현실 감각 없는 진심이란 게, 서서히 마음을 적시는 가랑비라는 걸 소영은 미처 몰랐다. 그런 사랑은 받아본 적이 없었기 때문이었다.

"늙은 것도 서러운데, 말이야."

건우가 소영의 코를 살짝 쥐었다 놓았다.

"독거노인의 가장 큰 적은 투병이라고."

소영은 피식 웃고 말았다. 역시 정건우다. 사람을 방심하게 만든다.

소영은 건우가 준비해준 빨대로 적당량의 카페인을 섭취했다. 머리가 맑아졌다. 가죽 커버가 찢어져 황토색 스펀지가 볼

썽사납게 튀어나온 동그란 보조의자에 건우가 앉아 있었다. 소영의 시선을 느끼자, 두 다릴 번쩍 들더니 뱅글, 한 바퀴 돌 았다.

여긴 어떻게 알고 온 건지, 싱글빌에서 현아는 어쩌고 있는지 궁금한 게 많았지만 이제 소영이 할 말은 하나뿐이었다.

"가."

"와, 진짜 못됐네. 커피 마셨다 이거야?"

"가."

"누나."

"……가."

"나한테 할 말이 그거밖에 없냐?"

"헤어진 사이에 그럼 무슨 말이 더 있니."

"누가 헤어졌대!"

"난 이미 헤어졌어. 넌 헤어지는 중이고."

소영은 눈을 감았다. 이별을 말할 때마다 건우의 얼굴을 보는 것이 고통스러웠다. 차라리 꿈처럼 나를 버려줘. 그러나 현실의 건우가 그럴 가능성은 제로였다. 자르는 건 소영의 몫이었다. 소영이 아파도, 무너져도, 끊어져도 안고 가는 건 디스크뿐이었다.

"나는……."

“곧 정리될 거야. 원래 이별 통보 받는 사람이 진짜 끝날 때 까진 시간 좀 걸리는 거니까.”

“난 아니라니까.”

“싱글빌도 네 장난이지?”

그랬다. 소영에게 싱글빌 서류를 준 것도, 미인의 사무실에 진을 치고 있다가 소영의 합격을 확인하고서 옆집에 입주시켜 달라 떼를 쓴 것도 건우였다. 글자와 서류만으로 소영을 뒷조 사한 미인도 한 마을에서 소영을 겪어보면 달라질 거라고 그 는 순진하게 생각했다. 무엇보다, 소영과 가까이 살면서 허물 없이 아이스크림도 나누어 먹고, 화장실 하수구도 뚫어주면서 알콩달콩 데이트도 하고 싶었다. 그러면 자꾸 자신을 밀어내 는 그녀의 마음을 확실히 잡을 수 있을 거라고 생각했다. 사랑 은 다른 사랑으로 잊힌다고 하니까, 소영의 상처를 치유할 수 있는 건 자신의 사랑뿐이라고 건우는 확신했다. 하지만 건우 의 확신이 단단해질수록, 소영은 점점 ‘끝’을 생각했다.

“한숨 잘 거야. 눈 뜨고도 너 있음, 나 당장 이 나라 뜰 거야. 니가 절대 찾을 수 없는 곳으로.”

소영은 눈을 감았다. 건우가 어른거리는 그림자가 느껴져서 눈꺼풀 위에 팔을 올렸다. 자고 나면 잊히겠지. 저 아이가 나를 찾아준 것도, 사랑해준 것도. 소영은 감은 눈을 한 번 더 굳게 감았다.

"나는……."

건우는 자신을 완강히 거절하는 여자를 내려다보았다. 환자복 사이로 가느다란 팔목이 보였다. 저 여자는 뼛속에도 숭숭 구멍이 뚫려 있을 것이다. 외로움과 자책의 찬바람이 그녀를 냉정하게 얼린 것이다. 그저 내가 안아줄 수 있게, 보듬어 줄 수 있게 허락만 해주면 되는 건데, 건우는 얼굴도 모르는 15년 전의 연적을 떠올리며 주먹을 꽉 쥐었다.

"나는 그 남자랑 달라."

소영은 대답이 없었다.

"그 남자랑은 다르게 사랑할 거라고."

소영의 호흡은 조금도 흐트러지지 않았다. 건우는 문득 후, 후, 아이처럼 고른 숨소리를 내는 소영의 옆에 눕고 싶다는 생각이 들었다. 소영을 사랑하게 될수록 건우는 소영과 함께 잠들고 싶다는 희망을 차곡차곡 쌓아왔다.

"맞아, 나도 잘난 거 하나 없어. 어린데다 철도 없고, 사랑해본 적도 별로 없고. 누나한텐 턱없이 부족해. 누나가 얼마나 두려워하는지도 알아. 나랑도 실패할 수 있겠지. 근데 누나……그래도……."

더 사랑하는 죄인은 가까이 다가가는 것조차 허락을 받아야 했다. 더 사랑하는 사람이 다치는 건 그 때문이다. 단단한 담벼락으로 무장한 연인을 무너뜨릴 수 없어 펄펄 끓는 제 사랑에 데고 마는 것이다. 기다리라면 기다릴 수 있고, 돌아오라면 그럴 수 있었다. 멀어지라는 말만 아니라면 무엇이든 할 준비가 돼 있는데…… 소영의 영혼에 가 닿고 싶은 건우의 목소리가 미세하게 떨렸다.

"그래도, 나랑 같이 실패해보면 안 돼? 실패하면 다시 사랑하고, 또 실패했다가 또 다시 사랑하다 보면, 언젠가는 좀 더 낫게 실패하면서 사랑하는 법을 알게 될지도 모르잖아."

소영은 미동도 없었다. 건우는 굳게 쥔 주먹으로 눈가를 세게 닦았다.

건강검진 결과고지서

"고모가 누나한테 뭐라고 한 거지? 일부러 입주 전에 만나서 들어오지 말라 그런 거지!"

미인은 침대에 누워서 건우의 추궁을 받고 있었다. 손을 쓰는 것도 귀찮아, 모로 누워 뺨에다 휴대폰을 올려놓은 채였다. 참담했다. 애지중지 키운 조카 정건우가 못난이가 돼버린 것이다.

"건우, 진정하고 이따 통화하자. 너 이러면 나중에 진짜 후회한다."

미인은 휴대폰을 끄고 머리맡에 던지듯 내려놓았다. 바스락, 소리가 났다. 미인의 옆에 누워 있던 남자가 뒤척이면서 깔아뭏갠 〈건강검진 결과고지서〉였다. 남자의 두툼한 손길에 대장, 용종, 악성 결절, 의심, 같은 단어들이 구겨졌다. 미인은 한동안 물끄러미 일그러진 낯선 단어들을 보다가 두 손가락으로 집게를 만들어 남자의 손을 치웠다.

"으드다두다아!"

미인의 손길에 이상한 소리를 내며 성민이 기지개를 폈다. 머리카락은 잔뜩 까치집을 지었고, 퉁퉁 부은 눈을 뜨지도 않고 흐흐 웃기부터 했다.

"잘 잤수?" 성민은 거뭇해진 턱을 귀엽게 내밀며 말했다.

"네……." 미인은 성민을 향해 어색하게 웃어 보이고는 이불을 뒤집어쓰고 말았다.

암일지도 모른다는 생각에 왈칵, 성민에게 안겨버린 것은 실수다. 성민은 술에 취하고 미인은 절망에 취했다. 건우는 자신을 원망하고, 싱글빌도 첫 단추부터 엉망이 돼버렸는데, 서른 살 때부터 매년 받아온 건강 검진은 불길한 징조를 드러내고 있었다. 모든 것이 끝났어, 미인은 그렇게 생각해버렸는지도 모른다.

그러나 하룻밤이 지나도 끝나는 것은 아무것도 없었고, 미인의 목숨도 아직은 밧줄처럼 튼튼했다. 창밖엔 밤새 내린 눈이 잔뜩 쌓여 있었다. 미인은 지난밤을 저 눈 속에 파묻고 싶었다. 아니, 아예 가위로 잘라, 몇 번이고 접고 접어 분쇄기에 집어넣고 싶었다. 성민은 팬티만 달랑 입은 채 엉덩이로 춤을 추며 화장실에 들어갔다. 미인은 말 그대로 미치고 팔짝 뛸 지경이었다.

욕실에서 성민의 콧노래 소리가 은은하게 들려왔다. 미인은 베개에 머리를 쿵쿵 박으며 지난 일들을 복기했다. 논리적이고 합리적인 그녀는 평생 충동과는 거리를 두고 살았다. 어째서 이런 어마어마한 사고가 일어난 것인지, 그 발화점을 찾아야 했다. 그녀는 원인과 결과를 이어야만 문제도 풀 수 있다고 생각하는 사람이었다.

술에 취한 미인을 부축해 집까지 들여보낸 그 밤, 성민은 신사였다. 미인은 다음 날 아침, 식탁에 놓여 있는 군고구마와 숙취해소음료를 보면서 고성민이란 남자가 보이는 것처럼 속되거나 무례한 건 아니구나 하고 안심했다. 그게 첫 불씨였다.

2호의 서류가 꼭 필요하다고 정식으로 요청했을 때, 그에게서 풍기는 소주냄새를 맡고서 모른 척하지 않았던 어젯밤 8시경. 두 번째 불씨가 번졌다.

독사라는 무시무시한 살인자에게 희생당한 아이를 이야기

할 때 함께 눈물 흘린 것이 세 번째 불씨였고, 그 아이의 작은 손에 쥐여준 것이 없다고 탄식할 때 어깨를 토닥인 것이 네 번째 불씨였으며, 이미 그때쯤엔 자욱한 무드의 연기로 미인의 이성은 질식하고 말았다.

2호가 독사가 아닐까 두려우면서 동시에 정말 독사일까봐 걱정도 된다는 성민의 토로에 미인이 꺼내든 것은 건강검진 결과서였다. 고통에는 고통을, 두려움에는 두려움을 내어놓고 싶은 것이 연약한 인간의 마음이다. 누가 더 아픈지, 누가 더 처절한지는 중요하지 않았다. 두 사람이 모두 시리게 외롭다 는 것만이 오롯한 진실이었다. 그것을 확인하자, 모든 망설임 이 불타버렸다.

사랑의 징후

윤성은 막, 러닝머신 10km를 끝냈다. 장장 60분 동안 쉬지 않고 달렸다. 땀이 비 오듯 했다. 숨을 몰아쉬며 레일에서 내려오던 윤성은 다리가 풀려 무릎이 꺾이는 바람에 흉한 꼴로 넘어지고 말았다. 팔꿈치가 머신의 이음새에 부딪혔다. 살이 쓸리는 기분이 선명했다. 찌릿한 전율 속에 그 밤, 윤성의 품에서 터졌던 그녀의 재채기가 되살아났다.

에취, 하고 내뱉은 날숨이 그의 가슴을 뚫고 들어와 온몸을 울렸다. 윤성은 그녀의 작은 머리를 안았던 그 밤의 모든 감각이 다시 생생해짐을 느꼈다. 윤성의 옆구리를 꼭 잡은 그녀의 작고 차가운 손의 감촉도, 고개를 들었을 때 마주 보이는 별빛

가득한 눈동자도. 찬 기운에 빨갛게 물든 뺨이 마치 홍조 띤
것처럼 사랑스러워 보이던 것도.

젠장, 설렘이었다. 그녀를 처음 마주보았을 때 밀려오던 것
의 정체를 윤성은 알아버렸다. 빌어먹을 두근거림이었다. 주의
한다고 했는데, 일부러 차갑게 말했는데, 어느새 발가락을 적
셔버린 파도처럼 설렘이 윤성을 간지럽힌 것이다. 처음엔 발
가락이었다가, 무릎인가 싶다가도 어느새 온몸을 덮쳐버리는
것이 감정이다. 윤성은 주책없이 두근대는 심장을 쥐어박고
싶어졌다.

하지만 그가 모르는 것이 있었다. 현아에게 위험한 징후를
느낀 뒤, 그가 했던 행동들. 괜히 시비를 건다거나, 말도 안 되
는 정산 쪽지를 건넨 것. 모두 실은 그녀에게 다가가고 싶은
본능이었다는 것을. 멀어지기 위한 경계를 이용한 것은 가까
워지고 싶은 진심이었다는 것을, 윤성은 아직 몰랐다.

*

"아닌가? 맞는 거 같은데……."

현아는 거울 앞에 서서 몇 번이고 선글라스를 썼다 벗었다

하는 중이었다. 윤성의 체취가 그대로 묻어 있는 검정 목도리를 둘둘 두른 채였다. 끔찍했던 파혼의 기억 중, 유일하게 감사했던 한 순간이 있다면 바로 비상구에서 만난 남자와 보냈던 5분이었다. 돌이켜보면 그때 현아는 확실히 정신이 나갔었다. 보통 사람들이 미친 여자를 보고 할 수 있는 반응은 대략 네 가지다. 1.비웃는다. 2.나무란다. 3.동정한다. 4.모른 척한다.

그럴 때가 있다. 따뜻한 동정의 말조차 버거울 때가. 상대의 선의에 감사하기엔 내 마음이 너무 많이 찢어져버렸기 때문에 그저 발에 차이는 돌멩이처럼 단순히 외면당하고 싶어지는 것이었다. 그날의 남자는 현아를 비웃지도, 나무라지도, 동정하지도 않은 채, 그저 돌멩이 넘듯 넘어가주었다. 윤성은 그저 귀찮아서 피한 것일 뿐이었지만, 웨딩드레스 차림의 현아를 거대한 바위 같은 장애물로 여겨준 것은 정확히 현아가 바라는 그대로였고, 파혼과 절망의 구렁텅이 속에서 현아가 느낀 유일한 배려는 그가 버리고 간 선글라스에 새겨져 있었다.

"그래서였나……."

현아는 처음부터 윤성이 어렵지 않았다. 싫지도 않았다. 까칠하고 냉정한 윤성이었지만 멀리 해야겠다, 혹은 조심해야겠다는 생각은 한 번도 하지 않았다. 이상하게 편했고, 묘하게 의지하게 되었다. 돌아보면 그랬다. 당시엔 분명하지 않은 감정들이 지나고 나면 또렷하게 다가올 때가 있다. 모든 것은 후일 담이다. 특히 사랑이 그렇다. 몇 번의 사소한 우연이 거대한 운 명의 고리로 명명되는 건 사랑이 이루어진 후이다.

"언니야!"

주방에서 들려오는 민아의 호출소리였다. 민아는 아예 스쿠 터를 하나 사서 매일같이 출근도장을 찍고 있었다. 그러곤 짐 칸 가득 장을 봐 와선 '정혁 씨를 위한 피칸 파이'나 '정혁 씨 에게 어울리는 라사냐'를 만든답시고 부엌을 엉망으로 만들어 버리는 것이었다. 어찌나 시행착오가 많은지 그 많은 재료를 가지고도 음식은 달랑 1인분이 겨우 나왔고, 그마저도 맛이 없 으면 쓰레기통에 처박아 넣는 바람에 현아가 '차라리 내 입에 버려라!'라고 외치기 일쑤였다. 간혹 성공한 '정혁 포에버 딸 기 타르트'나 '정혁 씨를 녹여줄 퐁당 오 쇼콜라'는 예쁜 그릇 에 고이 담아 총총 배달하고 왔다.

현아가 죽음의 위협에도 정혁의 전화번호를 알려주지 않았 고, 혹여 실례를 할까봐 민아가 문을 나서는 순간 정혁에게 경 고의 메시지를 날렸기 때문에 배달을 가도 실제로 정혁을 만 나는 일은 거의 없었다. 그래도 민아는 포기하지 않았고, 지금 도 콧노래를 흥얼거리며 강력분을 계량하고 있었다. 오늘의 메뉴는 '정혁 씨에게 피어나는 바닐라 컵케이크'였다.

"왜 또?" 민아는 서툰 솜씨 탓에 자꾸 현아를 부르곤 했다.

"나 코 밑이 간지러워. 좀 긁어줘라."

"뭐?" 현아가 질색했지만, 개코 원숭이처럼 인중을 쭉 늘어뜨리며 다가오는 통에 대강 만져주고 말았다.

"넌 잘하지도 못하는 요리로 승부를 볼 수 있다고 생각해?"

"못해도 최선을 다하는 요리에 남자는 감동하는 법이거든. 그리고, 꼭 전해주지 않아도 요리를 하고 있으면 내 사랑이 깊어지는 게 느껴져."

"언제 봤다고 사랑이래? 단숨에 그러지 마."

"짧으면 30초, 길면 4분." 레시피를 외우듯이, 민아가 말했다.

"뭐가?"

"이 사람을 좋아할지 말지 결정하는 데 걸리는 시간. 무슨 연구에서 그렇게 나왔대. 시간을 좀 주세요, 라는 건 밀당 아니면 거절이야. 맘속에 선택은 이미 내려져 있는 거라고. 한눈에 반하는 게 뭐가 어때서?"

"실망만 커질 거야." 현아가 가까스로 찾아낸 말은 겨우 이거였다. 하지만 현아도 알고 있었다. 누구보다 반하기 대장은 자신이니까. 사랑이란 마치 SF 소설과도 같다. 모험을 결심하는 순간 생겨나는 작은 구멍은 시공간을 초월한다. 얼굴에 반했든, 분위기에 취했든, 사랑이라는 종착지를 설정하고 나면, 그의 단점, 그의 진상, 그의 인생 모두가 블랙홀에 빨려 들어가 듯 다른 세상으로 던져지고 마는 것이다.

그러나 민아가 모르는 게 있었다. 그놈의 첫 느낌 때문에 숱한 경고음을 무시하다가 격랑 속에 실연 당하게 된다는 것. 사랑에 대한 의지를 증명하고자 제 발로 지옥으로 걸어 들어가는 미련한 사람들이 얼마나 많은지. 그 어리석음의 교본이 바로 현아 자신이었다. 현아의 가슴 속에 차오르는 숱한 연애의 실패담을 아는지 모르는지, 민아는 한껏 신이 나 있었다.

"한 사람을 위해 정성을 쏟는다는 건 정말 즐거운 일이야. 그게 뭐지? 정성을 쏟으면 특별해진다는 책."

"『어린 왕자』."

"오케이, 케이크 위에 장미 모양을 그려볼까?"

현아는 별빛 속에 아름답게 입 맞추던 정혁 커플을 떠올렸다. 민아는 팔까지 걸어 부치고 리드미컬하게 반죽을 치대고 있었다. 내 동생에게 이런 얼굴이 있었던가, 민아가 새롭게 보였다. 늘 부딪치고 튕겨져 나가느라 가장 가까운 사이인데도 찬찬히 들여다볼 여유가 없었다. 남들에겐 오히려 너그럽게 대하면서 '너랑 난 달라, 반대야.' 선을 그은 채 눈을 감아버린 거였을까. 아직 아무것도 고백하지 못한 정혁을 위해서도, 끝

없이 고백하고 있는 동생을 위해서도, 현아는 입을 닫을 수밖
에 없었다.

"망했어!"

오븐 앞에 코를 박고 서 있던 민아가 소리쳤다. 윤성의 선글
라스를 앞에 놓고 개 작가의 신작 스케치에 몰두하던 현아는
급히 주방으로 뛰어갔다.

"장미가 모든 것을 망쳤어!"

현아는 철판째 뒤집어엎으려는 민아의 허리를 끌어안았다.

"진정해! 내가 버릴게!"

제 분에 못 이긴 민아가 바람처럼 나가버리고 난 뒤, 현아는
천천히 주방을 정리했다. 주방 마루에는 바닥에 거꾸로 박힌 컵
케이크들이 흩어진 장미처럼 여기저기 어지럽게 찍혀 있었다.

*

민아는 길을 되짚어 싱글빌로 돌아오는 중이었다. 씩씩대며
걷느라 스쿠터를 깜박하고 만 것이다. 강현아 같은 짓을 하다
니, 그게 더 분했다. 숲속에 오도카니 들어앉은 싱글빌은 일종

의 요새다. 자기들끼리만 불을 환히 밝혀놓고 어둠의 숲, 키 큰
나무들이 호위무사처럼 지키고 서 있었다.

"대체 어떻게 해야 들어갈 수 있냐고!"

민아는 '싱글빌'이라고 새겨진 나무간판을 올려다보며 소리
쳤다. 그러더니 씩씩대며 간판을 지탱하는 전나무를 발로 차
기 시작했다. 분이 풀릴 때까지 뱅글뱅글 돌면서 발길질을 하
고 있는데, 부응 소리와 함께 차 한 대가 미끄러져 들어왔다.
빨간색 미니쿠퍼였다.

"정혁 씨다!"

분명했다. 현아에게 들은 바로는 이 마을엔 노땅 둘에 괴짜
하나에 어린이 하나, 그리고 정혁 씨가 산다고 했다. 저 정도
맵시 있는 차를 탈 사람은 한 사람뿐이다. 빨간 미니 쿠퍼는
곧장 싱글빌 안으로 들어가버렸다. 민아는 따라 달렸다. 어서
가서 자신의 운명을 확인하고 싶었다.

운명이란 본시 잔인하자면 끝이 없는 그런 것이었다. 민아
는 지금 사람의 인생이 어디까지 꼬일 수 있는가를 두 눈으로
목도하고 있었다. 차에서 내리는 연인의 다정한 모습에 민아
는 비명이 터져나오는 입을 급히 틀어막았다. 차 문이 닫히는
소리에 민아의 몸도 함께 움찔했다.

경쾌한 웃음을 나누는 두 사람은 서로 어깨를 겯고 나란히 들어갔다. 정혁과 연인이 사라진 이후에도 여전히 불을 밝히던 현관 등이 툭, 하고 꺼졌다. 아직 식지 않은 차의 엔진에서 아스라한 아지랑이가 피어올랐다. 어둠 속에 망연히 서 있던 민아는 분연히 주먹을 쥐고 씹어 뱉듯이 말했다.

"나쁜 새끼!"

범인은 우리 중에 있겠지

냄새가 난다. 성민은 6호 뒤뜰에 서서 코를 훌쩍거렸다. 울타리 아래 쌓인 눈이 까맣게 변색되어 지저분하게 녹아 있었다. 누군가 밟고 지나간 흔적을 일부러 흐트러뜨린 게 분명해 보였다. 성민은 쪼그려 앉아 눈 속을 헤집어 보다가 눈뭉치를 한 움큼 쥐더니 단단히 다지기 시작했다. 눈덩이를 왼손 오른손 번갈아 쥐면서 눈으론 창까지의 거리를 신중히 쟀다.

눈덩이가 포물선을 그리며 날아가 벽에 부딪혔다. 손목 스냅을 이용해 가볍게 던진 것이라 파삭, 소리를 내며 미끄러져 내려갈 뿐이었다. 성민은 다시 한 번 눈송이를 뭉쳤다. 이번엔 무릎을 벌리고 높이를 낮췄다. 눈덩이가 다시 부서졌다. 성민은 만족스럽다는 듯 고개를 끄덕였다. 두 번째 눈송이가 부딪힌 벽 바로 옆, 정혁의 창문이 깨어져 있었다. 딱 눈송이만 한 동그란 구멍이 난 채로. 주머니에 손을 넣고 돌아 나오니, 정혁의 집 앞에 싱글빌 주민들이 근심스러운 얼굴로 기다리고 있었다.

"구멍이 아주 예쁘게 났습니다. 연꽃처럼 이쁘게 갈라졌어."

성민이 능글맞게 농담을 했으나 아무도 웃지 않았다. 성민은 입주자들을 면면이 살펴보았다. 특히 2호 윤성이 서 있는 모양을 유심히 관찰했다. 팔짱을 끼고 한쪽으로 비뚜름하게 서 있는 모습이었다. 귀찮은 일이 생겨 짜증이 났거나, 부러 관심이 없는 척하거나 둘 중 하나라고, 성민은 짐작했다.

독사의 짓은 아니었다. 178센티미터보다 작은 키의 누군가가 던진 것이다. 그게 아니라 해도, 이런 애들 장난 같은 짓을 할 독사가 아니다. 그러나 이 사건 조사를 핑계로 2호에 대해 조금 더 알아낼 수 있을 건 분명했다. 미인에게 더 이상 자료를 기대하긴 어려웠다. 딱 주민번호만이라고, 다른 재무정보나 가족사항 같은 건 절대 안 된다고 미인이 잘라 말했기도 했지만, 함께 밤을 보낸 이후 그녀를 마주치기가 무척 어려웠기 때문이었다.

와장창, 창문이 깨진 것은 어제 자정쯤이었다. 정혁이 뛰어나왔을 땐 범인은 이미 자취를 감춘 뒤였다. 정혁은 집 안으로 침입해온 눈덩이를 보았다. 뽀송뽀송한 눈 껍질이 녹아내리자, 돌덩이가 모습을 드러냈다. 가슴이 철렁 내려앉았다.

"사실, 어제가 처음은 아닙니다."

정혁의 말에 모두 침묵 속에 놀란 숨을 들이켰다. 현아는 침을 꼴깍 삼켰는데, 그 소리조차 너무 크게 날까봐 두 손으로 목을 감싸 쥐었다.

처음엔 너무 작고 사소한 일이어서 정혁은 그저 우연한 사고라고만 생각했다. 우편함 뚜껑이 떨어져 나갔을 땐 나사가 빠져서라고 생각했고, 이사 기념으로 애인이 선물해준 화분이 뒤집혀 있을 땐 고양이가 그랬거나 눈바람에 쓰러졌다고 생각했다. 울타리에 빨간색 페인트로 선명히 새겨진 X를 발견하고는 그동안의 일도 어쩌면 누군가의 짓이겠다는 생각이 처음으로 들었다. 그러나 문제 삼지 않았다. 평소의 정혁이라면 끝까지 싸웠을 것이다. 하지만 지금 그에겐 지키고픈 한 사람이 있었다. 세상 어디에서도 쉴 곳 없던 그는 이곳만은 최후의 보루로 남겨두고 싶었다. 그러다 기어이, 이제는 가만히 두지 않겠다는 경고의 돌팔매질이 시작된 것이다. 이 분명한 증오 앞에 정혁은 등이 서늘해졌다.

“범인은 우리 중에 있겠지.”

성민의 한 마디에 주민들의 시선이 어지럽게 엉켰다. 성민은 날카로운 눈으로 윤성을 바라보고, 윤성은 겁먹은 듯 눈이 더 커진 현아를, 현아는 걱정스럽게 정혁을 보았다. 정혁은 책임자인 미인에게 원망의 눈빛을 보냈고, 미인은 묵묵히 질책을 받아들였다.

“고작 화분이나 뽑고 유리창이나 깨려고 이 먼 길을 오진 않을 거 아냐. 외부 차량은 없었지요, 정미인 사장님?”

“네, 확인한 바로는 강현아 씨 동생의 스쿠터가 저녁 7시에 나간 후 진입한 차량은 없었습니다.”

미인은 성민의 시선을 피하며 대답했다. 그날 이후, 미인은 줄기차게 성민을 피해왔다. 성민이 끈질기게 미인의 집 근처를 얼쩡거렸기 때문이다. 머슴이 장작을 패듯 물색없이 덤벼드는 스타일일 줄 알았는데, 그는 의외로 수줍음을 타는 사내였다. 성민은 하루는 들꽃을, 다른 날은 쑥떡을 포장도 하지 않은 채 손에 들고 나타나 굳게 닫힌 1호 주위를 뱅뱅, 탑돌이 하듯 돌았다. 그의 소원을 들어주기가 겁이 났다. 차마 모진 말을 할 수도 없고, 그의 맘을 받아줄 순 더더욱 없기에 피할 수밖에 없었다. 자신의 집에 갇혀, 외출을 할 땐 술래가 어디 있는

지 탐색한 후에 도망치듯 문을 열었다. 순박하고 우직해서 더 무서운 술래.

정혁에게 신고를 받고 미인은 시큐리티 팀 대신 성민을 떠올렸다. 시끄러워지면 안 된다는 생각도 물론 있었다. 소문이란 게 삽시간이어서 정미인이 독립해 벌인 사업이 언제 망하나, 시퍼렇게 지켜보고 있는 눈들에게 좋은 먹잇감을 던져주긴 싫었다.

"근데 왜 경비팀은 출동하지 않는 겁니까?"

정혁이 물었다. 퇴직형사라고 했지만 수상한 건 오히려 성민이었다.

"원하신다면 경비팀과 연계해 경찰을 불러드릴 수 있습니다."

경찰이란 단어를 듣고 윤성의 얼굴이 빠르게 굳는 것을 성민이 놓치지 않고 보았다.

"경찰은 마을 주민 분들을 제1용의자로 상정하고 조사를 시작할 겁니다. 사건 날 행적들, 사적인 관계 모두 캐묻겠지요. 협조해주시겠습니까?

"싫다면요?"

윤성이 말했다. 여전히 팔짱을 낀 채였다.

"용의자라니, 어처구니가 없어서."

윤성이 정말로 화가 났다는 걸 현아는 알 수 있었다. 광대뼈 근처가 꿈틀거리고, 눈가가 미세하게 떨리고 있었다. 현아에게 밭다리 걸 때의 표정이었다.

"이봐요, 재벌 공산당 사장님. 지금 무슨 소릴 하는 건지 알고나 있습니까? 모든 사람을 잠재적인 범죄자로 상정하고 개인의 사생활을 감시하겠단 거 아닙니까. 무슨 쌍팔년도 군부 독재 시댑니까? 최대한의 프라이버시를 지킨다는 말은 사장님이 먼저 하신 걸로 아는데요."

"구구절절하시네."

성민이 윤성 앞으로 걸어 나왔다. 일부러 아주 천천히 움직여 빠르게 말을 뱉어낸 윤성의 타이밍을 뺏고 있었다.

"아님 말지 뭔 말이 그렇게 많을까나? 찔리는 사람처럼?"

"뭐라구요?"

윤성과 성민의 눈빛이 강하게 부딪쳤다.

"그렇잖아. 옆집에 도둑 들면 이웃주민들이 경찰 조사에 협조하는 건 당연한 시민의 의무란 말이지. 그렇게 파르르 할 문젠 아니라고 생각하는데."

"전직 형사란 분이 참고인 조사와 용의자 심문이 다르단 것도 모릅니까?"

"작가 양반은 어떻게 그렇게 잘 아나?"

두 사람은 팽팽하게 언성을 높였다.

"나만 이상한 거야? 다들 이게 정말 정상적인 요구라고 생각해?"

윤성은 주위를 둘러보았다. 오너인 정미인과 한패인 형사 성민, 그리고 피해자 정혁을 빼면 한 사람, 현아만 남았다. 윤성은 현아를 쳐다보았다. 다른 주민들도 현아의 대답을 기다리고 있었다. 현아의 둥근 코에 식은땀이 송송 났다.

"저도…… 경찰이 와서 주민들을 범인 취급하는 건 싫어요."

모기 소리 만한 소리로 현아가 대답했다. 윤성은 순간 환하게 미소 지을 뻔했다. 하나 남은 주민이 내 편이라서인지, 그게 현아여서인지는 정확히 모르겠지만, 그의 발언에 힘이 실리는 건 분명했다. 윤성은 성민을 똑바로 바라보며 말했다.

"말 그대로 협조라면 할 수 있지만, 진짜 경찰이 정식 요구를 했을 때 하겠습니다. 전직형사인지 뭔지, 저분도 주민인 이상 조사를 받을 대상이겠지요. 그리고 당신!"

윤성은 정혁을 향해 손가락을 뻗었다. 갑작스런 삿대질에 정혁이 깜짝 놀라 윤성을 바라보았다.

"괜히 다른 사람한테 피해 끼치지 말고, 당신 주변부터 잘 정리해요. 딱 보니 어디 원한 산 거 같은데 열쇠는 당신한테 있는 거라고! 그리고 사장님!"

다음 순서는 미인이었다.

"주민들을 불안에 떨게 한 책임은 어떻게 지실 건지 궁금하네요. 먼저 사과부터 하고 똑바로 정비하도록 하십시오. 자꾸 문제 발생 시, 제보든 소송이든 이쪽에서도 방법을 찾을 테니까!"

정색하고 따져대는 윤성의 말에 다들 아무 대답도 하지 않았다. 분위기가 살벌하고 무시무시한 게 아주 불편하고 사납네, 하고 현아가 나섰다.

"알았으니까 그만해요."

현아는 윤성의 팔짱을 꼈다. 현아의 차가운 손가락이 윤성의 팔뚝에 닿자 솜털이 일제히 곤두섰다.

"저희 먼저 갈게요. 오빠, 이따 전화 드릴게요."

현아가 윤성을 데리고 가자 미인과 성민, 그리고 정혁 사이에 어색함이 감돌았다. 선생님에게 과하게 혼난 학생들처럼 약간의 억울함이 전염되었다.

"작가라더니, 말 되게 잘하네. 그죠."

분위기를 풀어보려 정혁이 말을 꺼내들었지만, 성민은 입을 꾹 닫고 생각에 빠져 있었다.

"이정혁 씨께는 반드시 합당한 보상을 해드리도록 하겠습니다."

“보상은요, 저는 그저 시끄럽지 않게 이 일이 해결되기만 바랍니다.”

정혁이 사람 좋은 미소를 보내 미인을 안심시켰다. 미인 또한 목례로 화답하는데, 성민이 말했다.

“어떤 사건도 조용히 해결되진 않소이다.”

20년 베테랑 형사의 말에 정혁과 미인의 얼굴이 빠르게 굳어졌다.

연애자들

"놔."

오솔길에 다다르자 윤성이 현아의 팔을 뿌리쳤다. 약한 바람에도 가지 끝에 쌓여있던 눈이 포르르 흩날렸다.

"왜 이렇게 흥분해요?" 현아가 잔잔히 말했다.

"합리적이지 않은 걸 그렇다고 말한 것뿐이야."

"아저씨 이렇게 달려드는 사람 아니잖아요. 비웃고, 비꼬면서 자꾸만 멀어지려고 하는 사람이잖아."

윤성은 머리를 세게 한 대 맞은 것 같았다. 이 여자, 자신을 너무 잘 알고 있었다.

"주제넘게 아는 체하지 마."

현아는 입을 삐죽거렸다.

"분명히 뭐가 있는 거 같은데…… 범인도 아니면서 막 오버하는 이유."

"내가 범인이 아니라고 어떻게 확신해? 따져보면 6호랑 원한 관계는 나뿐이잖아."

"에이, 말싸움 한 번 했다고 그런 짓 하기에 아저씬 에너지가 없지. 귀찮잖아요."

윤성은 피식, 웃고 말았다.

"게다가 그 밤에 아저씨, 분명히 안타까워했어요. 눈빛이 그랬어."

"연애 예찬론자들은 동정 받을 만하지. 결국 실패한다는 점에서."

"이제 좀 풀렸나봐요." 현아가 헤헤 웃으며 말했다.

"꼬인 적 없었거든요."

"오랜만에 저녁 같이 먹을래요? 나 이제 카레는 거뜬히 해요."

"그쪽은 왜 그렇게 아무나 붙잡고 밥 먹자 그래? 4호 집 비우고 6호 연애한다고 심심해졌어?"

"어? 우리 친한 거 어떻게 알았어요? 혹시……?"

현아가 장난기 가득한 눈을 굴리며 윤성에게 다가왔다. 눈치 없는 심장이 또 두근댔다. 코앞에 닥친 마감에 무작정 첫 문장부터 쓸 때처럼 윤성은 그동안 가슴 속에 굴려왔던 고백의 첫 문장을 쏟아낼 뻔했다.

"끼고 싶었어요? 우리랑 놀고 싶었구나. 진작 말하지! 언제든 환영인데."

"야!"

"쑥스러워 말아요. 건우 올라오면 자리 한번 마련할게요."

현아는 웃으며 등까지 토닥였다. 윤성은 현아의 손이 닿을 때마다 전기에 감전된 것처럼 찌르르 한 것을 숨기느라 진이 다 빠질 지경이었다. 마침 윤성을 구원하는 벨소리가 들려 왔다. 건우가 전화를 한 것이다.

"뭐? 언니가? 그래서 지금은 어때?"

"퇴원하는 길이에요."

전화기 너머로 건우의 목소리가 쩌렁쩌렁 들렸다. 윤성은 가슴 한구석에 움트는 묘한 감정을 느꼈다. 끼고 싶었구나, 라고 놀리는 현아의 음성이 귀에 쟁쟁했다.

어찌 된 영문인지 4호 건우와 현아는 금세 친해진 것 같았다. 만약 윤성이었다면 제 집을 뒤지고, 공포를 배달하고, 기어이 계획을 망가뜨린 자와는 절대 우정을 쌓을 수 없었을 거였다. 그러나 현아는 '잠금 해제 여자'였다. 아주 작은 터치로도 쉽사리 열려버렸다. 처음 현아가 집으로 자꾸 찾아올 때 윤성의 의문은 그것이었다. 이 여자는 뭐가 이리도 쉬운가. 도움을 받는 것도 도움을 주는 것도 늘 열과 성을 다하는 그녀는 자신을 열어버림으로써, 모든 잠겨 있는 것들을 해제시켜버리는 묘한 힘을 가진 사람이었다.

사랑이든, 우정이든 마음의 물길을 트고 전파처럼 나누어 쓰는 데 현아는 아낌이 없었다. 건우와 통화를 하며 귀 기울여 듣는 현아의 옆얼굴을 윤성은 가만히 바라보았다. 건우의 한마디 한마디에 그녀의 얼굴이 시시각각 변했다. 찌푸렸다가, 헤헤 웃었다가, 부끄러워 빨개졌다. 한 편의 영화를 보는 기분이 들었다. 그러다 문득, 내 앞의 저 여자가 혹 화면 속 인물처럼 허구는 아닐까, 하는 의심에 사로잡혔다. 그래서였다고 해두자. 전활 하고 있는 현아에게 다가가 손을 뻗어, 그녀의 볼을 만져버린 것. 몽유병처럼 의식 없이 해버린 그 행동은.

"어, 그래. 언니 잘 부탁해. 싫다 그래도 꼭 차 태워서. 응!"

수화기에 말을 하면서 현아는 동그랗게 뜬 눈을 윤성에게 향했다. 그제야 정신을 차린 윤성은 1초 동안 수만 가지 변명을 짜내는 광란의 뇌경련을 일으킨 뒤, 급하게 현아의 뺨을 툭툭 치며 말했다.

"뭐가 묻었네."

“뭐? 보여줘봐요.”

현아도 자신의 뺨을 슥슥 만지더니 해맑게 물었다. 차라리 의심이라도 해줘, 이 여자야. 윤성은 재빨리 손을 터는 척했다.

“이상한 취미가 있네. 화장실에서 볼일 보고도 지켜보고 그러지?”

“어? 아저씬 안 그래요? 그거 건강하게 장수하려면 지켜야 할 7가지 건강 수칙 중에 1번이에요. 독신으로 살려면 내 몸 내가 챙겨야 한다면서요. 똥만큼 내 상태를 말해주는 건 없다니까요.”

“더럽게. 나 오늘 저녁 안 먹어. 그쪽 저녁은 본인이 알아서 해.”

“왜? 내가 사과 카레 해줄게요!”

윤성은 겨우 도망쳤다. 눈치라곤 약에 쓰려 해도 없는 그 누군가가 한겨울의 봄꽃처럼 웃음을 터뜨리며 쫓아오는 바람에 결국 그는 뛰어야 했다. 두근두근, 심장이 자꾸만 뛰었다.

*

“당장 세워!”

소영의 카랑카랑한 목소리가 차 속에 가득 찼다.

"누나……."

"세우라니까, 안 들려? 안 세우면 문 열고 나가."

소영은 이미 도어 손잡이를 잡고 있었다.

"알았으니까, 진정해!"

진주분기점을 지나 남해고속도로로 막 진입한 건우의 고급 외제차가 비상등을 켜고 갓길에 정차했다. 차가 다 서기도 전에 조수석 문이 열리고 소영이 나왔다.

"으아아아악!"

소영은 난간을 붙잡고 소리를 질렀다. 몇 번이고, 몇 번이나 소리를 질렀다. 건우는 소영 곁에 섰지만 그녀를 잡을 수도, 안을 수도 없었다. 손을 대기만 해도 부서져버릴 것 같았기 때문이다. 그녀는 늘 위태로웠다. 그래서 사랑했지만, 그래서 더 가까이 가지 못했던 적도 많았다.

"니가 왜, 니가 뭐라고. 너 이 자식아, 니가 뭔데 우리 아버지한테 돈을 주냐고!"

소영은 건우의 가슴을 쳤다. 건우는 하염없이 맞고 서 있었다. 소영은 허리가 끊어질 것만 같았다. 그래도 서 있을 순 있었다. 그렇게 살아왔는데, 눈앞의 정건우가 그녀의 허리를 토막이라도 낸 듯 소영은 패닉에 빠졌다.

그녀는 유혹에 굴복해버린 마음을 후회했다. 며칠 동안 밤이 낮인 듯, 낮이 밤인 듯 곁을 지킨 건우 때문이 아니었다. 위태로운 허리 통증에 대한 공포로 서울까지 기어이 차로 데려다주겠다는 건우의 말을 못 이긴 척 승낙해버린 것. 그것은 소영 자신이었다. 그러나 유혹의 대가는 언제나 미끼보다 큰 법이다.

"일단 울산 가서 어머님 먼저 뵙고."

"닥쳐."

소영은 건우의 얼굴을 보지도 않고 말했다. 보지 않아도 된다. 뻔한 일이다. 병원비로 보낸 돈은 하룻밤 도박판에 그대로 고꾸라졌을 것이었다. 엄마와 건우 녀석은 아마도, 소영이 진통제에 취해 있을 때 연락이 닿았을 것이다. 젠장, 젠장, 젠장! 소영은 주먹을 꼭 쥐고 허공을 때릴 뿐이었다.

건우의 마음이 아득해졌다. 어려운 일이 아니었다. 건우는 돈이 많았고, 그 정도는 큰 일이 아니었다. 그녀의 슬픔을 걷어내고, 그녀의 자존심을 지킬 수만 있다면 건우는 무슨 일이든 할 각오가 되어 있었다.

"서울로 가."

"그래." 소영이 원한다면 달나라에도 갈 수 있었다.

직진은 계속됐다. 고속도로로 한 번 들어선 이상 돌아가는 길은 멀고 복잡했다. 그래서 한 번의 분기점, 순간의 선택이 중요한 것이다. 건우의 차는 커다란 원을 그리며 방향을 바꿨다.

"싱글빌 빼면 어느 정도는 바로 갚을 수 있어."

"그걸 빼면 어디서 살아."

"오피스텔 정리 안 했어. 줄여서 보탤게. 그래도 부족한 건 대출하면 돼."

"……안 오려고 했구나, 싱글빌에."

"……."

"첨부터 그럴 작정으로 현아 누나를 대신 들여보냈어?"

"…… 응."

"진짜 나랑 끝내고 싶구나." 건우의 목소리가 떨렸다. 소영은 건우를 보지 않았다. 지금 고개를 돌린다면, 보게 될 것이다. 건우의 흔들리는 눈동자, 빨개지는 코끝을. 감정을 숨기지 않아 좋아했다, 는 말을 그에게 했던가. 남자다운 맛이 전혀 없다고 구박하곤 했지만, 개운하게 웃고 뒤끝 없이 눈물 훔치는 솔직함이 정말 좋았다는 고백을 해주고 싶었다. 그러나 희망 고문은 고이 접어 두어야 한다. 이별을 먼저 말하는 자에게 마지막 남은 예의가 있다면, 그것은 매정함이었다.

"이미 끝났다고 몇 번 말해."

"잘됐다."

목울대가 여전히 울리는데도 건우는 히, 웃었다.

"가서 차용증 쓰자. 애인이 아니면 채권자로라도 붙어 있어야지. 지긋지긋하게."

"어리광 그만 부려."

"장난 하는 거 아냐. 그리고 채권자로서 충고하자면, 싱글빌은 지금 팔면 손해야. 아니, 팔 수도 없어. 계약할 때 약정 걸었잖아."

맞다. 입주분담금을 줄여주는 대신, 주거 약정을 걸었다. 마을을 뜨내기들로 얼룩지게 하고 싶지 않았던 미인이 생각해낸 방법이었다. 당장 돈도 부족한데 잘됐다, 고 반가워했었는데, 그 조약이 부메랑으로 돌아왔다.

"오피스텔부터 정리하고 싱글빌에 들어와 살아. 그 길밖에 없어."

건우의 말이 끝나기도 전에, 두 사람은 어두운 터널 속으로 진입했다.

짝사랑 때문은 아니야

탁, 손전등을 켜자 날카로운 빛이 돌출했다. 짧은 송곳이 손가락 사이를 춤추듯 돌았다. 익숙한 솜씨였다. 손에 붙은 듯 자리를 잡은 송곳의 끝은 뾰족한 세 개의 날로 갈라져 있었다. 아주 작은 왕관이 거꾸로 붙어 있는 모양새로, 일명 쥐이빨 송곳이라고도 불리는 송곳이었다.

손전등이 비추는 곳은 바로 빨간 미니쿠퍼였다. 눈길에도 세차를 빼먹지 않았는지 반들반들 윤이 났다. 손잡이를 잡은 손에 힘이 들어가고, 송곳이 곤추섰다. 한 발, 두 발 사냥감을 향해 다가가는 송곳은 닥쳐올 환희에 대비하듯 부르르 떨고 있었다. 반짝, 날 선 세 개의 이빨이 서늘하게 빛났다.

"그만 둬!"

등 뒤에서 남자의 목소리가 들렸다. 갈팡질팡하던 송곳의 주인은 뛰기도 전에 어깨를 잡히고 말았다. 반항하듯 손을 휘둘렀으나 속절없이 제압당하고 말았다.

"민아 맞지? 강현아 동생 강민아."

"누구세요?"

민아는 깜짝 놀랐다. 노땅도 아니고 정혁도 아니고 나이 어린 건우도 아니었다. 그렇다면 그 괴짜가 분명하다.

"테러 스케일이 이게 뭐냐, 쪼잔하게."

"무슨 상관이에요?"

미니쿠퍼가 안전해질 만큼의 거리를 둬야 한다며 윤성은 길 끝 벤치로 민아를 데려갔다.

"화분을 뒤집고, 페인트칠을 하고, 창문을 깨부수고, 차를 긁어놓는다고 뭐가 바뀌겠어. 차라리 집에 불을 질러."

"증거 있어요? 사진이라도 있냐구요!"

"창문 깰 때, 3번 만에 성공했지? 기술도 없는 애가, 그냥 막대기로 깨부수지. 미련하게."

"아저씨 뭐예요? 나 스토킹 했어요? 진짜 변태 아냐!"

윤성은 짧게 한숨을 쉬었다. 민아를 배웅하러 나오는 현아의 얼굴을 먼발치에서라도 보려고 나왔다가 테러를 목격하게 되었단 말을 할 수는 없었다.

"아무튼, 지금 니 유치한 장난 땜에 마을 분위기 심각해. 폐 끼치지 말고 그만 둬."

"못 그만 둬요! 절대 용서 못해!"

민아가 강하게 말했다. 눈에 불이 일었다.

"짝사랑했던 놈이 알고 보니 게이다. 충격일 수 있어. 근데 보복할 건 아니지. 안 그래?"

현아에게 들었다. 동생이 정혁을 짝사랑해 뻔질나게 드나들 었는데, 어느 날 이후로 눈에 띄게 시무룩해졌다고. 쫓아다니 다 알게 된 것 같은데, 알은척하기가 어렵다고. 그 이야기를 듣 고 윤성은 그동안 자신이 목격한 민아의 엉뚱한 행동들에 주 석을 달 수 있었다.

"그냥 게이가 아니란 말이에요. 아저씬 알지도 못하면서!"

"그래, 니가 사랑한 게이지. 아무튼 지금 그만둔다고 약속하 면 모른 척해줄게."

"말했을 텐데요, 절대 그냥 두지 않을 거라고!"

"후, 안 되겠네. 말 안 듣는 건 자매가 똑같아."

윤성이 일어났다. 경계의 눈빛으로 올려다보는 민아에게 윤 성이 선언했다.

"지금 6호로 가. 가서 사과하고 깨끗하게 정리해. 그래야 더 이상 못 하겠지.”

“싫어요!”

“그럼 경찰 불러?”

“그러든지요! 경찰 오면 아저씨가 스토킹한 것도, 그 남자가 저지른 잘못도 다 까발려버리고 말 거야!”

“니 언니가 뭐가 돼!”

윤성이 버럭 소리를 질렀다.

“동생이라고 하나 있는 게 언니 생각을 손톱만큼도 안 해.”

“그러는 아저씬 우리 언니 생각해서 지금 이러는 거예요?”

윤성은 숨을 들이마셨다. 언니처럼 말을 안 듣지만 언니보단 눈치가 꽤 있는 아이였다.

“일어나, 당장 가서 매듭짓게.”

“싫다고 했잖아요!”

결국 완력을 쓰게 만든다. 윤성은 팔을 걷어붙였다. 불끈, 힘줄이 솟아올랐다.

*

“그게 정말이에요?”

그 시간, 현아는 집으로 찾아온 성민에게 놀라운 이야기를 듣고 있었다. 초승달이니, 살인이니, 평소 현아와는 동떨어진 다른 세상 이야기라고만 생각했던 단어들이 성민의 입에서 흘러나왔다.

"초승달 모양 흉터는 아가씨도 봤다면서요."

"그건 그렇지만…… 그것만으로 단정할 순 없지 않을까요? 세상에 같은 부분에 비슷한 모양의 흉터를 갖고 있는 사람이 얼마나 많은데요."

"최윤성이라는 남자, 지난 10년 간 사회적인 기록이 없어."

"직장인이 아닌 이상, 대부분 작가들 그렇지 않아요?"

"강연도, 인터뷰도 없어. 공식적인 활동이 전혀 없다니까. 왜 그랬을까, 신분을 숨기고 살아야 하거나 들키고 싶지 않은 과거가 있어서 그런 거 아닐까? 경찰 얘기 나오니까 정색하고 따지는 거 봤잖소."

주민번호와 이름을 가지고 박 형사가 조사해온 바에 따르면 그랬다. 세금이나 돈줄만 파보면 확실한데, 영장 없이 거기까진 무리였다. 성민은 마음이 초조했다.

"아저씨 완전히 범인이라고 확신하시는 거예요?"

"심증은 증거가 안 돼, 그래서 아가씨한테 부탁하려고. 지난번에 보니까 꽤 친해 보이던데, 뭐 들은 거라든지, 수상한 일

없소?”

현아는 그간의 일들을 더듬어보았다. 하지만 아무리 시간의 결을 뒤져보아도 수상한 느낌은 없었다. 오히려 그의 쓸쓸한 얼굴과, 말과는 다르게 따뜻했던 손길만 또렷이 떠올랐다. 믿고 싶은 것만 보고 기억하는 게 사람이라지만, 현아는 윤성을 무자비한 살인자와 도저히 연결시킬 수가 없었다.

“그런 사람 아닌 거 같은데…….” 말끝을 흐리는 현아에게 성민이 단호히 말했다.

“사람 생긴 걸로만 봐선 몰라.”

“그건 그렇지만,”

왠지 난 그 아저씨를 잘 알고 있는 것 같은 기분이 들어요, 라고 말하고 싶었지만 현아도 알고 있다. 이 막연함을 설명할 단어가 없다는 것을. 그때였다. 불길한 전화벨 소리가 울린 것은.

“민아한테 빈 반찬통 좀 들려 보내라.”

아빠의 전화였다. 여기까진 무난했다.

“민아 아까 낮에 갔는데?”

“무슨 소리야, 5분 전에 통화할 때도 아직 너네 동네라던데.”

뭔가가 엇갈리기 시작했다.

“그럼 얘가 어디 간 거야? 전활 안 받아서 화장실 갔나부다 했지.”

"어디 놀러갔겠지. 내가 통화할게요." 아무렇지 않은 척 전화를 끊은 현아의 얼굴이 하얗게 질렸다.

"왜, 동생이 아직 안 들어갔대?"

"며칠 전에, 2호 아저씨가 우리 민아에 대해서 물어봤어요. 보통 언제쯤 집으로 오냐, 가는 시간은 몇시냐, 어떻게 오냐, 어떻게 가냐."

성민의 눈이 반짝였다. 현아는 벌떡 일어나 창가로 가 옆집을 건너다보았다. 불이 꺼져 있었다. 작업하고 있을 거였다. 항상 불을 꺼야만 글을 쓸 수 있다고 했다. 하지만 지금 생각해보면 그건 다 속임수일 수도 있다. 밤마다 민아의 뒤를 밟고 있었는지도 모를 일이다.

"일단 나갑시다. 동생한테 계속 전화하고."

성민이 점퍼를 챙겨들었다. 현아도 급히 따라나섰다. 문을 열자, 찬바람이 얼굴을 때렸다.

*

"꼼짝 마!"

눈앞에 동그마니 입을 벌리고 있는 총구를 보고 있자니, 윤성은 기가 막혔다. 비장한 얼굴로 총을 겨누는 성민의 뒤에서 입을 막고 서 있는 현아도 마찬가지였다. 현아가 이 사실을 모르게 하고 싶었다. 또 상처 입을 게 분명했으니까.

"당장 여자를 풀어주고 손을 머리 위로 올려!"

성민의 외침에 민아가 신음 소리를 냈다. 윤성의 오른팔에 단단히 머리가 끼어 있었다.

"아직도 상황을 모르겠나? 독사, 넌 끝났어!"

"독사? 아저씨, 지금 꿈꿔요? 그거 내려놔요. 기분이 상당히 나빠지려고 하니까."

"공포탄도 총이야. 피 보지 말자."

"무슨 소리하는 거예요? 진짜 돌겠네!"

뭔가 심상치 않았다. 성민의 눈은 지나치게 진지했고, 현아의 눈은 공포로 질려 있었다. 윤성은 본능적으로 자신을 방어하기 위해서 민아를 놔줘선 안 되겠다는 생각이 들었다. 윤성은 팔에 더욱 힘을 줬다. 관자놀이를 압박당하는 민아가 주먹으로 윤성의 허리를 툭툭 쳐댔다. 아무리 머리를 굴려 봐도 이 장면은 윤성의 상상과 상식, 두 가지 모두를 뛰어넘었다.

"우리 동생, 놔줘요!"

현아였다. 눈물이 주르륵 흐르는 줄도 모르고 외치고 있었다.

"아저씨, 제발요. 우리 민아 좀, 우리 민아 좀!"

윤성은 아연했다. 그녀는 두려움에 떨고 있었다. 오직 윤성을 향한 공포였다. 스르르, 팔에 힘이 풀렸다. 겨우 윤성의 손아귀에서 벗어난 민아가 얼른 현아에게로 뛰어갔다.

"언니야!"

"민아야!"

현아는 울음을 터뜨리며 민아를 끌어안았다. 민아가 왜 이래, 하며 밀어내도 자꾸만 끌어안았다.

"이제 손 머리 위로 올려! 어서!"

성민의 말이 귀에 들어오지 않았다. 윤성은 오로지, 현아만을 바라보고 있었다. 민아의 얼굴을 끝없이 만지며 눈물을 흘리던 현아가 윤성을 힐긋 바라보았다. 원망의 눈이었다.

"아니야."

윤성이 한 걸음, 앞으로 나왔다.

"움직이지 마, 진짜 쏜다!"

"뭔가, 잘못됐어. 3호가 생각하는 그런 거 아니야. 내 말 좀 들어봐! 야, 동생! 니가 설명해. 어서!"

민아가 윤성을 바라보았다. 윤성의 얼굴은 절박했다. 현아도 민아의 말을 재촉하는 듯 바라보았다. 민아는 잠깐 뜸을 들이더니 이렇게 말했다.

"저 아저씨가 날 납치했어. 다짜고짜 무력으로!"

"야!"

기함하는 윤성을 향해 민아가 낼름, 혀를 내미는 것을 현아와 성민은 보지 못했다. 살인이니 용의자니 하는 상황을 전혀 몰랐기 때문에, 골탕 좀 먹어보라는 것이었다. 윤성은 주머니에 손을 넣었다.

"꼼짝 마!"

성민의 외침도 소용없었다. 윤성은 주머니 속에서 증거 1호, 송곳을 꺼내들었다. 그러자 귀청이 떨어지는 총소리가 싱글빌에 울려 퍼졌다. 성민이 하늘을 향해 공포탄을 발사한 것이다. 다들 진공상태처럼 귀가 먹먹했다. 현아는 귀를 막는 윤성을 보았다. 총을 내던지고 윤성에게로 몸을 날리는 성민도 보았다. 송곳인지 뭔지가 번쩍거렸고, 성민이 윤성의 머리를 무릎으로 깔고 눌러 앉아 팔을 꺾었다. 성민이 윤성의 손목을 엑스자로 비틀어 수갑을 채우는 것을 현아는 보았다. 비명을 지르는 듯 윤성의 입이 벌어졌지만 소리는 들리지 않았다. 찡그리는 윤성의 얼굴, 귀 옆에 작은 초승달 모양의 흉터가 처음 봤을 때보다 조금 더 진해진 것처럼 느껴졌다. 매캐한 화약 냄새가 코를 찔렀다.

*

윤성은 잔뜩 얼굴을 찌푸렸다. 따가웠다. 성민에게 밀려 넘어지면서 떨어진 송곳이 옆구리를 찔렀다. 쥐의 이빨에 물린 듯, 세 줄의 상처에서 피가 흘렀다. 신참 형사가 구급약통을 들고 와 소독약을 발라주었다. 윤성의 두 손은 여전히 수갑에 묶여 있었다.

경찰서 안은 덥고 시끄럽고, 분주했다. 윤성을 제외한 모든 이들이 시한폭탄을 안고 있는 것처럼 뛰어다녔다. 약을 다 바른 신참이 역시 뛰어간 뒤, 윤성은 서류가 쌓인 책상 앞에 혼자 오도카니 앉아 있었다. 캐비닛 근처에서 성민과 박 형사가 심각하게 이야기를 나누고 있는 게 보였다. 때때로 성민은 화를 냈고, 박 형사는 곤란한 듯 두 손을 맞잡고 조몰거렸다. 15분 정도가 지나서야 박 형사와 성민이 윤성에게 다가왔다. 성민은 눈이 뻘겋게 충혈돼 있었다. 박 형사가 아무 말 없이 윤성의 수갑을 풀어주었다.

"내 말이 맞죠?"
"미안하게 됐습니다. 흔치 않은 일이라, 저희도 어떻게 말씀드려야 할지."

박 형사는 성민에게 눈짓을 했다. 성민은 이를 악물고 고개를 숙였다.

"죄송합니다."

날짜와 병원은 모두 정확했다. 15년 전, 신호 없는 횡단보도를 건너던 윤성은 택시에 치이고 말았다. 헤드라이트가 깨지면서 튄 파편은 윤성의 팔과 다리, 그리고 귀 옆에 와 박혔다. 하필이면 초승달 모양의 파편이었다.

"많이 닮긴 했네요."

윤성은 손목을 주무르며 책상 위에 있는 몽타주를 보았다.

"할 말이 없습니다."

성민은 여전히 고개를 숙이고 있었다. 윤성은 성민을 일으켜 세웠다.

"그놈, 나쁜 놈이었지요? 형사 때려치우고도 잡고 싶을 정도로."

성민의 목이 뜨거워졌다. 울음이 터질 것 같았다. 성민은 겨우 고개를 끄덕였다.

"그럼 됐어요. 잡히진 않아도 그놈, 나름의 형벌을 받고 있을 겁니다. 그렇게 생각해요, 아저씨."

성민은 쉬이 진정이 되지 않는 듯 몸을 부르르 떨었다. 얼마나 주먹을 꽉 쥐었는지 손끝이 하얗게 변했다. 박 형사는 성민

대신 입을 열었다.

"죽었답니다. 양평 암환자 전문 요양병원에서 신고가 들어왔어요. 10년간 있던 환자가 죽었는데, 남겨진 일기가 이상하다고."

범인이 아니면 알 수 없는 사건일지였다. 놈은 경찰에서 자신을 독사라고 하는 것까지 알고 있었다. 어떤 후회도, 뉘우침도 없이 그저 덤덤히 스스로의 일생을 반추하는 자서전을 쓰듯 범행을 기록해놓았다. 누구에게 남긴다는 말도 없었고, 유언도 없었다. 가족이 없어 병원 측에서 유품을 정리하던 중에 나온 것이었다. 키는 178cm에 호리호리한 체격, 반듯한 얼굴에 가느다란 눈, 말없는 성품으로 병원 내에서 별명이 '양반'이었다고 했다. 박 형사는 사건을 접수하고 곧장 양평으로 달려가 증거를 모았다. 공소시효를 일주일 앞둔 날이었다.

"오늘 아침에서야 사건 종결 찍었습니다. 저녁에 선배랑 소주 한잔 하면서 얘기하려고 했는데……."

"쓸데없는 소리 그만해." 성민이 가라앉은 목소리로 말했다.

"돌아가셔도 좋습니다. 다시 한 번, 미안합니다." 성민이 떨리는 목소리로 말했다. 지옥이니, 천벌이니 하는 게 무슨 의미가 있겠는가. 윤성은 어떤 말도 덧붙이지 않고 돌아섰다. 그것이 그의 최선이었다.

싱글빌 정문에 도착했을 때는 이미 자정에 가까운 시간이었다. 윤성이 택시에서 내리는데, 현아와 민아가 기다리고 있었다. 현아가 독촉의 레이저 눈빛을 쏘자, 민아는 꾸벅, 고개를 숙였다.

"죄송해요."

"미안해요, 아저씨."

현아도 허리를 접었다.

윤성은 쉽게 입을 뗄 수 없었다. 할 말이 없어서가 아니었다. 하루에 여러 명의 정수리를 본다는 건 결코 유쾌하지 않은 경험이었다. 특히 사과의 정수리라면 더욱. 그런 건 일종의 폭력이라고 그는 생각했다. 잘못을 저지르고, 상처를 줘놓고 그저 미안하다며 정수리 한 번 보여주는 걸로 용서를 강요하는 것이다.

용서는 완전히 개인에게 속한 것이다. 자판기처럼, 상대가 뉘우침의 버튼을 누르면 800원짜리 용서가 나오는 게 아니라는 뜻이다. 시간이 필요하고, 담금이 필요하다는 걸 알아야 한다.

"이 녀석이 사고를 쳐서 아저씰 곤란하게 만들었어요."

윤성은 내가 화난 건 그것 때문이 아니야, 라고 말하고 싶었다.

"다쳤어요?" 송곳에 찢어진 코트자락을 보고 현아가 걱정스레 말했다.

내가 정말 다친 게 몸인지 마음인지 모르겠다, 라고 말하고 싶었다. 하지만 막상 윤성의 입에서 나온 건 송곳보다 더 날카로운 말이었다.

"피곤하니까 꺼져."

"아저씨……." 현아의 눈에 눈물이 고였다. 윤성은 보기 싫었다. 저 상처 받은 얼굴. 윤성은 뚜벅뚜벅 걸어 현아 자매를 지나쳤다.

"내가 잘못한 거잖아요. 우리 언닌 날 걱정한 것밖에 없는데 왜 그런 식으로 말해요?" 민아가 소리쳤다.

"강민아!" 현아가 민아의 입을 막았다. 민아는 현아의 손을 뿌리치며 소리를 질렀다.

"우리 언니가 아저씨 다친 것 같은데 집까지 어떻게 오냐고 경찰서까지 갔다가 허탕치고 왔단 말이에요!"

"그래서 어떡하라고."

윤성이 돌아섰다. 무시무시할 정도로 차분한 말투였다.

"걱정했니? 난 괜찮아. 내가 살인범이 아니라니 정말 다행이지 뭐냐. 경찰서까지 왔다 갔나? 세상에, 그렇게 정성을 들이다니, 황공하고 성은이 망극하니 이제 그만 이 미물에게서 관심을 꺼주시면 안 되겠냐고 엎드려 빌기라도 해야 속이 시원하겠어?"

윤성의 서늘한 기세에 눌려 민아가 몸을 뒤로 뺐다.

"지금 너희가 하는 건 사과가 아니야. 제 맘 편하자고 뻗대는 거지. 이런 식이면 6호한테는 입도 뻥긋 안 하는 게 좋을 거야. 기분만 더러워지니까."

퍼붓고 나니 오히려 허탈해졌다. 윤성은 속이 뻥 뚫린 것 같은 기분이 들었다. 체온이 2도쯤 내려간 것 같았다. 현아는 가만히 윤성의 말을 듣고 있었다. 얼굴이 점점 창백해졌다. 그녀의 체온도 윤성처럼 내려가고 있었다.

"정말 미안해요."

현아가 말했다. 입술이 파랗게 질려 있었다.

"나는 그저, 최대한 빨리 아저씨에게 사과해야 한다고 생각했어요. 괜한 변명 붙이지 않고 무조건. 그게 아저씰 더 기분 나쁘게 할 줄 몰랐어요."

목소리는 더없이 가라앉아 있었지만, 현아의 얼굴에선 절실함이 묻어났다.

"아저씨가 우리 민아, 도와주려고 한 거 알아요. 형사 아저씨도 부르지 않고, 오너에게도 알리지 않았잖아요. 아저씨가 아무리 차갑게 말해도 아저씨 손은 따뜻한데, 알고 있었는데 아깐 의심했어요. 정말 나쁜 사람일지도 모른다고. 미안해요."

윤성은 가슴이 아파왔다. 어떤 말도 더 듣고 싶지 않았다. 그저, 그녀의 푸른 입술을 따뜻하게 해주고 싶다는 생각이 들었다.

"아저씬 하지 말라고 했지만, 정혁 오빠한테도 정식으로 사과할 거예요. 내일 아침에."

"안 돼!" 이번에는 민아가 현아를 막았다.

"나 혼자 가서 할게. 언닌 정혁 씨한테 잘못한 거 없잖아."

"널 어떻게 믿고 혼자 보내? 지금도 아저씨한테 대들었잖아."

"안 그럴게. 진짜야! 내가 정혁 씨랑 화해하고 인증샷 딱 찍어 보낼게!"

윤성은 순식간에 불쾌해졌다. 현아의 진심에 녹아내릴 뻔했던 마음이 다시 딱딱하게 얼어붙었다. 현아의 동생이라서, 어려서 봐주려고 했더니 더는 무리였다.

"지금 하지?"

윤성이 말했다. 현아와 민아가 놀라 바라보자, 윤성은 말을 이었다.

"내 마음 풀기 위해서라면 뭐든지 한다고 했지. 둘이 6호한테 진심으로 잘못을 구하는 걸 보면 풀릴 것 같아. 내가 보기에 동생은 사과할 맘이 없어. 아까도 그랬고, 지금도 마찬가지야. 용서 못 한다고, 절대 가만 안 둔다고 했지?"

"아, 그게 아니라 말 못할 사정이 있단 말이에요!" 민아가 발을 동동 굴렀다.

"내 손으로 경찰에 신고하기 전에 잠자코 따라와. 언니 진짜 화났어." 현아는 서늘한 얼굴로 민아에게 경고를 날렸다. 그리고 윤성을 똑바로 보며 말했다.

"갈게요."

"오케이, 앞장 서." 윤성이 대답했다.

하나의 세계가 끝났을 때

초인종이 길게 울렸다. 불 꺼진 창을 보며 민아는 제발, 제발, 제발을 거듭 외쳤다. 제발 집에 있지 마라, 있다면 제발 혼자 있어라. 그 애인 놈이랑 같이 나오지 마라. 그러나 희망은 무참히 깨어졌다. 몇 번의 호출 끝에 정혁이 응답했다.

"누구세요."

"늦은 시간에 죄송해요. 저 현아에요."

문을 여는 정혁은 다행히 혼자였다. 민아는 재빨리 일을 끝내야 했다.

"정혁 씨에게 했던 모든 테러, 제가 한 짓입니다. 미안합니다!"

속사포처럼 말을 뱉고 배꼽인사까지 서둘러 끝낸 뒤, 민아는 현아와 윤성을 바라보며 사과했으니 그만 가자는 눈빛을 보냈다.

"장난해?"

한 걸음 뒤에 서 있던 윤성이 팔짱을 꼈다. 정혁은 어리둥절한 채로 현아를 봤다. 현아는 짙은 피로감을 느꼈다. 민아는 현아가 어쩔 해볼 도리가 없는 애였다. 건드릴수록 엉망이 되고 마는.

"이게 무슨 소리야, 2호 분은 왜 오셨고?"

"얘기하자면 길어요. 시간 좀 내줄 수 있어요?" 현아의 말에 정혁이 곤란한 표정을 지었다.

"어떡하지, 지금 손님이 와 계신데."

민아의 얼굴이 사색이 되었다.

"언니, 가자. 손님도 계신데 이거 너무 실례잖아."

"오빠, 나 알아요. 오빠 남자친구 분께도 사과드리고 싶어요."

정혁은 놀란 얼굴로 현아와 윤성을 바라보았다. 현아는 따듯한 미소를 보였고, 윤성은 무표정이었다. 정혁은 잠깐 생각을 정리하고 이야기를 이었다.

"그러니까 네 동생이 날 짝사랑하다가 내가 남자를 만나는 걸 알고 이런 짓들을 벌였다는 거지?”

“미안해요, 오빠.”

정혁은 혼란스러운 얼굴로 세 사람을 바라보았다. 현아가 물기 가득한 눈으로 진심을 전하는 반면, 민아는 똥마려운 강아지처럼 끙끙대고 있었다. 무엇보다 이상한 건 최윤성, 저 사람이었다.

“무슨 일이야?” 집 안에서 남자의 목소리가 들려왔다. 민아는 거의 바지에 큰일이라도 본 듯 절망에 찬 얼굴이었다.

“잠깐만, 얘기 좀 하고 올게.”

정혁은 현관을 열어둔 채, 안으로 들어갔다. 머리가 복잡해진 현아는 지끈거리는 이마에 손을 짚었고, 윤성은 민아에게 내린 벌을 현아가 받고 있는 건 아닐까 하는 생각에 슬슬 자책이 되기 시작할 무렵이었다.

문이 열리고, 정혁과 남자가 함께 나왔다. 두 사람을 보고 현아는 오랜만에, 숨이 멎었다.

“태호…… 태호 씨…… 오태호!”

별 하늘 아래 정혁과 아름답게 입 맞추던 남자, 이 한밤중에 정혁의 집에 함께 있는 남자, 지금 정혁과 다정스레 어깨를 붙이고 서 있는 이 남자…… 분명했다. 현아를 사랑하지 않았던, 현아를 버렸던 태호였다.

*

그날은 겨울의 한가운데였다. 밤이 깊어지자 눈이 내렸다. 현아의 코끝에 눈 한 송이가 떨어졌다. 눈은 어깨 위에도, 구두 위에도 쌓이기 시작했다. 현아는 지난 4시간 동안 그랬던 것처럼 꼼짝하지 않고 서 있었다. 몸을 움츠리며 턱을 떨거나 발을 동동거리지도 않았다. 다만 규칙적으로 새하얀 입김이 흩날리는 것을 지켜보고 있을 뿐이었다.

해가 지면서 기온은 곤두박질치고 있었다. 현아가 지금 기다리고 있는 남자처럼 매정한 추위였다. 매정함은 사람을 마비시킨다. 추위로 얼어붙은 몸은 얼음처럼 깨져버릴 듯 무감각했다. 결혼을 앞두고 느닷없이 사라진 남자 때문에 굳어버린 건지, 현아의 뇌는 논리와 이성 따윈 얼려버리고 그저 '기다리라'는 명령만 되풀이할 뿐이었다.

"현아야……."

남자의 목소리가 등 뒤에서 들렸다. 현아는 잠깐, 숨이 멎었다. 태호가 그녀를 버린 후로 현아는 종종 숨이 멎었다. 고통이 턱 끝까지 차올라 목을 막았다. 정신이 아득하고 눈앞이 캄캄했다. 이런 게 죽음이라고 현아는 생각했다. 눈 깜짝할 사이라

해도 그녀의 영혼은 죽었다가 다시 살아나기를 반복했다. 살아나면 어김없이 고통스러웠다.

"언제부터 여기 서 있었어? 얼굴이 빨갛다."

놀라기는 한 건지, 태호의 눈이 커졌다. 그리고 반짝였다. 저 놈의 반짝이는 눈빛. 어둠 속에서도 그의 눈이 별처럼 아름다워서, 흩날리는 눈발 사이에서도 고요해서 현아는 새삼 짜증이 났다.

"몸부터 녹여야겠다. '4그램'으로 가자."

다정한 태호의 목소리에 현아는 정신이 번쩍 들었다. 그리고 입을 열었다. 4시간 동안 굳게 닫혀 있던 입술에서 쩍 하는 소리가 나는 것 같았다. 진짜로 입술이 찢어졌는지 입 안에서 비릿하게 피 맛이 났다.

"걱정하는 척하지 마. 역겨우니까."

현아의 매서운 반응에 태호가 움찔했다. 현아는 기다렸다는 듯 태호를 몰아붙였다.

"당신, 결혼 파토내고 잠수 탄 남자야. 전화 한 통만 받았어도, 메시지 한 번만 확인했어도 나 여기서 눈사람 될 필요 없었어."

"미안해……."

뱉으면 금세 번져 사라지는 입김처럼 태호의 말 한 마디가 허공에서 소멸했다. 목소리가 사라지자 길목에 눈이 쌓이는 소리만 들려왔다. 현아가 가슴속에서 수많은 저주의 단어를 꺼내 다음 말을 만드는 동안, 눈송이는 유난히 천천히 떨어졌다. 눈이 쌓이기 시작한 태호의 어깨 뒤로 보이는 창문에서 불빛이 켜졌다.

태호가 사는 빌라의 창이었다. 현아는 태호와 만나는 1년 동안 한 번도 그의 집에 들어가보지 못했다. 연애시절, 두 사람은 집 앞, 카페 4그램에서 마주 앉곤 했다. 태호는 엉큼한 마음으로 현아를 으슥한 곳에 데려간 적이 없었다. 키스도 인색했기에 섹스도 아직이었다. 그랬기 때문에 현아는 그를 더 믿음직하다고 생각했다. 나이가 들수록, 여자를 경험할수록 남자들은 성급하게 덤비고 노골적으로 원한다. 하지만 태호는 현아를 '여자'로서 소비하기보다 '인간'으로서 교류하길 원하는 것 같았다. 때문에 현아는 그와의 결혼을 더욱 기대했던 것이다.

현아는 눈송이가 쌓이는 태호의 어깨를 바라보았다. 그때, 그의 빌라 창가에서 누군가의 그림자가 어른거렸다.

"여자…… 생겼어? 다른 사람 좋아진 거야?"

태호는 더욱 입을 꾹 다물고 현아를 바라보았다.

"솔직하게 말해줘. 태호 씨가 진실을 얘기하면 나도 받아들일게."

태호의 검은 눈동자가 흩어졌다가 모였다. 망설이고 있다는 증거였다. 현아는 꼭꼭 숨겨둔 무언가를 내뱉으려고, 아니 내뱉지 않으려고 애를 쓰는 태호의 표정에 심기가 뒤틀렸다.

"아니. 말만 듣고는 포기 못 해. 내 눈으로 직접 볼래. 앞장서."

현아의 어퍼컷이 제대로 들어갔다. 태호는 금방이라도 녹다운 될 것 같은 표정을 지었다.

"지금 태호 씨 집에 있잖아. 집 앞에서 진치고 있는 무섭고 지긋지긋한 옛 여자 정리하고 돌아오길 기다리고 있는 거 아냐? 당신이 들어오면 고생했다, 속상했지, 하면서 등이라도 토닥여주겠지. 가슴 아픈 로맨스 영화 주인공처럼 울고불고 하는 꼴, 내 두 눈으로 똑똑히 봐야겠어."

"미안해……."

"그러니까 올라가자고."

"미안해……."

"그만!" 태호의 한결같은 반응에 현아는 소리를 질렀다. 다시 정적이 흘렀다. 태호의 빌라 창문가에서 서성이던 그림자도 움직임을 멈췄다. 골목길에 눈이 쌓이는 소리, 눈송이끼리

부딪히는 소리가 들려왔다.

"그 미안하단 소리는 수백 번도 더 들었어. 귀가 짓무를 때까지, 당신이 발음하는 한 음 한 음, 떨리는 파동까지 눈 감고도 구별할 수 있도록 들었다고. 그러니까 말해봐. 다른 사람이 좋아졌다고, 내가 싫어졌다고, 아님 무슨 죽을병이라도 걸렸다고. 이유를 말해 보라고. 왜 그랬어? 왜 나를 버렸어. 왜 하필 이런 식으로, 왜!"

태호는 말이 없었다. 눈발이 그의 앞머리를 적시고 있었다. 현아가 긴 머릴 좋아한다고 해서 내내 고집해온 반삭을 포기했던 남자. 무엇이, 혹은 누가 그로 하여금 현아를 포기하도록 만든 건지, 현아가 알고 싶은 건 그것뿐이었다. 태호의 입으로 듣고 싶었다. 잔인할 게 뻔했고, 마음을 베일 게 분명했지만 최종 단계가 없이 끝나는 게임은 없다. 추위보다 더한 수치를 견디고 그를 기다린 건, 바닥에 닿아 몸이 으스러지더라도 이 추락을 끝내고 싶어서였다.

처연한 눈으로 현아를 바라보는 태호의 얼굴에도 고통이 젖어들었다. 서너 발짝 너머에 서 있는 태호가 수억만 리 너머의 별처럼 느껴졌다. 현아는 자신도 모르게 한 걸음 물러났다. 문득, 깨달았다. 태호가 그 말을 한 번도 하지 않았다는 걸. 연인이라면 수없이 했어야 할 그 말을 한 번도 듣지 못했다는 걸.

“당신은…….” 여기까지 말을 하자 온몸의 끄트머리가 저려왔다. 발끝, 손끝, 코끝, 머리끝을 뾰족한 고드름으로 쪼아대는 것 같이 찌릿찌릿했다.

“당신은…… 날 사랑하지 않았어.”

바닥이다. 그것도 차가운 바닥. 지금까지 내뱉은 말들은 적어도 자신을 한 번이라도 사랑했던 사람에게 해야 할 말이었다. 이제 마음이 으스러질 차례였다. 현아는 모든 것은 체념한 사람처럼 말을 이었다.

“그래, 맞아. 그랬구나. 사랑한 적도 없는데 왜 변했냐고 따지고 있는 거구나, 내가.”

“……미안해.”

태호는 똑같은 목소리로, 변함없는 눈빛으로 미안하다는 소리를 반복했다. 하지만 현아는 화가 나지 않았다. 오히려 서글픈 기분이었다. 현아의 입 속으로 짭짤하고 미지근한 것이 스며들었다. 얼어붙은 뺨 위로 흘러내린 눈물이었다. 현아는 눈물이 흘러간 자국이 금세 차가워지고 있는 걸 느꼈다.

“사랑하지도 않았으면서 왜 결혼하자고 했어?”

“할 수 있을 줄 알았어. 당신은 좋은 여자니까.”

“미리 말해줬음 좋았잖아.”

"몇 번이나 얘기하려고 했는데,"

현아는 고갤 끄덕였다.

"내가 바빴지. 작업 땜에 만나기로 한 약속도 몇 번이나 깨고, 전화도 못 받았어. 알아."

"미안해."

"그만해. 이해했다고 해서 용서한단 건 아냐. 당신은 날 모욕했어. 알아?"

"……."

"잊지 마. 내가 태호 씨 잊어도 태호 씨는 나 잊지 마. 당신이 기만한 나라는 여자, 평생 기억하면서 죄책감 갖고 살아."

"그럴게……."

태호의 대답을 뒤로하고 현아는 얼른 뒤돌아섰다. 눈물이 쏟아져버렸기 때문이다. 드디어 끝이 났다. 이 남자와는 더 이상 아무 일이 없을 거라고 생각하자 걷잡을 수 없는 슬픔이 현아의 온몸을 뒤덮었다. 하나의 세계가 끝장나버렸다. 사람을 만나고 사랑을 시작하고 이야기를 나누면서 쌓아올린 세계가 무너졌다. 모퉁이를 돌자마자 현아는 주저앉아 크게 울었다. 애도의 울음이었다.

　태호의 존재를 들킨 그 밤 이후, 정혁은 매일 3호 현아의 문을 두드렸다.

　세상은 그들의 사랑을 금지했다. 좋아졌다고 말들 하지만 그건 어디까지나 멀리서 지켜보는 관찰자의 입장이었다. 존재만으로 혐오당하고, 끽 소리 내지 말고 살라는 협박과도 같은 사회적 암묵 속에 살고 있는 그들의 세상은 좁고 황폐했다. 커밍아웃을 했든, 아우팅을 당했든, 타인을 속이든, 스스로를 속이든, 모두 마찬가지인 세상이었다. 경계가 지나치면 어깨가 뻐근하고 피로감이 쌓인다. 그토록 사랑이 고픈 것도, 숨 쉴 구석이 없기 때문인지도 모른다.

　어린 시절, 다른 남자 아이들이 도랑에서 개구리를 괴롭히며 놀 때, 태호는 물가에 핀 코스모스를 한참 쳐다보곤 했다고 한다. 아들이 계집애처럼 군다고 엄마는 운동을 시켰다. 성실하고 진득한 성격답게 꾸준히 해온 운동은 직업이 되었고, 잘나가는 헬스클럽 트레이너로 근무하는 중 고객으로 정혁과 만났다. 둘은 한눈에 서로를 알아봤지만 태호는 모른 척했다. 그럴 수밖에 없었다. 친구들과 부모님께 일찌감치 커밍아웃을 한 정혁과는 달리, 그는 결혼을 앞둔 새신랑이었다. 부모님께,

약혼녀에게 상처를 주고 싶지 않다는 이유로 스스로를 후벼
파 곪아가고 있었다. 거침없이 대시하는 정혁을 거절할 때조
차 그는 조심스러웠다. 길을 걷다 꽃이라도 밟을까봐 내내 고
개를 숙이던 소년의 고운 영혼이 태호에게 여전히 남아 있었
다.

"미안합니다, 죄송합니다."

태어난 것이 죄인 양, 태호는 늘 사과했다. 정혁에게서 느끼
는 짜릿한 감정을 모른 척하는 것도, 사랑 없는 결혼으로 현아
를 내내 속여야 하는 것도, 가장 무도회의 가면을 쓰고 스스로
의 행복을 포기하는 것까지도 송구스러워 어쩔 줄 몰라 하는
그의 얼굴은 늘 조금 어두웠다.

정혁은 태호에게 숨구멍이 되고 싶었다. 웃어도 우는 것 같
은 태호의 얼굴에 아무 근심 없는 큰 웃음을 활짝 피워주고 싶
었다. 그것이 사랑이 아니고 무엇이겠냐고, 정혁은 확신했다.

태호의 마음이 여기에 이르기까지의 여정은 멀고 험했다.
자신의 감정을 인정하는 것은 작은 돌부리에 불과했다. 약혼
녀와의 이별이라는 큰 물살 앞에서 태호는 길을 잃었다. 태어
나 처음으로 나쁜 놈이 되는 일이었다. 그것이 쉬웠다면 결혼
을 추진하지도 않았을 것이다. 게다가 꿈꾸던 작업을 하게 된
약혼녀가 일에 치이는 바람에 전개는 빠르게 흘러만 갔다.

아니, 아니다. 변명이 길다. 사람이 사람을 버리는 일이 원활할 리가 없다. 그래선 안 된다. 나쁜 놈이 되기 싫어도 이별을 원하는 자는 잔인해지거나 무자비해져야 했다. 관계는 끝을 보지 않으면 끝나지 않는다. 그건 아마도, 관계라는 것이 사랑처럼 처음부터 스스로 완성된 것이 아니기 때문이리라. 한눈에 품은 사랑은 첫 호흡부터 완벽해질 수 있다. 오롯이 한 사람만의 감정에서 비롯되기 때문이다. 하지만 관계는 다르다. 두 사람이 쌓아올리는 관계는 생명과도 같아서, 잉태와 출산, 부침과 성장을 거치게 마련이다. 미련이 죽어야, 가느다란 희망마저 소멸해야, 양쪽 모두 죽음과 같은 끝을 맞는다.

사랑에 있어선 내 편일 거라 확신했던 현아가 태호와 마주친 후 정혁은 조바심이 나서 잠을 이룰 수가 없었다. 사람의 인지능력은 때론 신비하고 이상해서, 아무도 말해주지 않아도 총체적 진실을 단박에 알아챌 때가 있다. 정혁은 아무 일도 없던 아침, 눈을 뜨고 천장을 바라보며 자신이 게이란 사실을 깨달았던 열세 살의 어느 날을 떠올렸다. 누구나 한 번은 겪는 삶의 분기점. 그날 이전과 이후의 자신이 결코 같지 않으리라는 걸 온몸으로 직감한 순간의 공기와 햇살이 여전히 생생했다.

그 밤, 시체처럼 창백해진 태호의 얼굴을 보고, 정혁은 한순간에 모든 것을 알아버렸다. 자신 때문에 태호에게 버림받은 약혼녀가 바로 3호 현아라는 것도. 안전할 거라고 생각하고 숨어들어온 싱글빌에서 과거를 마주친 태호가 다시 두더지처럼 깊은 어둠 속을 파 들어가리라는 것도.

정혁은 직접 두드렸다. 현아를 끌어내야, 태호도 햇빛을 볼 수 있기 때문이었다. 이기적이라 해도 할 수 없다. 그의 사랑이 두더지가 된다는 건 받아들일 수 없었다. 그의 여리고 고운 심성에 반해놓고서, 고통 앞에서 홀로 동굴 속에 은둔하는 성격을 비난한다는 것은 비겁한 일이라고 정혁은 생각했다. 한 사람을 이루는 것들은 장점이든 단점이든 서로 어지럽게 얽혀 있다. 모든 것이 그이다. 그를 바꿀 생각에 골몰하기보다, 그를 사랑할 궁리를 해야 하는 것이다.

일단 부딪치자. 정혁은 해가 지고서도 골목에 계속 남아 있는 술래처럼 끈질기게 현아의 집 문을 두드렸다. 정혁의 어깨 위로 물방울이 떨어졌다. 처마에 매달린 고드름에서 떨어진 것이었다. 두터운 모직 코트 위로 진한 회색 동그라미가 점점이 퍼져갔다. 평소 옷에 작은 얼룩이라도 묻으면 질색했지만, 그는 털어낼 생각은 하지도 못한 채 망부석처럼 서 있었다.

"그래 갖고 나오겠습니까?"

윤성이었다. 언제부터 보고 있었는지 무척 지루한 표정으로 슬금슬금 걸어 나오더니, 툭툭, 정혁의 어깨에 맺힌 물방울을 무심히 털어냈다.

"정말 나오길 바라는 겁니까, 아님 그냥 맘 편해지려고 벌서고 있는 겁니까."

윤성이 말했다. 위해주는 건지, 비꼬는 건지 알 수 없는 말투였다. 그는 정혁이 현아를 쫓고 있는 동안, 뒤에서 몰래 정혁을 지켜보았다. 두드리는 정혁과 굳게 닫힌 문 너머의 현아를 윤성은 내내 주시했다. 언제 치고 나가야 할지 재는 동안, 정혁은 매일같이 어리석은 짓을 되풀이했다. 적어도 윤성이 보기엔 그랬다.

"상관하지 말고 볼일 보시죠."

정혁의 입장에서 윤성은 불청객이었다. 그 밤의 삼자대면에서도 그랬고 지금도 그렇다. 애초부터 재수가 없었다. 정혁은 윤성을 보며 이렇게 오지랖이 넓으니 세상도 사랑도 귀찮지, 라고 생각했다. 윤성의 손길이 닿은 외투를 정혁은 다시 한 번 털어냈다.

"내가 이 집에 볼일이 있거든요. 그쪽이 매일같이 시위한답시고 지키고 선 바로 이 집."

시위도 아니고, 형벌도 아니니 함부로 말하지 말라고 정혁
이 항변하기도 전에 윤성이 주먹 쥔 손으로 현아의 문을 힘껏
두드렸다.

사랑에는 자국이 남는다

"시끄럽기도 하네."

헤드폰을 빼며, 현아는 코끝을 찡긋거렸다. 조그맣게 음악 소리가 들려왔다. 멜로디는 사라지고, 비트만 쿵쾅거렸다. 현아는 창밖을 바라보았다. 눈이 소복이 쌓인 자작나무 숲이 보였다.

'태호 씨에겐 이곳이 마가리였을까.'

현아는 백석의 시를 떠올렸다. 세상 같은 건 더러워서 피하는 거라고 했던가, 그래서 산속에 숨어들어 마가리에 살고 싶다고 했던가. 거칠게 문을 내리치는 소리 따윈 들리지도 않는 듯, 현아는 그저 눈앞의 풍경을 넋 놓고 바라보고만 있었다. 지난 며칠간, 현아는 깨어 있는 시간의 대부분을 이 통창 앞에서 보냈다.

껑충하게 키 큰 자작나무들이 다닥다닥 모여 서 있었다. 현아의 자리에서 두 나무 사이는 팔만 뻗으면 손을 맞잡을 수 있을 정도로 가까워 보였다. 하지만 실제론 그렇지 않다는 걸, 그녀는 잘 알고 있었다. 어른 걸음으로 최소한 대여섯 발은 떨어져 있을 것이다. 가지 끝마다 걸려 있는 흰 눈이 따뜻해 보였다. 실제론 차가울 것이다. 모든 것이 뒤죽박죽이었다. 멀리서 보면 그럴듯하지만, 가까이서 보면 냉엄했다.

싱글빌도 오태호도 나 강현아도 모두 아이러니 투성이라고 그녀는 생각했다. 싱글빌에 처음 입주할 때부터 가장 마음에 들었던 자작나무 숲은 일종의 울타리였다. 고독과 은신의 보호막. 도피를 미화시켜주는 오브제.

'태호 씨도, 나도 모두 도망쳐 들어왔구나.'

태호는 백석을 좋아했다. 현아가 가장 좋아하는 시인이 백석이었다. 동화는 성윤, 시는 백석이지, 입버릇처럼 찬양했었다. 어색한 선 자리에서 백석과 길상화의 이야기를 나누며 이 남자라면, 하고 생각했던 것도 같다.

세상 같은 건 더러워서 버리는 것이라고 노래한 백석이 결국 나타샤와 재회하지 못하고 홀로 만주로 떠난 걸 두고 태호

는 마음이 아프다 했고, 현아는 결국 여자를 잡지 못한 백석이
유약한 것 아니냐 했다.

함부로 말하지 말 것을. 약하다 비겁하다 비난하지 말 것을.
그랬다면 태호가 진실을 말해주었을까. 진실을 알고서 끝을
맺었다면 그 끝이 조금 더 나았을까. 갑자기 문 두드리는 소리
가 크게 들렸다. 현아는 결국 자리에서 일어섰다.

"그만 좀 하라고!"

문을 벌컥 열고서 맞닥뜨린 얼굴에 놀라, 현아는 요, 자를 뒤
늦게 덧붙이고 말았다. 어쩐지 늘 얌전히 노크하던 소리가 갑
자기 요란해졌다 했더니, 윤성의 짓이었다.

"지금 나한테 소리 지른 거야?" 윤성이 눈을 세모꼴로 치켜
떴다.

"내 맘이에요! 아저씨가 하라는 대로 다 했잖아. 그러다 독
박 썼잖아. 뭐가 더 필요해서 왔어요? 무슨 꼴을 더 보려고!"

"다시 계산해 오라며. 근데 번호표 기다리고 있긴 너무 지루
해서."

윤성은 고갯짓으로 정혁을 가리켰다. 멀뚱하게 거리를 두고
서 있던 정혁이 어색한 표정을 지어보였다. 현아는 윤성을 쏘
아 보았다. 싱글빌 전체에 쌓여 있는 한겨울 눈을 다 녹여버릴

기세의 불꽃같은 눈빛이었다.

"난 이쯤에서 빠지겠습니다. 두 사람이 알아서 하십쇼."

윤성이 돌아섰다. 번호표를 뽑은 것은 사실이었다. 현아가 과거를 깨끗이 떠나보내야 할 이유가 윤성에겐 있었다. 윤성이 대문을 나설 때까지 정혁과 현아는 물끄러미 서로를 보기만 했다.

"우리, 얘기 좀 해야 하지 않아?" 정혁이 먼저 입을 뗐다.

"10분 뒤에, 숲에서 봐요." 현아가 문을 쾅 닫고 들어갔다.

*

"동생이 한 일은 그냥 넘어가는 게 나을 것 같아."

"당연히 그래야 하는 거 아니에요?"

"너도 우리가 당해도 싸다고 생각하는 거야?"

"글쎄요, 그치만 민아가 왜 그랬는지는 알 것 같아요. 나도 맘 같아선 사장님한테 연애하는 사람 있다고 확 일러버리고 싶기도 하니까."

"우리한텐 여기가 마지막 희망이야"

"그건 모두가 마찬가지예요. 왜 하필 여기로 와서 나한테 들킨 거예요?"

"태호가 널 피해 숨어살기라도 해야 한단 뜻이야?"

"양심이 있으면 한동안은 그렇게라도 해야겠죠."

"현아야, 너한텐 상처라는 거 알아. 하지만 거꾸로 생각해
봐. 태호와 결혼했으면 안정적이었을진 몰라도, 한편으로 내내
불행했을 거야. 오히려 예정된 파국을 피할 수 있었던 거 아닐
까?"

"알아요, 그 사람, 끝까지 거짓말하진 못했겠죠."

"그렇게 이해해주면 안 돼? 너만큼 태호도, 우리도 괴롭고
아팠어."

"그런데 그 말을 왜 오빠가 하는 거죠? 내가 알았던 사람은
오태호예요. 내게 상처준 사람도 그 남자구요. 왜 그 사람은 내
게 일언반구도 없는데 오빠가 변명하지 못해 안달인 거냐구
요."

눈발이 날렸다. 마주 선 정혁과 현아 사이에 어지럽게 춤을
추는 것이 꼭 흰 나비 같았다. 아무 말도 하지 못한 채 입을 다
문 정혁을 현아는 한참 바라보았다. 저 남자의 어깨에 짊어진
사랑의 무게를 자신을 결코 알지 못할 것이다. 끝끝내 태호 탓
을 하지 않는 정혁은 절실했다.

하지만, 그들의 사랑이 진실하고 숭고하기에 내가 인내해야

한다는 건 개떡 같은 소리다. 그들의 러브스토리에 자신은 하나의 에피소드에 등장하는 '스쳐간 여자1' 정도가 되어 하찮은 후일담으로 남겨지는 게 못 견디게 싫었다. 그들에게는 한 고비였을지 몰라도, 현아에겐 인생의 한 토막이었다. 탓할 수 없을지도 모른다. 하지만 누군가 내게 진지하게 사과해야 하는 것 아닌가. 쏟아지는 눈발 속에 현아는 와락, 외로워졌다.

"날 좀 내버려둬요."

현아가 돌아섰다. 정혁은 그대로 나무처럼 서 있었다. 현아는 천천히 한걸음씩 나왔다. 발걸음을 내딛을 때마다 발목까지 눈이 폭폭 파였다. 눈은 균일하게 쌓여 있는데, 현아는 왠지 더욱 더 깊은 늪 속에 빠져드는 기분이었다. 다리가 후들거리고, 발이 무거웠다. 게다가 걸음마다 조금씩 더 서러워졌다.

숲 입구에 다다를 무렵, 현아의 기분은 말 그대로 엉망진창이 되고 말았다. 숲속에선 빠져나왔지만, 여전한 현실이 아가리를 벌리고 있었다. 멋진 여자가 되겠다는 허무맹랑한 계획도 실패로 돌아갔고, 새로워지겠다는 다짐도 정혁과 태호 앞에서 무너졌다. 사랑에 걷어차인 마음의 엉덩이가 여전히 욱신거리는 느낌이었다. 현아는 코를 잡았다. 눈물이 날 것 같았기 때문이었다. 꿀떡꿀떡 겨우 몇 번의 울음을 삼키고 다시 걷기 시작하는데, 눈앞에 윤성이 서 있었다. 분명히 윤성이 간 것을 확인했는데, 어떻게 알고 여기 온 걸까. 정혁과의 이야기를 들었을까, 태호와의 관계를 눈치 챘을까, 현아는 문득 자신이 최악일 때마다 그가 나타났던 것을 되새겼다. 그동안은 그를 만나 최악이 된 거라고 생각했는데, 어쩌면 그게 아닐 수 있겠다 싶은 생각이 처음으로 들었다.

언제부터 서 있었는지 윤성의 머리와 어깨에 눈이 소복하게 쌓여 있었다. 날렵하게 뻗은 코끝이 새빨갛게 얼어 있었다.

"날 놀리려고 여태 서 있었던 거예요?"

윤성은 대답하지 않았다.

"그래요, 아무 말도 하지 않는 게 좋겠어요. 아저씨랑 말 섞으면 괜히 싸우게 되니까. 나, 지금 되게 지쳤거든요."

윤성은 역시 대답하지 않고 가만히 현아를 바라보았다. 눈에 젖은 앞 머리칼이 부드럽게 그의 이마를 뒤덮고 있었다. 속눈썹에 눈송이 하나가 붙어 깜박거릴 때마다 흰 빛이 반짝이는 것 같았다. 현아는 속이 울렁거렸다. 아까 억지로 넘긴 울음들이 다시 역류할 것만 같았다. 반사적으로 현아는 코를 잡았다. 울지 말자. 울면 큰일 된다. 자존심 상하게 울지 말자.

발소리를 내며 윤성이 다가왔다. 그의 입김이 현아의 얼굴에 닿았다. 윤성은 무릎을 굽혔다. 현아의 키 높이에 맞춰 몸을 구부린 채 그녀의 얼굴을 들여다보았다. 두 사람의 눈동자가 마주쳤다. 두 사람은 서로의 눈 속에 비친 서로를 바라보았다. 현아의 눈에 그렁그렁 눈물이 맺혀, 윤성의 그림자가 흔들렸다.

"괜찮아?"

윤성의 낮은 목소리가 허공을 갈랐다. 현아는 고개를 끄덕였지만, 동시에 눈물이 주르륵 흘렀다. 윤성의 얼굴이 이루 말할 수 없이 쓸쓸해졌다. 그게 슬퍼 현아는 더 눈물이 났다. 윤성은 그저 현아의 눈물을 몇 번이고 닦아주기만 할 뿐, 그만 그치라거나 울지 말라거나 하는 서툰 말은 하지 않았다. 다만 몇 번이고 그녀의 등을 도닥이려고 팔을 올렸다가 몰래 내릴 뿐이었다. 현아는 그저 자신의 얼굴과 슬픔을 윤성에게 맡긴 채 한참을 서서 울었다.

윤성은 결국, 현아를 끌어 당겨 품속에 깊이 껴안았다.

흰 눈밭 위로 흐릿한 그림자가 보였다. 거칠게 뺨을 때리던 눈발이 어느 틈엔가 그치고, 짙은 구름 사이로 해가 고개를 내밀었다. 뿌연 공기 탓에 선도 색도 선명하지 않았다. 그러나 그림자는 분명히 두 개였고, 함께 걷고 있었다.

멀지도 가깝지도 않게 두 사람은 나란히 걸었다. 아무 말이 없었다. 일부러 맞춘 것도 아닌데, 오른발, 왼발 같은 순서로 발을 디뎠다. 후, 날숨을 내쉬고 들숨을 들이쉬는 박자마저 묘하게 맞아 들어가, 벌판을 가로지르는 발소리는 마치 한 사람의 것 같았다.

"걸을까?"

현아를 깊이 안고 난 뒤, 윤성이 한 말은 한 마디뿐이었다. 현아 또한 아무 말도 하지 않고 그저 힘주어 고개를 끄덕였다. '왜, 어째서, 언제부터' 같은 의문이나 '설마, 혹시, 어쩜' 같은 의구심도 들지 않았다. 그저 하얗게 모든 것이 차곡차곡 쌓여 고요해지는 기분이었다. 아무 말도 필요 없는 평화였다. 같이 걸을까. 희한하게도 그 말에는 온기가 있었다. 윤성과는 새끼손가락 하나 맞닿아 있지 않았지만, 그의 품에 안겼을 때만큼 따뜻한 기분으로 현아는 걷고 있었다.

한낮 속의 밤. 햇빛이 약해 어두컴컴하면서도 새하얀 눈이 환했고, 무엇보다 세상에 단 둘만 있는 것 같은 다정한 고독감이 느껴졌다. 밤은 깊어갔다. 숲에서 시작돼 마을 입구로 이어지는 길의 교차점에서 울타리는 끝이 났다.

윤성은 문득 걸음을 멈추고 뒤를 돌아보았다. 울타리를 따라 깔아놓은 보도블록이 무색할 만큼 눈이 쌓여 있었다. 길과 길이 아닌 곳의 경계가 사라지고, 넓은 벌판으로 환치된 땅이 희게 빛났다. 오직 두 사람이 걸어온 발자국만 설원을 삐뚤빼뚤 가로지르고 있었다.

"무섭다."

윤성의 입에서 나온 두 번째 말이었다. 현아는 윤성의 곁에 멈춰 섰다. 윤성을 올려다는 보는 현아의 눈이 맑았다. 그 눈빛에 윤성이 대답했다.

"자국이 남는 거."

"문득 돌아보면 깜짝 놀라죠. 반듯하게 걸어온 줄 알았는데, 휘청거리고 비뚤거린 자국이 선연해서."

윤성은 새롭게 현아를 보았다. 윤성은 어쩌면 생각보다 더 많은 부분을 이 여자에게 읽혔는지도 모르겠다고 생각했다. 이미 잴 수도 없을 만큼 가득 들어찬 감정의 밀물은 여기서부터 비롯된 것일지도 모르겠다고.

타인을 완전히 이해하기는 불가능한 일이라고 윤성은 확신하는 편이었다. 아침저녁으로 죽 끓듯 뒤집히는 변덕과 허약한 이기심들을 스스로도 알지 못하는데, 누가 누굴 알고, 이해한다는 말인가. 윤성은 감정과 본성에 대해서만은 이해라는 단어를 신뢰하지 않았다.

이해해야만 사랑을 할 수 있다는 건, 윤성이 생각할 땐 일종의 판타지였다. 완전히 이해 받을 수 없기에 존재의 외로움은 어떻게 해도 해결되지 않는다. 그런데 신기한 것은 오히려 그렇기 때문에 조금이라도 이해받으면 덥석 감동하고 마는 것이다.

이해받을 수 없다는 걸 알기에, 약간의 이해에도 무너지는 걸 알기에, 사람이라면 누구나 '읽히고 싶은 욕망'이 있는 거라고 윤성은 생각했다.

나를 읽어주세요

친구와 시시껄렁한 농담을 나누며, 연인과 은은한 촛불 아래 눈을 맞추며 실은 내내, 속으로 외치고 있는지도 모른다.

나를 읽어주세요.

내 속에 흩어진 영혼의 글자들을 모아, 나도 알지 못했던 문장으로 나를 완성시켜 주기를. 나도 몰랐던 내 모습을 비춰주기를, 그런 불가능한 찰나를 꿈꾸며 소망하고 있는 것이다. 윤성은 현아와 자신 사이에서 그 짧은 순간, 뇌가 인지하기도 전에 지나가버리고 마는 그런 찰나들이 몇 번이나 스쳐갔을까 궁금해졌다.

"되돌리려고 애쓴 적, 있죠?"
이번에는 현아가 물어왔다. 윤성이 대답할 차례였다.

15년 전

'열, 아홉, 여덟, 일곱, 여섯, 다섯, 넷, 셋, 둘, 둘, 둘!'

하나를 남기고 뺨을 맞았다. 매미가 맴맴 울었다. 눈물 대신 땀이 주르륵, 흘러내렸다. 열에서 하나 모자란 아홉을 세는 동안 멀어져갔던 그녀가 순식간에 뛰어 돌아와 뺨을 날렸다. 여린 손목이었다. 당연히 하나도 아프지 않았다. 오히려 빗맞힌 그녀의 손목이 금세 빨갛게 물드는 것을, 스무 살의 윤성은 잠자코 바라보았다.

그녀는 어린애처럼 굴지 마, 라고 했었다. 아니, 기억이 잘 나지 않는다.

맴맴, 선명한 매미소리. 그 외의 소리는 부유하는 소음처럼 의식 속에 웅웅거릴 뿐이다. 차라리 잘됐어, 라고도 했었던 것 같다. 철없어. 한심해. 웅웅. 머저리. 꺼져. 잊어버릴 거야. 넌 절대 몰라. 나쁜 새끼. 맴맴. 남김없이. 끝까지 넌 네 자리에 버티고 서서…… 맴맴매앰.

태양까지도 비명을 지르고 있는 것 같이 시끄러운 여름의 낮이었다. 그러다 갑자기, 모든 것이 뚝 그쳤다. 누군가 음소거 버튼을 누른 듯, 아무 소리 없는 진공의 공간이 된 듯, 그녀의 목소리만 정확하게 들렸다.

"이제 아기는 없어. 내가 없앴어."

뜨거운 아스팔트가 뿜어내는 아지랑이 사이로, 그녀의 입술이 유난히 천천히 움직였다. 한 자 한 자, 씹어뱉듯이 말하는 바람에 이를 악물었던 것도 같았다.

"내가 끝이라고 말하기 전에, 우리는 이미 끝나 있었어."

그것도 모르고 넌 열을 세고 있는 거니, 라고 했을 때부터 다시 매미가 울어댔던 것 같다. 다시 돌아선 그녀의 등 양쪽에 날개뼈가 도드라져 보였다. 말랐지만 강인해 보였고 한편으론 한없이 외로워 보였다.

그날, 그녀가 울었나…… 기억나지 않는다. 이상하게 얼굴이 생각나지 않았다. 다만 또각또각 멀어지던 그녀의 꼿꼿한 뒷모습만 뚜렷하게 떠올랐다. 긴 머리를 아무렇게나 올려 묶어 앞으로 걸어갈 때마다 잔머리가 흘러 내렸다. 긴 팔 셔츠를 동동 걷어 올린 팔목이 횅했고, 짧은 트레이닝 바지 아래로 쭉 뻗은 다리에 힘이 들어가 있었다. 단호한 의지였다. 나는 이제부터 너에게서 떠날 거라고 소리치는 근육들이 불긋하게 솟아 있었다.

낮은 굽의 샌들이 소리를 낼 때마다 그녀는 그에게서 멀어지고 있었다. 그녀가 한없이 멀어져 점이 될 때까지 스무 살 윤성은 그대로 서 있었다. 점마저 완전히 보이지 않게 되어도 그녀의 발소리가 환청처럼 계속 들렸다.

스무 살 윤성은 입을 벌렸다. 마지막 남은 '하나'를 외치기 위해서였지만, 무언가가 목 끝까지 차올라 아무 말도 할 수 없었다. 열을 세기 전에 돌아와, 다 세고 나면 진짜 끝이야. 라고 말했다. 윤성은 결국 '하나'를 소리 내어 말하지 못했다. 그날부터 지금까지 윤성의 정신 한 구석은 내내, 그 여름의 자리에 못 박혀 있었다.

하나가 남은 마음. 그 마음으로 살아왔다.

*

"애쓰지 않았어. 그저, 계속 겁에 질려 있었던 거지."

현아는 조심스럽게 손을 들어 윤성의 등을 쓸어주었다. 현아의 집 거실에 두 사람은 나란히 무릎을 안고 앉아 있었다. 주전자가 소리 없이 달아오르기 시작했다.

"아저씨는요, 그날 아저씬 어땠는데요. 울었어요?"

"글쎄, 역시 기억이 잘 안 나. 화가 났던 것 같아."

"그 사람보다, 아저씨한테?"

윤성은 말없이 고갤 끄덕였다. 현아의 작고 차가운 손이 윤성의 등을 계속 부드럽게 쓸었다. 윤성의 체온을 넘겨받고, 맞닿은 마찰의 열기로 현아의 손은 점점 따뜻해졌다. 주전자가 소리를 내기 시작하자, 현아가 일어나 차를 타기 시작했다.

"아는 언니 얘기해줄까요. 이 얘기, 진짜 아무한테도 안 한 건데."

윤성이 현아를 바라보았다. 현아는 그에게 너무 가혹한 걸까, 잠깐 생각해보았다. 하지만 윤성에게 꼭 말해주고 싶은 것이 있었다.

"영화할 때 알았던 언닌데, 진짜 멋져서 내가 졸졸 따라다녔거든요. 그러다보니까 서로 비밀 이야기도 하게 됐는데. 그 언니도 스무 살에 비슷한 일이 있었대요. 고민하던 중에 자연유산됐다고. 언니가 그랬거든요. 너무 어렸다고. 그 남자도 나도."

현아는 윤성을 외면하고 있었다. 티백의 포장지를 벗겨 내 일부러 하나씩 쓰레기통에 버리고, 높은 찬장에 일부러 의자를 대고 올라 찻상용 도자기 주전자를 꺼내 물을 따라내고, 거름망을 꺼내 오고. 그렇게 계속 몸을 움직이며 옛날이야기 해 주듯, 덤덤하게 말을 이어갔다.

"이미 일어난 일을 받아들일 힘도 없었고, 해결할 능력도 물론 없었고, 무엇보다 서로가 두려워한다는 걸 품어줄 만큼의 여유가 없었다고. 언니가 말했어요. 남자가 찌질하게 뒤로 물러서고, 도망가는 게 눈에 뻔히 보여서 정말 실망하고 분노했는데. 사실은 그 남자도 무척, 두려웠을 거란 생각을 몇 년 뒤에야 했대요."

현아가 윤성에게 잔을 내밀었다. 한 손에 쏙 들어오는 작은 찻잔에는 라벤더티가 담겨 있었다. 한 모금 넘기자 목을 타고 넘어가는 따뜻한 물의 흐름이 그대로 느껴졌다.

"근데 난 여전히 그 남자가 찌질이라고 생각해요."

윤성의 목으로 넘어가던 차가 다시 올라왔다. 윤성은 몇 번 컥컥, 기침을 했다.

"괜찮아요?"

현아가 물었다. 윤성은 고개를 끄덕했다. 아주 약간의 미소가 윤성의 입술 끝에 걸렸다.

“물어봐줬어야죠. 안 그래요?”

현아의 말이 이리저리 뒤엉켰다. 윤성은 가만히 정신을 모아 이야기를 이어 붙여갔다.

“찌질이한테 하는 말인가.”

“물어봤어야지, 말을 해줬어야지. 두렵다고. 무섭다고. 넌 어 떠냐고. 괜찮냐고.”

현아가 맑은 눈으로 윤성을 바라보았다.

“아까, 아저씨가 나한테 해줬던 것처럼, 안아줬어야지.”

윤성의 목울대가 뜨끈해졌다. 현아의 말은 과거의 어린 윤성에게는 따가운 매질이었다. 그러면서 동시에 지금의 윤성에게는 따뜻한 포옹이었다. 존재의 외로움은 어떻게 해도 해결되지 않는다. 하지만 어쩌면 그렇기 때문에 ‘외로울 때 함께 있어줄게’라는 약속이 더 필요하다는 걸, 현아는 윤성에게 가르쳐주고 있었다.

자신의 찻잔을 두 손으로 소중히 감싼 채, 현아는 윤성을 마주보고 앉았다. 두 사람은 미소를 나눴다. 창 밖에 노을이 내려앉고 있었다. 진짜 밤이 시작되려 하고 있었다. 두 사람 앞으로 주어질 다음 저녁들에는 현아의 이야기를 더 많이 들어봐야겠다고 윤성은 생각했다. 일단은 태호 이야기부터 풀어내야 할 텐데, 속이 좀 쓰리려나. 윤성은 자기도 모르게 피식 웃음을 흘렸다.

시간차 산책

성민은 기지개를 켜며 식탁에 앉았다. 미인이 북엇국을 내왔다.

"맛있겠다!" 숟가락을 드는 성민 앞에 미인이 털썩 앉으며 말했다.

"왜 자꾸 이런 걸 끓여놔요."

"새벽에 잠깐 일어나서 하면 되는데, 뭐. 끓여놓으면 이렇게 떠다주니까 고 맛에."

미인은 흐흐, 하고 웃어넘기려는 성민을 미워할 수가 없었다. 그러니까 성민이 수사에 처참히 실패하고, 개인용 공포탄을 발사한 것과 수갑을 사용한 것에 대한 기소유예처분을 받고 돌아온 밤에 두 사람은 또 다시 취했다. 취한다는 것은 위로가 필요하다는 말과 같았다. 미인은 그냥 실수로 여기려 했지만, 두 사람이 서로를 위로할 구실은 자꾸만 생겨났다. 미인이 두 번째 조직검사에서도 암으로 판정받은 날, 성민은 커다란 여행 가방을 짊어지고 나타났다.

"이게 뭐예요?"

"돈이요."

지퍼를 열며 성민은 또 흐흐, 하고 웃었다. 과연 가방 안은 5만원 다발이 가득했다. 영화에서 은행 강도들이 탈취한 가방 같았다.

"로또를 맞았지."

그건 비유가 아니었다. 매주 습관처럼 해오던 로또가 5개월 전 더럭, 당첨되었을 때 성민은 모든 것이 다 잘 풀릴 거라고 생각했다. 어쩌면 헤어진 아내와도 재결합하고, 잡히지 않는 범인도 잡을 수 있을 줄만 알았다. 그러나 전제가 다른 문제를 잘못된 공식으로 풀려고 하면 영원히 난제로 남겨진다. 아내와는 돈 때문에 헤어진 게 아니었다. 범인도 물론, 돈 때문에 못 잡는 게 아니었다. 성민은 말 그대로 돈이 억수로 생겼지만, 그 덕분에 해결할 수 있는 건 극히 드물었다. 오히려 돈 때문에 안면 바꿔 매달리는 전 부인의 맨 얼굴을 보는 것 같은 불쾌한 경험들이 주렁주렁 달려버렸다. 누군가에게 내가 로또에 맞은 건 잘못이라고 자백해야 할 것 같은 불편함이 가득했다.

뭘 잘못했는지도 모르면서 무조건 미안하다고 말해버리는 게 제일 싫다고, 헤어진 아내는 말했었다. 그럼 뭐가 문젠지 말을 해달라고 하니 그런 걸 구질구질하게 일일이 얘길 해야 하냐며 핀잔을 받았다. 처음부터 아내의 기분을 맞춰보려고 수시로 문자를 보내고 전화를 했더니 의부증이냐며 되레 화를 냈다. 도도한 남편이 되어보자 싶어 화가 난 아내를 부러 모른 척했더니 사랑도 식고 정도 없다며 이토록 무심한 사람이 동료직원들 밥은 왜 만날 사 먹이냐며 울어댔다.

"그럼 나보고 어쩌라고."

짜증을 낸 건 아마도 헤어지기로 결심하기 직전이었을 것이다. 아무 노력도 하고 싶지 않은 상태, 성민에겐 그게 끝의 신호였다. 끝난 뒤에야 생각했다. 우린 어쩜 서로 맞아 들어가지 않은 톱니바퀴가 아니었을까. 남한테 퍼주기 대마왕이라는 별명으로 불릴 만큼 잔정 있게 굴면서 왜 아내에겐 매몰차게 굴었을까. 포기해버렸을까. 성민은 알 수 없었다.

대신 성민은 혹여 남은 생에 사랑이 다시 찾아오면 후회하지 않기로 결심했다. 인생 오십부터인데, 그동안의 시행착오를 반석 삼아 더 괜찮은 사랑을 지어 올릴 수도 있지 않을까 생각했던 것이다. 그 밤은 미인에겐 실수였을지 몰라도 그에겐 시작이었다. 흰 머리들이 머리칼 속을 점령한 지 몇 년 되었지만, 성민은 아직 남자였다. 처음 봤을 때부터 미인은 예뻤고, 가녀렸고, 귀여웠다. 그거면 충분했다.

"내 앞에서 지금 돈 자랑 하는 거예요? 나, 정미인이에요."

"압니다. 내가 설마 재벌 앞에서 주름 잡겠소. 그리고 당신은 가난해도 돈으로는 살 수 없는 여자란 거 압니다."

"그럼 이건 왜?"

"내 전 재산을 맡긴다는 뜻이오. 그냥 나를 다 줄 테니 오래 살면서 관리 좀 해주쇼."

그날부터, 성민은 자꾸만 미인의 집에 와서 밥을 했다. 저염식 유기농 식단이었다. 미인에겐 다시없을 나날들이었다. 미인은 자꾸만, 자신이 세워놓은 규칙을 깨버리고픈 유혹에 시달려야 했다. 하루만, 일주일만.

*

10시 10분, 윤성은 서둘러 컴퓨터를 덮고 집을 나섰다. 오솔길에 들어서니, 저만치 앞서가고 있는 현아의 등이 보였다. 현아가 뱅글, 뒤를 돌았다. 윤성을 보고는 기우뚱, 몸을 기울였다. 윤성의 입에 미소가 걸렸다.

둘만의 산책 시간이었다. 마음이 통한 뒤로 현아는 윤성의 집에 찾아오지 않았다. 도둑이 제 발 저린다는 속담은 과연 진리였다. 감정이 없을 땐 밤이고 낮이고 찰박찰박 찾아가는 게 아무렇지도 않았는데, 이제는 괜스레 주위를 두리번거리게 되는 것이었다. 함께 걷는 일도 마찬가지였다. 두 사람이 붙어 있으면 뭔가 소문이라도 날듯이 조심스러웠다. 하지만 보고 싶었고, 끊임없이 보고 싶었다. 그래서 생각해낸 것이 바로 시간차 산책이었다.

10시에 현아가 먼저 집을 나서면 10분 뒤에 윤성이 출발한다. 울타리를 따라 숲의 입구까지 간 뒤에 돌아오는 게 둘의 동선이었다. 현아는 딱 한 번 윤성이 출발하는 순간에만 뒤를 돌아보았다. 그러곤 쭉, 앞을 보며 걸었다.

"여깄네."

걷다보면 현아가 남겨놓은 종이를 발견할 수 있었다.

〈별 좀 봐요〉 〈지금 숲 꼭대기에 새 그림자!〉 〈같이 눈 맞으니까 좋다〉 〈지금부터 내 발자국 위로만 오기〉 사소한 문장들 아래로 현아가 좋아하는 흰 당나귀 그림이 마스코트처럼 그려져 있었다. 윤성은 이 사소한 것들이 사랑스러웠다.

시간차 산책의 하이라이트는 두 사람이 엇갈리는 순간이었다. 등만 보이던 현아가 돌아서는 순간부터 윤성의 가슴은 빠르게 요동치기 시작한다. 그리고 그녀가 점점 더 가까이, 가까이 다가온다. 번지는 웃음을 참으려고 뺨을 씰룩거리면서, 가끔은 애태우려 발걸음을 멈추기도 하면서. 그녀가 걷는 길은 그대로 윤성의 마음이었다. 가까이 올수록 현아는 점점 더 커져 마침내 윤성의 마음을 가득 채우고야 말았다.

처음에는 손을 스치는 것도 어려웠다. 절대 멈추지 않기로 약속했기 때문에 박자가 맞지 않았던 것이다. 둘 사이의 호흡이 중요했다. 저 멀리서부터 왼발과 오른발을 맞춰 같은 리듬으로 걸어야만 스치는 손을 꽉 잡을 수 있었다. 앞으로는 운명 핑계대지 말아야지, 그녀를 보고, 저 걸음에 맞춰야지, 라고 윤성은 생각했다. 그러곤 어울리지도 않는 생각을 하는 자신이 우스워 피식, 이상한 행복감에 들떠 피식. 피식피식 자꾸만 웃음을 흘리게 되었다.

그녀가 돌아섰다. 윤성에게로 다가오고 있었다. 윤성은 오늘만은 꼭 계획했던 걸 이루리라, 다짐하곤 긴장했다. 그녀의 얼굴이 점점 더 또렷해졌다. 윤성은 어깨에 힘을 빼고 그녀에게 다가갔다.

"왜 이래요?" 현아가 속삭였다.

"안 멈췄잖아!" 윤성이 웃으며 대꾸했다.

윤성은 지금 현아의 걸음에 맞춰, 뒤로 걷고 있었다. 마주 본 상태로 하나, 둘, 셋, 넷. 현아는 재빨리 주위를 둘러보았다.

"누가 보면 어쩌려고 이래요? 얼른 가요, 얼른!"

"볼 테면 보라지."

윤성이 웃더니 걸음을 멈추었다. 한 발, 두 발, 그리고 키스.

숲의 냄새가 묻어 있는 바람이 두 사람을 부드럽게 감쌌다. 둥실, 두 사람의 몸이 떠올랐다. 윤성과 현아는 입을 맞춘 채 하늘을 날아 별 사이를 유영하며 눈송이를 머금은 구름 위에 눕기도 하고, 바이올린을 켜는 염소의 음악에 맞춰 춤을 추었다.

*

현아의 주방에 새콤달콤한 냄새가 가득했다. 윤성은 땀을 뻘뻘 흘리며 파스타 소스를 볶고 있는 중이었다. "잘돼가요?" 아까부터 부산스레 접시를 챙겨 식탁을 세팅하던 현아가 종종걸음으로 와서 물었다. 윤성은 아무 말도 없이 입술을 쑤욱 내밀었다. 현아는 거실 쪽을 한 번 살피고 쪽, 뽀뽀를 해주었다.

"아, 너무 영혼이 없다."

"얼른 서둘러요. 언니만 오면 바로 내 가야 하니까."

윤성이 삐죽거리며 요리를 계속했다. 현아는 윤성의 등을 사랑스럽게 바라보았다. 언니에게 윤성을 소개할 생각을 하니 벌써부터 기대가 되었다. 연애를 한다는 말에 언니는 무척 기뻐해주었다. 현아는 엊그제 소영의 오피스텔에 가서 이삿짐 싸는 걸 도왔다. 당분간 싱글빌에서 현아와 함께 살기로 결정한 것이다. 현아는 소영이 들어오는 날, 그녀를 위해 온 입주민을 초대해 파티를 하기로 결정했다.

그리하여 윤성은 예정에 없던 주방장이 되어 땀 흘리고 있는 것이었다. 식탁에는 미리 도착한 미인과 성민이 나란히 앉아 있었다. 무슨 일인지 성민은 내내 미인의 눈치를 살피고 있었다.

"아까 한 말, 참말이요?" 성민이 나지막하게 묻자, "나 말 두 번 하는 거 싫어해요" 하며 미인이 일어섰다. 미인은 짧게 숨을 몰아쉬더니 성민을 향해 차갑게 말했다.

"그래도 못 믿겠다면 또 해줄게요. 다신 찾아오지 말아요. 알은체도 말구요."

충격 받은 성민의 얼굴을 뒤로하고 미인이 밖으로 나가버렸다. 조카에게 병을 알리자는 이야기에 이렇게 반응을 할 줄 꿈에도 생각 못했다. 그랬다면 3호의 진짜 주인을 맞는 파티에

오는 길 한복판에서 이야기를 하지는 않았을 것이다. 성민은 미인을 따라 일어섰다. 지금 임소영이나 강현아가 문제가 아니었다. 성민에게 중요한 건 정미인이었다. 그런데 성민이 현관을 여는 순간, 미인이 뛰어 들어왔다. 무엇엔가 놀란 표정이었다.

"왜 그래요? 어디 아파요?" 성민은 걱정스레 미인의 안색을 살폈다. 미인은 성민의 손을 쳐냈다.

"바람 좀 쐬고 온 것뿐이에요." 미인은 숨을 고르더니 꼿꼿이 허리를 폈다.

"들어가요. 손님들 이제 들어올 시간이니까."

수수께끼다. 여자는 정말 수수께끼야. 성민은 생각했다. 퀴즈를 내어 나그네를 죽이던 스핑크스의 머리가 여자인 게 생각났다. 사자의 앞발을 가진 스핑크스는 그 발로 나그네를 후려치고 사마귀처럼 머리부터 잡아먹었겠지. 성민은 부르르, 혼자 몸을 떨고선 미인을 따라 식당으로 들어갔다.

곧 정혁이 도착했다. "혼자 왔어요?" 현아가 물었다. 태호도 함께 초대했기 때문이었다. 원망의 말을 쏟아 부었지만, 현아도 잘 알고 있었다. 탓할 수 없다는 것을. 게다가 현아는 윤성과의 연애로 마음이 몰캉몰캉해졌다. 누군가가 말하지 않았나. 지금 연인의 지난 애인들에게 감사해야 한다고, 이렇게 좋은 사람과 헤어져줘서 내가 만날 수 있었노라고. 따져보면 소름 돋을 만큼 자기본위적인 해석이지만, 현아는 오랜만에 세상의 중심에 있었고, 이 기회에 태호와 정혁과도 화해하고 싶은 마음이 들었다.

"이 앞까지 왔다가 갔어. 도저히 용기가 안 난다고." 정혁이 미소 지었다.

"응, 그 사람 성격이면 그렇겠지. 그럼 자리 하나 치워야겠네." 현아가 빨간 접시를 집어들었을 때였다. 초인종이 울렸다.

"아저씨! 나오세요. 언니 왔어요."

윤성은 앞치마를 벗으며 주방에서 나왔다. 잠깐 도와준다는 게, 하며 멋쩍은 미소를 흘려보았지만 어쩐지 창피한 기분이 들었다. 불기운에 목이 탔다. 잔에 따라놓은 냉수를 벌컥벌컥 마시는데, 그녀가 들어왔다.

건우의 부축을 한사코 거절하며 옅은 웃음으로 현아와 인사를 나누는 여자는 분명히 소영이었다. 윤성의 머릿속에서 그간의 일들이 번쩍번쩍 깜빡였다. 현아의 목소리들이 뒤죽박죽 솟아올랐다.

"안녕하세요. 저는 임소영이고, 나이는 서른다섯입니다."

"페인트 지우는 데 버터가 좋은 건 어떻게 알았어요? 그거 우리 쪽 사람 아님 잘 모르는 건데.”

“전 임소영이 아니에요!”

“다른 사람이 되고 싶었어요. 내가 아는 가장 멋진 여자.”

“영화할 때 알았던 언닌데, 진짜 멋져서 내가 졸졸 따라다녔거든요.”

“그 언니도 스무 살에 비슷한 일이 있었대요.”

윤성의 손에서 잔이 떨어졌다. 와장창, 모든 것이 깨어졌다. 바닥에 물이 차갑게 흘렀다.

퇴거 조치

침묵이 길어지고 있었다. 각기 다른 숨소리가 불규칙하게 중앙 쉼터 안을 채웠다. 주민 회의의 날이라 모두 한곳에 모였지만 오히려 짙어진 이질감이 안개처럼 깔려 있었다. 중대발표를 하겠다고 예고한 미인은 굳은 얼굴로 앉아 있었다. 뒤늦게 쉼터에 들어온 윤성이 조심스럽게 문을 닫고 뒷자리에 앉자, 미인이 입을 열었다.

"정말 유감입니다."

착 가라앉은 목소리였다.

"이런 일이 벌어질 거라고는 생각을 못했습니다."

침통하다고 해야 할지, 참담하다고 해야 할지, 꼬집어 말하기 애매한 목소리였다.

"제가 말씀드렸지요, 싱글빌만의 규칙. 연애 금지요."

모두의 시선이 미인에게 향했다. 윤성도 고개를 들었다. 제일 앞줄에 꼿꼿이 앉아 있는 현아의 등이 보였다. 현아 곁으로 소영이 앉아 있었다. 그날 이후, 현아는 며칠간 본가에 갔다. 윤성 또한 패닉이어서 연락 한 번 하지 못했다. 제일 멀쩡한 건 소영이었다. 소영은 원래부터 그곳에 살았던 양 싱글빌을 활보했다. 낯설었다.

그런데 두 사람이 나란히 앉아 있다니, 여자들의 우정인 건가. 두 사람은 어떤 이야기를 나눴을까. 윤성의 머릿속이 복잡했다. 건우는 불안한 눈빛으로 소영과 미인을 번갈아 바라보고 있었다. 정혁은 늘 앉던 자리에 앉아 언제나 그랬듯 휴대폰으로 태호와 연락을 주고받다가 미인의 말에 놀라 손가락을 멈춘 상태였다. 엉덩이를 들썩거리며 누구보다 제일 안절부절못하는 것은 성민이었다.

"연애 금지 규칙을 어기면 분명히 퇴거 조치를 내린다고 말씀드렸습니다."

호흡이 가쁜 건지, 미인이 긴 한숨을 쉬었다. 성민이 일어났다. 미인이 성민을 바라보았다. 그러고 보니 성민의 얼굴이 말끔했다. 요사이 아침저녁으로 면도를 한 모양이었다.

"고성민 씨, 앉으세요."

"아니, 이제부턴 내가 말하겠습니다. 이런 건 남자가 하는 게 맞지 않겠습니까?"

"무슨 소리 하시는 거예요."

미인은 그동안의 단절로 두 사람이 끝이 난 거라고 생각했다. 왜, 인공위성도 응답하지 않으면 교신에 실패했다고 결론이 나지 않나. 아무래도 이 순진한 사내는 스푸크니트의 라이카가 살아 돌아오길 미련하게 기다리고 있었던 것 같았다. 그렇지 않아도 이 소식에 성민과의 일이 걸려 제 발이 저리던 차였다. 미인은 황급히 진화에 나섰다.

"고성민 씨 이야기가 아니에요. 할 말 있으면 나중에 따로 하시죠."

미인의 일갈에 성민이 자리에 앉았다. 낯이 뜨거운지 손으로 휘휘 부채질을 했다. 한순간 지구로 추락한 스푸크니트가 된 듯, 성민의 머릿속이 아찔했다.

"뭔가 오해하시는 분들이 많은 것 같은데, 바로 말씀드리죠. 제가 알기로 이곳 싱글빌을 비밀 연애의 기지로 사용하시는 분은……."

아무도 말을 하지 않았지만, 공기가 술렁거렸다. 수군대는 마음의 소리들이 소리 없이 번져나갔다. 건우는 소영을 보았다. 윤성은 현아를 바라봤다. 현아는 미동 없이 미인을 향해 똑바로 앉아 있었다. 아무런 동요도 하지 않는 것 같았다. 윤성은 서운했다. 연애, 비밀 같은 단어에 자신을 생각해주지 않은 것에 억울함마저 느껴졌다.

"이정혁 씨입니다. 아닙니까?"

정혁은 그대로 얼어붙었다. 그렇다고도 아니라고도 할 수 없었다. 또 침묵이 흘렀다. 누구 하나 먼저 말을 꺼내는 사람이 없었다. 평소의 성민이라면 에이, 뭐 이깟 일 갖고 이렇게 분위기를 잡아. 풀어, 풀어. 우리끼리 사는 곳, 우리끼리 정하면 되는 게 규칙이지, 안 그렇수? 하면서 분위기를 가볍게 띄웠겠지만, 오늘은 묵묵히 입을 다물고 있었다. 머릿속에 미인과 연애, 유희와 진심 같은 단어들이 한꺼번에 뒤섞여 버렸기 때문이었다. 일찍이 그에게 그런 추상 명사들이 효과를 발휘한 적은 거의 없었다. 그가 지금 품고 있는 의문은 '정혁이 어쩌다가 걸린 거지?'라는 질문이 아니라, '어째서 나를 억지로 앉힌 거지?'라는 궁금증이었다.

성민이 고개를 갸웃거리며 미인과 나눌 대화를 정리해보는 동안, 윤성은 현아와 눈이 마주쳤다. 화사한 현아의 얼굴에서 까만 눈동자가 반짝였다. 현아는 윤성의 시선을 피하지도, 받아치지도 않았다.

*

묵직한 아침이었다. 미인은 몸도 마음도 지쳤다는 말을 온 몸으로 실감하고 있었다. 눈꺼풀을 올리기 위해 용을 써야 할 만큼 머릿속이 띵하고 사지가 처졌다. 기어이 몸을 일으킨 것은 오늘이 정혁이 강제 이사를 나가는 날이기 때문이었다. 미안하지만 본보기 같은 것이라고, 미인은 자위했다. 성민과 미인 자신에게, 그리고 아직도 정신 못 차린 건우에게, 아무래도 수상쩍은 윤성과 현아에게도 강력한 본보기가 필요한 시점이라고 판단한 것이다. 정혁이 게이이라는 건 예상 못한 돌발변수였지만, 그렇다고 눈 감을 순 없는 문제였다. 유감일 뿐이다. 냉정하다 욕해도 어쩔 수 없었다.

강제 이사라는 말이 가지는 무시무시한 뉘앙스에 반발을 겪지 않도록 미인은 특별히 많은 것을 배려했다. 계약금도 일시불로 되돌려주기로 했고, 이사 갈 집을 알아보는 데에도 특별히 회사팀을 배치해주었다. 베풀 호의는 다 보인 셈이었다. 그래도 마지막 가는 길, 웃으며 안녕해야지. 하며 미인은 끙, 몸을 일으켰다.

천천히 샤워를 하고 준비를 한 뒤, 습관처럼 주방 쪽창을 열어

본 미인은 깜짝 놀라고 말았다. 현관 앞에 정혁이 서 있었다. 그것도 머리에 띠를 두르고, 목에 피켓을 걸고 있는 모습이었다.

"각성하라, 각성하라. 입주민의 사생활을 감시하는 싱글빌은 각성하라!"

급히 숄을 걸치고 나온 미인을 똑바로 보면서 정혁은 구호를 외쳤다. 미인은 미간을 찌푸렸다. 머리가 지끈거리기 시작했다. 그때, 어디 숨어 있었는지 성민이 나타났다. 이 상황을 해결해줄 성민이 반가운 순간이었다. 그런데 미인을 보며 흐흐 웃음을 지어 보인 그는 정혁 뒤로 가 섰다. 그러더니 주먹을 불끈 쥐고, 정혁보다도 더 크게 외치기 시작했다.

"못살겠다, 바꿔보자. 혼자 산다, 무시하냐. 사랑한다. 사랑할 거다. 말리지 마라, 말리지 마라!"

정혁은 성민을 보고 예의 바르게 꾸벅 허리를 굽혔다. 성민은 거드름을 피우며 고개를 끄덕이곤 힘내라는 듯 정혁의 어깨를 두드려주었다. 미인은 성민에게 죄스러워했던 지난밤들을 죄다 지어버리고 싶었다.

"지금 뭐 하시는 겁니까!" 위엄 있는 목소리로 미인이 외쳤다.

"보시면 아시잖습니까." 정혁이 대답했다.

"이미 결정 난 사안이고, 이정혁 씨도 동의하신 걸로 아는데요.”

“그러려고 했는데, 막상 나가려니 억울해서요.” 정혁은 조금 격앙된 목소리로 대꾸했다.

“제가 싱글빌 모든 분들께 일일이 물어봤습니다. 혹시 당신이 제보한 것 아니냐고. 한 분도 그런 사람 없었습니다. 누군가의 제보도 없이 어떻게 제 연애를 아셨습니까?”

“거짓말일 수도 있죠. 원래 제보자는 철저히 보호되어야 하니까요.”

“그럴 리가 있나. 여기 있는 사람들, 혼자 살고 싶어 여기 온 건데 뭐 하러 남의 일에 배 놔라, 감 놔라 하겠어?” 성민이 거들고 나섰다. 저 남자 때문에 내가 미쳐. 미인은 머리가 지끈거렸다.

“그래서 생각해봤죠. 어떻게 알았을까? 그리고 조사해 봤습니다. 경호용이라고 달아놓은 CCTV. 그거 다 정미인 씨가 체크하는 거 아닙니까?”

“얼쑤.” 성민이 추임새를 넣었다.

“그건, 정말 안전을 위해⋯⋯.”

“제 연애가 어떤 위험을 불러일으킨다는 겁니까!” 정혁이 일갈했다.

미인은 눈앞이 캄캄해졌다. 눈을 깜박여보았지만 말 그대로 갑자기 앞이 보이지 않았다.

"대답해보십시오!" 몰아붙이는 정혁에게 할 말이 없는 건 아니었다. 파티 날 봤다고, 내 두 눈으로 당신 두 사람의 달콤한 굿바이 키스를 목격했다는 이야기를 하기도 전에 미인은 차가운 바닥에 쓰러지고 말았다.

후회, 이미 지나간 일들

기계에서 불길한 소리가 났다. 간호사가 분주하게 뛰어다니며 버튼을 눌렀다. 성민은 저도 모르게 발을 굴렀다. 도대체 어떻게 돼가고 있는 거야. 성민 옆에 선 건우는 오히려 침착하게 간호사나 의사를 잡고 보호자로써 이런저런 이야기를 나누는 중이었다. 중환자실 안, 두 명만 면회가 되는 이곳에 기어이 억지를 부려 건우와 함께 들어왔지만, 성민은 자신이 미인과는 '아무 관계 없는' 사람임을 실감하고 있었다.

"응급 치료는 잘 끝났다고 합니다. 지금은 백혈구 수치가 떨어지고, 염증수치가 높아서 중환자실에 며칠 있으면서 차도를 지켜봐야 한대요."

중환자 대기실은 살풍경했다. 사람들이 있고, 의자가 있고, 사물함이 있고, TV 소리도 소란했지만 아무것도 없는 듯 휑한 바람이 불었다. 싱글빌 주민들이 대기실 입구에 모여 건우의 설명을 들었다. 정혁은 머리에 두른 띠를 뺄 생각도 하지 못했고, 현아와 소영은 서로 손을 꼭 잡고 있었다. 윤성은 자신도 모르게 현아 옆에 서 있다가, 성민 곁으로 자리를 옮겼다. 성민은 초조하게 두 손을 쥐었다 폈다 하고 있었다. 만져보지 않아도 식은땀이 축축하게 났다는 걸 알 수 있었다.

"제가 있을 테니 모두 돌아가세요. 와주셔서 감사합니다."

제법 의젓한 건우의 인사를 듣고도 모두 머뭇거리고 있었다. 윤성은 성민의 팔을 슬쩍 잡았다. 가야 할 시간이었다. 성민은 어쩐지 좌절한 표정이었다. 정혁은 건우에게 연신 미안하다고 고갤 숙였다. 건우는 그 때문이 아니라고 거듭 설명했다. 한 손으로 정혁까지 다독이며 윤성이 돌아섰다. 등 뒤로 남은 현아와 소영이 느껴졌다. 돌아보고 싶었지만 돌아보지 않았다.

건우는 마른세수를 했다. 9시가 되자, 중환자실에 앉아 있던 보호자들이 한둘 일어서더니 의자를 밀고 붙이기 시작했다. 군더더기 없이 깔끔한 동작들이었다. 사물함에서 돗자리와 침낭을 꺼내어 자리를 편 사람들은 약속이라도 한 듯 공간을 균등히 갈라 쓰고 있었다. 몇 밤을 보냈기에 저리 익숙해졌나. 낮에는 손님들과 눈물도 나누고, 소곤대는 대화도 나누던 사람들은 밤이 될수록 점점 표정을 지워갔다. 내일의 기다림을 위해 일찌감치 눈을 감는 사람들 사이에 건우의 자리는 없었다. 건우는 복도로 나와 비어 있는 이동 침대 위에 올라앉아 고개를 묻었다.

"조금이라도 자둬."

눈을 들자 소영이 서 있었다. 건우는 꿈인가 싶어 눈을 껌벅거렸다. 소영은 건우의 옆에 걸터앉았다.

"내가 할 수 있는 게 없어." 꿈속이라도 좋았다. 건우는 잠깐이라도 안심하고 싶었다.

"왜 없어. 네가 여기 있는 게 할 일인데."

"무서워. 근데 무섭단 말 하고 싶지 않아. 진짜 무슨 일 날 것 같아서."

"응" 소영은 그저 가만히, 건우의 말에 귀 기울였다.

"고모, 암이래. 벌써 항암치료를 2번이나 받았대. 나 대체, 고모한테 무슨 짓을 한 거지?"

"서로한테 못할 짓 하는 게 가족이잖아."

진짜 소영답다. 입에 발린 말 대신 찬물을 끼얹어준다. 극한의 괴로움엔 그 편이 더 나을 때가 있다.

"고모 뒷모습까지 보면, 나 못 견딜 거 같아."

"그럴 수도 있고, 아닐 수도 있어. 미리 겁먹지 말고 차분히 기다리면서 기도하자."

건우는 소영을 바라보았다. 차분한 슬픔이 얼굴에 드리우고 있었다. 고모가 깨어나면 할 말이 진짜 많을 것 같았다. 자신보다 더 패닉이 되어 뛰어다니는 고성민 씨와의 관계도 추궁해야 하고, 소영에 대한 자신의 감정도 진솔하게 이야기해야 했다. 그러기 위해서 고모, 꼭 일어나. 소영의 가는 어깨에 기대어 건우는 까무룩 잠이 들었다.

소영이 병원을 나선 것은 새벽녘이었다. 건우가 기댔던 어깨보다 버티고 있던 허리가 뻐근했다. 왠지 모르게 후련한 기분이었다. 건우와의 관계가 정말 끝이 난 건지, 아님 다시 시작인 건지는 모른다. 하지만 필요한 순간에 함께 있어줄 수 있어 다행이라고 소영은 생각했다. 건우는 어리지만 도움을 받아들일 줄 아는 아이였다.

택시를 타려는데 차 한 대가 미끄러져 들어왔다. 낯선 차의 문이 열리고, 낯익으면서도 낯선 얼굴이 소영을 바라보았다. 윤성이었다.

“어때, 그 녀석.” 한참을 침묵 속에 달리다가 윤성이 물었다.

“그렇지 뭐. 거기가 그렇잖아. 죽음은 가깝고, 생명은 강렬하고, 그래서 지치고.”

“혼자서 갔던 거야?”

윤성의 말에 소영은 잠깐 입을 꼭 다물었다. 오늘의 일을 묻는 게 아니란 걸 그도, 소영도 알고 있었다.

“친구랑.”

“거짓말.”

윤성이 고요하게 말했다. 화를 내는 게 아니었다. 한숨을 내쉬듯, 윤성은 앞만 보며 말하고 있었다. 그의 눈이 무엇을 보는지, 소영은 알 수가 없었다.

“왜 거짓말 했어. 네 손으로 없앴다고 했잖아.”

목소리는 한없이 차분했지만, 윤성의 눈썹이 꿈틀했다. 기다란 눈꺼풀이 바쁘게 깜박거리기 시작했다. 십오 년 전, 따가운 햇살 아래 자꾸만 깜박거렸던 것처럼.

“그게 뭐가 중요해.”

“중요했어!” 윤성이 외쳤다. 핸들을 잡은 손이 미세하게 떨려왔다.

“넌 이미 충분히 죄책감 갖고 있었어. 거기에 대고 뭐라고 해. 다행이라고? 스스로 없어져줘서 진짜 땡큐라고?”

"그래…… 네가 했든, 신이 했든. 내가 찌질이에 바보 멍청이였다는 건 바뀌지 않을지도 몰라. 그래도, 난 무슨 일이 어떻게 일어난 건지 알아야만 했어. 너 혼자 그 모든 걸 감당하게 두면 안 됐단 말이야."

"사실은 그러고 싶었던 건 아니고?"

끼익— 윤성이 브레이크를 밟았다. 소영의 몸이 출렁거렸다. 소영은 묘한 기시감을 느꼈다. 다급한 통증을 느꼈던 그날이 떠올랐다. 몸에서 미처 다 빠져나오지 못한 부산물을 빼내는 수술을 하고 병원을 나서면서 느꼈던 기분도. 그날부터 소영은 행복을 거부하는 죄인으로 살아왔다.

"아니야."

윤성이 소영을 똑바로 쳐다보며 말했다. 소영도 윤성을 똑바로 바라보았다. 소영이 사랑했던 이마가 잔뜩 찌푸려 있었다. 그녀가 사랑했던 눈에는 잔주름이 켜켜이 새겨져 있었다. 그녀가 사랑했던 코와 입술. 분명히 저주를 퍼부었던 그 얼굴인데, 다시 마주보는 얼굴에는 그녀가 사랑했던 기억만 묻어 있었다. 가슴이 찌르르하게 아파왔다.

"그러고 싶지 않았어. 어떻게 해야 할지 몰라서 허둥댔던 거라고."

"알아."

"아니, 넌 아직도 몰라. 그날, 나 교통사고를 당했어. 수술만 3번 하고 여섯 달을 병원에 있었어."

"……몰랐어."

"정신 차리고 널 찾아보니 벌써 떠나버렸더라."

"나도 너 찾았어. 어디에도 없어서, 네가 먼저 사라진 줄 알았어."

"내가 잘못했어. 처음부터 물어봤어야 하는데. 네 마음이 어떨지 짐작하고, 헤아렸어야 했는데."

"나도 그랬어. 마음이 급해서 원망만 했어. 너한테 정확히 뭘 원하는지도 모르고, 계속 실망만 했어."

침묵이 흘렀다. 한 뼘의 어긋남이 이렇게 벌어졌다. 15년의 세월이 그리 만들었다.

"미안해."

윤성의 눈에서 눈물이 툭 떨어졌다. 차창 밖으로 해가 떠오르고 있었다. 오랜만에 만나는 맑은 하늘이었다. 눈이 녹아 지저분해진 거리가 모습을 드러냈다. 눈이 더러워지는 게 아니지. 드러나야 할 것들이 드디어 정체를 밝히는 거지, 소영은 생각했다.

"이제라도, 그렇게 말해줘서 고마워."

"미안했어. 내내." 윤성이 거듭 말했다.

"나도. 그랬어." 소영이 말했다. 소영의 눈가도 빨갛게 물들었다.

다른 말은 필요치 않았다. 싱글빌로 돌아오는 길 내내 소영은 편히 잠들었고, 윤성은 조심스레 운전을 했다. 연인의 마음은 아니었지만, 무언지 모를 뜨거운 것이 가슴을 가득 채웠다. 현아의 집 앞에서 소영이 내렸다. 별다른 대화 없이, 의미 있는 눈인사도 없이 그저 자연스럽게 두 사람은 헤어졌다. 소영이 현관문을 열고 들어서는 것을 보고 윤성이 혼자 말했다.

"하나."

*

조심스레 현관문을 열고 들어온 소영이 멈칫했다. 블라인드를 내려 거실은 온통 어둠이었다. 그 속에, 현아가 웅크리고 있었다. 윤성과 나란히 앉았던 그 자리, 그 자세였다.

"안 잤어?"

소영이 말을 걸었지만, 현아는 소영을 바라보지 않았다. 그저 고개를 숙이고, 무릎을 모아 안았다.

"아저씨랑, 화해했어?"

소영은 대답을 미룬 채 천천히 물을 따라 마셨다. 현아도 소영의 대답을 재촉하지 않았다. 긍정도 부정도 듣고 싶지 않은 질문이 있게 마련이었다.

"그 사람, 네가 보냈구나." 소영이 따뜻한 물을 따라 현아에게 건네며 말했다. 현아는 고개를 저었다.

"그래야 할 것 같아서. 언니랑 아저씨, 풀어야 할 이야기들이 너무 많을 테니까. 나는 그다음이니까."

현아의 코끝이 찡해왔다. 며칠 동안 현아는 계속해서 윤성과 소영의 운명에 대해 생각했다. 15년 만에 재회하게 된 이유에 대해서도 생각했다. 온 우주와 만물이 그들의 화해를 종용하는 게 아닐까, 하는 생각까지 들었다.

'두 사람이 화해하면 어떻게 되는 걸까, 그러면 나는 어떻게 되는 걸까.'

나중에 사랑한 죄. 윤성과 소영이 처음 어그러진 사랑을 지금에 와서 다시 끼워 맞춘다면, 현아는 대체 어디에 서 있어야 할지 알 수가 없었다.

"네가 왜 다음이야. 아니야, 현아야."

소영이 현아 곁에 앉았다. 윤성이 앉은 자리였다. 현아는 괜히 바닥을 손바닥으로 쓸어보았다.

"길게 이야기 하지도 않았어. 그냥……."

소영이 말을 줄였다. 현아는 잦아들어가는 소영의 목소리 속에 숨어 있는 단어들을 찾아내느라 신경이 곤두섰다.

"서로가 어리석었단 걸 인정했지. 그걸로 끝이야."

온몸의 솜털이 폭, 하고 주저앉는 게 느껴졌다. 끝이라는 한 음절의 말이 이토록 맥락 없이 무거운 것인 줄 현아는 미처 몰랐다. 가슴에 묵직한 추를 단 것처럼 갑갑했다.

"현아야."

"모르겠어. 언니한테 미안해."

"미안해할 일 아냐, 왜 그래."

"알아. 아는데 그런 마음이 드는 걸 어떡해. 하루에도 수십 번씩 내 속에서 싸움이 나. 뭘 더 바라냐, 아저씨가 언니의 그 찌질이라는 게 밝혀진 순간 모든 게 끝난 거다. 아니, 그건 이미 옛날 일인데 신경 쓰는 거 자체가 억울하다…… 모르겠어, 언니. 정말로. 언니와 아저씨의 결정을 기다려야 하는 건지, 내가 뭔가를 해야 하는 건지조차 정말로 모르겠어."

"무슨 결정이 남아 있다고 그래. 상관하지 마. 벌써 십 년도 넘은 이야기야. 그때의 윤성이가 아니야."

현아가 얼굴을 들었다. 젖어 있었다.

"언니가 윤성이, 라고 다정하게 부르기만 해도 마음이 아프다.”

“현아야.”

생각보다 깊어진 현아의 마음에 소영은 놀랐다. 누가 누구에게 죄책감을 갖거나 용서를 빌어야 하는 상황은 아니었다. 그러나 누구도 마음 편하기 어려운 상황인 것도 사실이었다. 세 사람은 뫼비우스의 띠 위를 걷고 있는 것과 마찬가지였다. 계속해서 앞으로 나아가지만, 그러려고 발버둥을 치지만, 결국 제자리에서 서로를 목격하게 된다. 제자리. 세 사람의 제자리는 과연 어디인 것일까. 소영은 현아의 손을 잡았다.

“이제 그 사람 다른 사람한테 보내지 마. 희생하지 마. 너만 생각하고 네가 원하는 대로만 해. 너는 그래도 괜찮아.”

“그걸 모르겠어. 내가 어떻게 하고 싶은지. 아저씰 만나는 게 언니한테 죄스러우면서도 반대로 아저씨의 과거가 언니란 사실도 견디기가 힘들어.”

현아가 힘겹게 말을 이어갔다. 끝없이 이어지는 뫼비우스의 계단을 억겁으로 오르느라 이미 지쳐 있었다. 소영은 침묵을 지켰다.

“그 사람도 지금 이렇게 겁나고, 혼란스럽겠지. 나처럼.”

현아는 손바닥으로 젖은 얼굴을 감싸고 무릎에 고개를 묻었다. 소영은 그저, 현아의 등을 가만히 쓸어줄 뿐이었다.

언제나 타이밍이 문제

미인은 회복이 빨랐다. 일단 체력을 보강한 뒤, 항암치료를 다시 하기로 했다. 방사선 요법이 효과를 거두면 수술을 안 해도 되겠다는 의사의 말은 희망적이었다. 미인은 병동에서 가장 의욕적인 환자였다. 거동이 가능해지자, 환자들과 보호자들을 잡고 이런저런 이야기를 듣느라 하루가 모자랐다. 암환자만을 위한 요양병원을 짓겠다며 사업계획서를 작성하다 건우에게 들켜 노트북과 펜, 종이를 빼앗기고 한동안 툴툴거리기도 했다.

봄이 슬그머니 가슴을 덥혔다. 윤성은 패딩점퍼 대신 가벼운 카디건이나 사파리를 걸치고 산책을 하곤 했다. 현아와 함께 걸었던 길을 주로 걸었다. 눈이 녹아 그녀와 찍었던 발자국은 사라진 지 오래였다. 그래도 윤성은 꾸준히, 그 길을 걸었다. 산책을 마친 윤성은 집 안에 들어와 커피를 내렸다. 통창 앞에 앉아 커피를 마시는 것까지가 산책의 한 코스였다. 통창에는 그녀의 당나귀 그림이 붙어 있었다. 윤성은 커피를 마시며 물끄러미, 그녀의 글씨와 그림을 바라보곤 했다.

현아는 이사를 나갔다. 입주자 모두, 괜찮다고 소영과 함께 살라고 설득했지만 현아는 생긋 미소를 지으며 싱글빌을 떠났다. 현아가 떠나기 전날, 윤성은 그녀를 숲에서 만났다.

"눈이 녹기 시작하네, 우리가 걸었던 발자국도 다 사라지겠다." 현아가 빙그레 웃으며 말했다.

"길은 없어지지 않아." 윤성이 말했다. 웃고 싶은 기분은 아니었다.

"당나귀 그림이나 잘 간직해요. 내가 유명해지면 가격이 확 오를 테니까."

"난 백석 안 좋아해. 너무 연약해서."

"역시, 아저씨랑 잘 안 맞나봐요. 아저씬 뭐랄까, 나의 불운의 아이콘이죠." 현아는 끝까지 장난이었다.

"백석은 안 좋아하는데 넌 좋아해."

넌 좋아해. 넌 좋아해. 윤성의 음성이 잔잔히 퍼졌다. 하필이면 이런 때에 그토록 듣고 싶었던 고백이라니, 현아는 입술을 꽉 깨물었다.

"그러니까 우리,"

"안 되는데." 현아가 말을 잡아채는 바람에 윤성은 얼음이 돼버렸다. 주머니에서 꺼내려던 반지 케이스가 손가락에 엉성하게 걸쳐져 있었다.

"뭐가?"

"안 된다구요."

"그러니까 뭐가. 목적어를 넣어서 말을 해봐."

현아는 말을 고르는지 눈을 또르르 굴렸다. 윤성은 애가 탔다. 현아의 어떤 결정에도 '같이 있자'라고 대답하기로 결심하고 나온 길이었다.

"혹시, 소영이 때문이야?"

"그것도 있죠. 그치만 그게 전부는 아니에요. 언니도 신경 쓰지 말라고 했고."

"그럼 뭔데?"

"아저씨 나한테 했던 말 기억해요?"

윤성은 생각했다. 가만있으라 했고, 폐나 끼치라 했고, 괜찮냐고 했고, 같이 걷자고 했고, 뽀뽀 해달라 했고, 또 뭐랬더라.

"독신은 민폐가 아니라 독립이라고 했잖아요."

윤성이 기억을 더듬으며 후회에 땅을 치는 동안, 현아는 말을 이어갔다.

"나, 진짜 멋진 싱글이 될 거예요. 독립적인 사람, 민폐가 아니라 도움을 주고받을 수 있는 성숙한 독신. 내 힘으로 돈 벌고, 내 노력으로 일군 집에서 진짜 혼자서 살아보고 싶어요."

"싱글이란 게 결혼을 안 한 상태를 말하는 거지, 연애를 하고 안 하고의 뜻이 아니잖아."

윤성이 대답하자, 현아가 웃음을 터뜨렸다.

"와, 아저씨 표절 작가네. 그거 6호 정혁 오빠가 했던 말이잖아요. 그땐 귀찮네, 시끄럽네, 하면서 펄쩍 뛰었으면서!"

윤성의 얼굴이 빨개졌다. 이렇게 앞뒤 없이 자가당착에 처하게 된다. 사랑이란 놈, 호환마마보다 더 무섭다. 그러나 어쩌랴, 이미 빠져버린 것을.

하지만 윤성은 이번이야말로 천천히 열을 세어야 할 때란 걸 알았다. 이별을 위해서가 아니라, 그녀의 삶을 위해서.

사랑이나 만남은 타이밍이라고들 한다. 현아와 윤성도 같은 시기에 싱글빌에 들어와 지지고 볶는 바람에 만나게 된 거니까 일정 부분 맞는 말이다. 그래서 윤성은 기다리기로 했다. 언제나 한 방향을 향해 굳게 서 있으면, 그 사람이 돌아보는 그 순간이 바로 '운명의 타이밍'이 되는 거니까. 눈보라 때문에

젖어 자꾸 꼬부라지는 당나귀 그림의 꼬리를 펴서 다시 붙이
며, 윤성은 슬며시 미소를 지었다.

에필로그

장명복은 식은 커피를 두 잔째 마시고 있었다. 현아는 말없이 명복의 옆에서 원고를 읽고 있었다. 명복은 바쁘게 횡행하는 현아의 눈동자와 웃었다가 놀랐다가 감탄하기도 하는 현아의 입술을 내내 훔쳐보았다. 어쩐지 입이 말라 얼음물까지 마셔댔더니 화장실이 급했지만, 현아가 마지막 장을 읽고 있었다. 장명복은 다리를 힘차게 꼬았다. 현아가 원고를 덮었다.

"편집장님 이거 혹시, 성윤 작가 것 아니에요?"

명복이 깜짝 놀라 다리에 힘을 더욱 꽉 주었다.

"무슨 소리야, 성윤 작가 절필 선언했잖아."

"필명 바꿔서 계속 쓴다는 소문 파다하잖아요."

"아니야, 성윤이랑 우리랑 계약 끝난 지 언젠데. 새 작가 거야. 문체도 스토리도 완전히 다르잖아.”

“이상한데, 분명히 성윤 작가 냄새가 나는데…….”

“주인공이 여자애인데다가 이름도 있어. 그걸로 끝난 건지 뭐. 어때? 작품 좋지, 삽화 해줄 거지?”

명복은 서둘러 화제를 돌렸다. 지난 번 현아와 성윤의 합작은 그야말로 대성공이었다. 애니메이션에 캐릭터 사업까지 두 사람의 세계는 끝없이 확장되었다. 성윤의 동화는 원래 명품이었고, 삽화 작가인 현아의 솜씨가 업계에서 인정받는 계기가 되었다. 환상의 콤비로 각종 매체에 소개되기 시작할 무렵, 성윤은 절필을 선언했다. 의외로 현아는 그의 은퇴를 쉽게 받아들였다. 개 작가와의 인연이 끝나는 게 어쩌면 더 좋을지도 모른다고, 덤덤히 말하기도 했다.

귀신같은 강현아. 결국 소금괴물까지 그리더니 성윤 전문가가 다 됐어, 장명복은 바닥에 남은 커피를 마지막으로 들이켰다.

“안 그래도, 작가 한번 보고 싶어서 연락해 놨어요.”

현아가 배시시 웃으며 말했다.

“뭐? 그게 무슨 소리야, 오늘은 원고만 보자고 했잖아.”

“나도 이제 나름 잘나가는 작간데 같이 일할 사람 얼굴은 보고 인사해야지. 참, 저 이제부터 작업원칙을 다시 세웠어요. 작가랑 얼굴 맞대고 인사하지 않으면 삽화 그리지 않는다.”

"아니, 그런 생각을 했음 나한테 말을 해줘야지." 말이 끝나기도 전에 명복이 벌떡 일어났다.

"아무튼, 화장실 다녀와서 마저 얘기하자, 강 작가!"

명복이 쌩 하니 화장실로 뛰어가고 나서, 현아는 원고를 다시 들어서 넘겨보았다. 신인 작가라고 하는데 문장이 유려하고 아름다웠다. '깅슬립'이라는 이름을 가진 작은 여자 아이가 잠들기 위해 벌이는 모험을 쓴 동화였다. 그런데 묘하게도 성윤이 창조한 괴물들이 겹쳐 보였다. 신나면서도 아련하고, 가슴이 뜨거워지다가도 서늘한 슬픔이 느껴지는 이런 동화는 오직 성윤만 쓸 수 있을 거라고 생각했는데 아니었나 보다. 작품을 읽으니 어떤 사람인지 더 궁금해지네, 라고 생각할 무렵이었다.

딸랑, 문소리가 났다. 명복이 온 거라 생각하고 무심코 고개를 드는 순간. 현아의 얼굴에 벙긋 꽃이 피었다. 싱그러운 미소를 지으며 윤성이 서 있었다.

아저씨였어요?

— 응

성윤도 아저씨죠?

— 응

꼽추라던데.

— 아니라서 아쉽나?

나인 줄은 언제 알았어요?

— 당나귀를 보고. 꼬리 리본 디테일이 강현아더라고. 내숭쟁이. 내가 만나자고 할 때까지도 모른 척하더니.

— 반갑지?

아뇨, 하나두요!

— 아닌 척은.

거긴 어때요, 다들 잘 있죠?

— 엉망진창이야. 싱글빌이 아니고 쌍쌍 빌이야. 고성민 씨가 제일 유별나.

하하, 그럴 것 같아요.

— 어때. 넌, 멋진 싱글이 된 것 같아?

잘 모르겠어요.

— 앞으로 내가 점수 매겨줄게. 100점이 되면 나랑 만날 수 있는 영광을 주지.

웃기시네!

— 그런 어린애 말투는 마이너스 10점이야. 대신 포옹 한 번에 110점 줄게.

완전히 제멋대로야!

— 이리 와, 안아줄게.

입주자 모집공고

결혼의 압박에 지쳤습니까?
간섭에 질렸습니까?

여기 완벽한 1인용 주택이 있습니다.
힘겹게 몸을 움직일 필요 없는 전자동 음성 인식 시스템
홀로 앓는 서러움을 날려줄 실내온습도 조절기
울창한 숲속, 사색의 산책로까지 완비한

싱글빌Ⅱ로 오십시오.

입주조건은 딱 한 가지입니다.
뜨겁게 사랑할 준비가 된 싱글!

사랑이 풍성한 진정한 독신의 삶,
지금 시작하십시오!

싱글빌

초판 1쇄 인쇄 2013년 6월 18일
초판 1쇄 발행 2013년 6월 26일

지은이 최윤교
펴낸이 김선식

Editing creator 백상웅
크로스 교정 박여영
Design creator 조혜상
Marketing creator 이주화

2nd Creative Story Dept. 김현정 박여영 조혜상 최선혜 유희성 백상웅
Creative Marketing Dept. 최창규 이주화 이상혁 박현미 백미숙
          Public Relation Team 서선행
          Contents Rights Team 김미영
Creative Management Dept. 김성자 송현주 권송이 윤이경 김민아 한선미

펴낸곳 (주)다산북스
주소 경기도 파주시 회동길 37-14 3층
전화 02-702-1724(기획편집) 02-6217-1726(마케팅) 02-704-1724(경영관리)
팩스 02-703-2219
이메일 dasanbooks@hanmail.net
홈페이지 www.dasanbooks.com
출판등록 2005년 12월 23일 제313-2005-00277호

종이 한솔피엔에스
인쇄 · 제본 (주)현문자현

ISBN 978-89-6370-980-2 03810

• 책값은 뒤표지에 있습니다.
• 파본은 구입하신 서점에서 교환해 드립니다.
• 이 책은 저작권법에 의하여 보호를 받는 저작물이므로 무단 전재와 복제를 금합니다.

이 도서의 국립중앙도서관 출판시도서목록(CIP)은 서지정보유통지원시스템 홈페이지(http://seoji.nl.go.kr)와 국가
자료공동목록시스템(http://www.nl.go.kr/kolisnet)에서 이용하실 수 있습니다. (CIP제어번호 : CIP2013009246)